Petals' Pub

La simple idée que le postillon sonne à votre porte pour vous permettre ... le livre et que vous puissiez le recevoir comme un cadeau me semble surréel! Merci d'aimer mes mots.

Annette Chenstine
2012

Arlette Couture

Petals' Pub

Roman

www.quebecloisirs.com

UNE ÉDITION DU CLUB QUÉBEC LOISIRS INC
Avec l'autorisation de GROUPE LIBREX INC. faisant affaire sous le nom des
Éditions Libre Expression
© Les Éditions Libre Expression, 2012

Dépôt Légal --- Bibliothèque et Archives nationales du Québec, 2012
ISBN Q.L. 978-2-89666-147-3
Publié précédemment sous ISBN 978-2-7648-0531-2

Imprimé au Canada

JAMAIS LIVRE NE M'AURA AUTANT STRESSÉE

la première version de *Petals' Pub* étant disparue, effacée à jamais par le crash du disque dur, en 2009, après plus ou moins cinq ans de travail.

Par inadvertance, j'ai jeté la deuxième version dans les ordures virtuelles, en pensant nettoyer mon bureau. Remerciements donc à Alain Brunelle d'être allé rechercher les mots directement dans le ventre de mon ordinateur, en 2010.

Toute la recherche historique, expédiée par la poste de la France à ici pour alléger mes bagages, s'est mystérieusement abîmée quelque part, à Paris, au-dessus de l'Atlantique ou ici, en 2011. Merci donc à Michel Pratt, historien, deux fois généreux de sa recherche.

Je sais que la seconde version, toute utérine soit-elle, ressemble à la première, mais pas plus que des jumeaux non identiques. Personnages et situations ont eu le temps d'apparaître entre les deux versions.

La signature du contrat, compte tenu des aléas, est devenue superfétatoire. Ainsi, merci donc à Johanne Guay, mon éditrice, d'avoir managé l'improbable, l'impossible et l'épouvantable informatique devant moi, ainsi que le découragement, l'écœurement et le désespoir humain en moi. Je lui recommande de souscrire à des actions dans les papiers-mouchoirs si jamais me prenait l'envie d'écrire un autre livre. Ce soir, je repousse cette idée comme un calice. Celui-ci, je l'ai bu, croyez-moi, jusqu'à la lie.

Cheers !

Mille fois merci à Boz
de m'avoir donné la faim de l'écriture
et une fin pour ma vie.

Veuillez noter que les faits historiques
se sont réellement produits,
mais que je me suis permis
quelques anachronismes
en les situant en 1884 et 1885.
Arlette Cousture

Angélique était allongée à plat ventre

sur la dalle froide de février, les bras en croix. Des larmes baignaient les rares cheveux échappés de son bonnet. Ses mamelons étaient durcis par le froid et par cette sensation d'inconfort dans ce corps qui lui était de plus en plus étranger. Angélique se mourait.

L'aube promit enfin le jour et Angélique réussit à se relever, battant sa coulpe une dernière fois. Un mal mystérieux l'enfiévrait, inconnu de l'infirmière que la prieure, inquiète, avait conviée pour tenter de comprendre. Angélique, à l'appétit pourtant frugal, était incapable de se sustenter. Ses nuits étaient hantées d'insomnies et elle ne pouvait se concentrer sur ses prières. La seule chose qu'elle accomplissait était son travail, soit boulanger le pain de la communauté et fabriquer les hosties.

Angélique était postulante dans la congrégation des sœurs de l'Espérance, et la simple idée d'être contrainte de la quitter, pour cause de santé défaillante, la minait. Elle ne pouvait plus voir Montréal et son crottin, ses hommes au regard perçant qui lui découpait la silhouette, ses frères bruyants et l'indigence de sa famille. Jamais, depuis qu'elle se promettait au vœu de pauvreté, elle n'avait été aussi riche, aussi nourrie, aussi chauffée. Sa famille, trop démunie pour offrir une somme intéressante à la congrégation en guise de dot, lui avait cependant donné une fille aux doigts divins dès que plongés dans la farine. La prieure, toujours embêtée de devoir accueillir une vocation issue des milieux sans grand avenir, lui préférant évidemment celle d'un milieu aisé, en avait été fort aise. N'ayant pas tardé à démontrer son immense talent, Angélique Garnier avait, du coup, révélé la gourmandise de la brave femme pour le bon pain et les biscuits.

« Je vais demander le médecin. Il faut nous assurer que vous ne souffrez pas de la fièvre jaune ou d'un autre mal. Peut-être devrions-nous vous isoler, au cas où. »

Au cas où quoi ? pensa Angélique. Au cas où le médecin aurait pu deviner pourquoi sa peau était devenue sensible aux frissons et que ses entrailles s'ouvraient à l'occasion au point de lui faire craindre de s'asseoir ? Non, elle ne voulait pas voir de médecin qui ne comprendrait pas que les battements de son cœur, tous offerts à son cher Christ, pouvaient avoir des ratés. Ses yeux d'un bleu presque translucide fondaient de fièvre, elle le savait pour l'avoir vu quand, par inadvertance, elle passait devant la glace de l'entrée ou celle du parloir.

« Doux Jésus, regardez-moi vos yeux !

— Je sens que je vais être beaucoup mieux demain, ma mère. Je le sens. Non, je le sais. Bénissez-moi, ma mère, et vous verrez. »

Angélique traîna sa frêle silhouette jusqu'au couloir menant à la chapelle. Sœur Marie-Saint-Cœur-du-Messie, quoique responsable de la vocation des postulantes, y nettoyait les plinthes et les cadres de portes.

« Ma sœur, puis-je vous voir en privé quelques minutes ? Je veux dire, très en privé… »

Sœur Marie-Saint-Cœur-du-Messie hocha la tête, porta le seau au fond de la sacristie, en versa le contenu sur la grille d'égout des eaux usées, s'essuya les mains et se dirigea vers un minuscule cagibi aménagé pour recevoir les confidences de ses filles. Angélique la suivit pas à pas, craignant de la perdre de vue.

« Je t'attendais plus tôt, sœur Angélique.

— Plus tôt ?

— Les cartes ne me parlent plus, elles crient. Assieds-toi là. »

Angélique prit place et fit un signe de croix.

« Ne mêle pas l'Astre divin à l'astrologie, Angélique.

— C'est pour me porter chance.

— Les cartes s'en chargeront. »

Marie-Saint-Cœur-du-Messie replaça l'as de pique, de crainte que la postulante se rendît compte qu'il pointait dans le mauvais sens, celui des ennuis surmontables, certes, mais des ennuis tout de même. Superstitieuse, Angélique avait refusé pendant plus de six mois qu'elle ne lui prédise son avenir. La postulante, qui rêvait de porter le nom de Marie-Sainte-Plaie-de-Jésus une fois prononcés ses vœux perpétuels, s'était résignée à recourir à Marie-Saint-Cœur malgré sa peur indicible de commettre l'impardonnable péché – à moins que ce ne fût celle d'avoir à s'en confesser. Elle avait cédé lorsque sœur Marie-Saint-Cœur lui avait promis, pour la paix à son âme, réponse à son trouble.

Sœur Marie-Saint-Cœur-du-Messie avait deviné que, si la toute belle postulante avait le cœur tourné vers le Christ, elle n'en avait pas moins les yeux plantés dans le regard du plus âgé des enfants de chœur, celui qui servait la grand-messe du dimanche. Marie-Saint-Cœur avait vu rougir Angélique chaque fois que le jeune homme, ombre vivante de l'officiant, s'approchait d'elle à la communion et lui tenait la patène sous le menton. Marie-Saint-Cœur avait remarqué que la langue de la jeune femme tremblait quand elle l'offrait pour recevoir l'hostie. Elle avait compris le trouble d'Angélique le dimanche où elle l'avait vue oublier la sainte espèce, nichée et prête à être avalée. Sans égard à la petite rondelle de froment, Angélique s'était passé la langue sur les lèvres sous l'œil médusé du servant. Marie-Saint-Cœur-du-Messie n'avait cependant pas soupçonné que jamais la jeune postulante ne s'en était confessée, craignant que l'aumônier ne la questionnât. Une future religieuse peut-elle impunément mentir dans un confessionnal ?

Marie-Saint-Cœur-du-Messie fronça les sourcils. Les cartes n'étaient pas bonnes pour le Christ, qui allait perdre une fiancée, et guère meilleures pour l'enfant de chœur qui allait la trouver. Angélique se tordait les mains.

« Ma sœur ? »

Marie-Saint-Cœur lui révéla que rien dans les cartes ne parlait de sa vocation religieuse et que toutes désignaient le valet de cœur qui l'attendrait quelque part.

« Ici ?

— Surtout pas, avait répondu Marie-Saint-Cœur-du-Messie. Attendez d'être dehors. »

Angélique sortit du cagibi en pleurant, tandis que sœur Marie-Saint-Cœur-du-Messie rangeait les cartes en hochant la tête. Cette pauvre petite Garnier, âgée d'à peine dix-huit ans, allait crever le cœur de sa mère qui, émoustillée à l'idée que sa puînée serait aux loges du paradis et pourrait y faire entrer toute sa famille, s'était cassé ongles et âme à frotter des parquets pour payer une dot – symbolique, il est vrai – à la communauté. Elle espérait que son Angélique serait à même d'intercéder pour qu'un de ses six frères puisse à son tour être appelé au service du Seigneur. Une religieuse et un prêtre feraient de sa famille une famille bénie et respectée, ce qui n'avait pas été le cas jusqu'à ce qu'Angélique prenne le voile blanc d'une modeste postulante, destinée aux humbles travaux davantage qu'aux grandes œuvres.

Sœur Marie-Saint-Cœur-du-Messie avança de ce pas décidé qui faisait voleter l'ourlet de sa robe au rythme du craquement du plancher. Il était de son devoir de responsable des postulantes de la communauté d'informer la prieure de la situation. Celle-ci n'aimait pas entendre parler de quoi que ce fût d'étranger à la perfection ou à la dévotion des âmes pures et fraîches confiées à Marie-Saint-Cœur, aussi la reçut-elle d'un air agacé.

« Un amour autre que celui du Christ… », scanda-t-elle d'une voix blanche, qui s'étranglait à chacun des mots qu'elle prononçait.

Sœur Marie-Saint-Cœur-du-Messie insista sur le trouble d'Angélique, dont les nuits avaient certainement été visitées par le Maléfique. La prieure se protégea le visage d'une main, doigts écartés et paume ouverte. « N'en dites pas plus, ajouta-t-elle. Notre aumônier pourra-t-il la raisonner ? Est-il trop tard pour qu'elle se ressaisisse ? »

Pour toute réponse, Marie-Saint-Cœur-du-Messie hocha la tête.

ANGÉLIQUE POSA SA ROBE NOIRE SUR LE LIT DE FER

de sa cellule et pleura amèrement. Si les yeux de l'enfant de chœur, qui s'appelait Eugène, avait-elle cru comprendre, n'avaient pas dit vrai, si ces yeux l'avaient trompée, elle serait maudite. Sœur Marie-Saint-Cœur-du-Messie lui avait confirmé qu'il était son valet de cœur et qu'elle ne devait avoir aucune crainte.

Angélique partit du couvent aux aurores, sans saluer personne, et se cacha dans la ruelle derrière la chapelle, celle qu'empruntait certainement cet Eugène. La neige lui colla au visage et couvrit complètement l'écharpe noire avec laquelle elle se protégeait la tête. Elle l'aperçut enfin. Son cœur cessa de battre et, sans même réfléchir, elle se signa et pria le Seigneur de l'aider. Eugène descendit de carriole, couvrit sa monture d'une épaisse couverture avant de lui donner de l'avoine. Angélique étouffa un cri d'étonnement. Elle aurait mal compris. Le bel enfant de chœur bien coiffé, la raie droite, les mains et les ongles nettoyés, presque divin dans son surplis blanc, n'était pas comme ses frères : propres uniquement pour le service de Dieu, qui leur donnait assez d'argent pour procurer du pain à la famille. Le jeune homme qui se dirigeait vers la porte latérale du couvent n'avait rien à voir avec celui de ses rêves, ne correspondait aucunement à ses attentes. Il aurait porté un haut-de-forme qu'elle n'aurait pas été surprise. Angélique voulut rebrousser chemin, rentrer dans sa cellule. L'énormité de son erreur lui noua gorge et cœur. Marie-Saint-Cœur-du-Messie avait dû confondre les valets. Puis Angélique vit ses yeux encore noirs, qui redeviendraient verts dès que le soleil les éclairerait. Elle avala sa peur.

« Eugène ? »

Eugène hésita, se retourna, cligna des yeux puis sourit, laissant apparaître des dents que la nuit vacillante permettait de voir luire. Il plissa ensuite le front d'incrédulité.

« J'ai compris dans tes yeux. Je te jure. C'était encore plus fort que l'appel du Christ. Je te jure. »

Des deux mains, Eugène se couvrit le visage.

« Dis-moi que ce n'est pas vrai.

— Angélique, mon nom est Angélique. »

Eugène ne broncha pas, le visage encore caché. Angélique se plaça devant lui, une grimace de peur accrochée à ce qui aurait pu être un sourire. Elle dégagea délicatement les mains d'Eugène et les retint dans les siennes. Elle ouvrit la bouche pour lui expliquer sa décision, mais elle n'eut que le temps de retenir son souffle sous un baiser rempli de promesses.

Quand le prêtre entra dans la sacristie et ne vit pas son servant d'autel, il s'affola et appela la sacristine. Eugène n'était nulle part et les religieuses, déjà agenouillées, attendaient leur office dominical.

« Dieu, de Dieu, de Dieu ! »

La sacristine s'approcha de Marie-Saint-Cœur-du-Messie.

« Est-ce qu'une de vos filles aurait un frère qui habiterait près du couvent ?

— Pas à ma connaissance. Préparez tout à proximité de l'autel. On pourra se débrouiller pour une fois. Au fait, où est Eugène ? »

Sœur Marie-Saint-Cœur-du-Messie avait feint l'inquiétude, alors qu'elle savait fort bien que le valet de cœur venait de tomber. Encore un peu et elle aurait eu peur que les cartes aient menti.

La neige poudrait le châle noir d'Angélique

tandis qu'Eugène léchait chacun des flocons qui lui tombaient sur le visage. Il ne comprenait rien à ce que lui expliquait cette fille offrante qui lui fondait dans les bras et qui, hier encore, était nonne à la nuque cassée, au regard fuyant, humble. Au cours de la dernière année, elle avait hanté ses nuits, et l'envie de l'étreindre n'avait cessé de croître depuis le premier jour où il l'avait aperçue. Contre le gré de ses parents, il avait continué de servir les grands-messes du dimanche au couvent, bien que sa famille fît ses dévotions en l'église Notre-Dame. L'absence de leur aîné les agaçait, certes, mais comment auraient-ils pu lui reprocher un tel dévouement ?

Eugène ignorait si Angélique apprécierait son exultation, aussi se garda-t-il de lui dire combien, chaque fois qu'elle avait ouvert la bouche et tendu la langue pour recevoir les saintes espèces, il avait eu du mal à couvrir ses soupirs de silence, à calmer le tremblement de ses mains et à cacher ce désir d'homme qu'elle lui avait fait découvrir. Il s'était heureusement senti protégé des regards instruits, grâce à la soutane et au surplis.

Angélique aurait dû demander pardon au Christ de lui avoir effrontément menti et sciemment promis fidélité alors que, pas une seconde depuis un an, elle n'avait trouvé la force de se soumettre à la règle qui régnait partout sauf en elle. Elle avait tout essayé, la prière, le jeûne, l'isolement, la mortification, tout, mais l'amour – c'est ainsi que sœur Marie-Saint-Cœur-du-Messie avait nommé son trouble – l'avait attaquée et enfiévrée. Tout était mal, et elle savait ce mal passible d'une éternité aux enfers, mais elle avait quand même lamentablement échoué dans ses tentatives d'exorcisme.

La neige assourdissait le bruit des sabots des chevaux et du crissement des patins. Voyant frissonner Angélique, Eugène la conduisit à sa carriole et, sans s'attarder au manteau râpé de celle-ci, la protégea d'une peau d'ours blanc, puis partit à la recherche d'une auberge où ils pourraient se sustenter. Les rues s'encombraient de minute en minute de carrioles et de traîneaux en route pour l'église Notre-Dame. Angélique n'avait de pensée que pour l'heure qui l'attendait, précédant celle qui la suivrait. Elle taisait la peur qui, sournoisement, ombrageait l'amour qu'elle portait à Eugène.

Ils arrivèrent finalement à Hochelaga, assez loin des regards de Montréal. L'auberge était située tout près de l'endroit où le chemin de fer sur glace, traversant depuis Longueuil, venait déverser son flot de passagers jusqu'à l'hiver précédent, l'hiver 1883.

« Si M. Sénécal, M. Louis-Adélard Sénécal, avait eu autre chose dans ses culottes que des poches pleines d'argent, on aurait encore des clients.

— La compagnie South Eastern a été vendue au Canadian Pacific, rétorqua Eugène.

— Ben, c'est ça, l'affaire, mon 'tit gars. La South Eastern aurait pu s'arranger pour pas avoir de problèmes d'argent. On a construit un hôtel, nous autres, pour les passagers. En quatre-vingt et en quatre-vingt-un, c'était beau, puis c'est pas parce que la locomotive a plongé dans l'eau qu'on n'a pas été capables de la sortir de là, de la faire voyager un peu à côté, qu'on n'avait pas d'avenir. Il y a deux ans, en quatre-vingt-deux, on n'a pas eu d'hiver. C'est pas comme cette année. Quand on n'a pas de froid, il y a pas assez de glace pour supporter une locomotive de, quoi, plus de soixante mille tonnes ? »

Il attendait une réponse d'Eugène, mais constatant que celui-ci avait porté son attention ailleurs, il replongea dans son propos.

« L'année passée puis cette année, ça aurait été parfait. Non, la Canadian Pacific a dit *woooh back* ! Laissez rouiller vos rails, les *boys*, il n'y aura plus de train sur la glace entre Longueuil et ici. Fini. *Finish*. »

Le tenancier ne cessait de frotter son comptoir mais ne réussissait pas à décolérer.

« C'est pas les charrettes à foin puis les chevaux qui vont nous faire vivre en hiver, cibole. Comment est-ce qu'on a fait pour croire à ça, maudit ! Même M. Sénécal, même qu'il s'était mouillé le toupet quand la glace a craqué puis calé, même lui y avait cru. »

Le tenancier arrêta de frotter et éclata d'un rire gêné.

« Quand même pas chanceux d'avoir été à bord ce jour-là, le père Sénécal ! »

Angélique se serait signée pour implorer Dieu de pardonner le langage insensé de l'aubergiste. Consciente toutefois qu'elle avait désormais moins d'écoute auprès du Seigneur, elle coupa court à sa prière.

Eugène et elle avaient mis fin à la discussion, comblés qu'ils étaient de se regarder en souriant, incrédules quant au plaisir d'être ensemble. Le café était à peine chaud et la qualité du pain laissait à désirer, mais ni elle ni lui n'en parlèrent. Ils n'entendirent pas sonner les heures, parlant de tout, mais surtout de rien tant leurs vies leur paraissaient insignifiantes. Dès qu'ils furent rassasiés, leur bonheur s'assombrit comme un ciel bouché. Ne percevant que trop bien le combat entre leurs anges gardiens et les démons de leur chair, ils quittèrent l'hôtel en parias, affolés tous deux par ce qui aurait pu s'y produire s'ils étaient restés plus longtemps.

« Comment est-ce qu'on va faire pour se rencontrer, Eugène ? Se revoir ?

— On pourrait se donner rendez-vous demain devant ce qui reste du beau palais de glace.

— Ce serait difficile de dormir là, même si c'est un château.

— Viens donc me rejoindre à l'université. On trouvera une solution.

— L'université ? Tu travailles là ?

— Non, Angélique, j'étudie.

— Tu es encore à l'école à ton âge ?

— Mais oui. Je vais devenir médecin. »

Angélique était assommée. Elle n'avait jamais rencontré de jeune homme qui étudiait. À sa connaissance, personne de sa famille n'avait étudié.

« J'ai compris que tu n'étais pas un vrai enfant de chœur quand j'ai vu la carriole.

— Ça fait un an que je sers la messe uniquement pour te voir, Angélique !

— Tu n'avais pas besoin d'argent ?

— Non.

— Ta famille est riche ?

— J'imagine.

— Assez riche pour engager du personnel ?

— Oui. »

Angélique soupira. Elle avait été bernée par le surplis immaculé et les yeux verts d'Eugène. Elle avait abandonné la vie douillette du couvent pour plonger la tête la première dans l'enfer de ce jour.

Le soleil déclinait presque derrière le mont Royal. Angélique et Eugène étaient assis dans la carriole, immobilisée le long des rives gelées du fleuve, tout près de la rue McGill, et se demandaient où diriger l'attelage. Eugène tenait l'épaule d'Angélique comme s'il avait craint qu'elle ne s'enfuie. Bien malin qui aurait su que, par ce geste, il lui promettait de la protéger à jamais. Le jeune homme de vingt et un ans ne mesurait pas encore qu'il venait de quitter le monde des enfants de chœur pour joindre celui des hommes happés par la tourmente.

« Je vais retourner chez ma mère, Eugène. Je descends ici. »

Devant sa détermination, Eugène la laissa partir et la suivit des yeux, avant de se trouver bête et d'aller à sa poursuite dès qu'il la perdit de vue. Elle n'était nulle part. Disparue.

Margaret Hogan posa le torchon

humecté à même la fièvre de sa mère. N'y voyant que le vide, elle ne pouvait croire que derrière les yeux vitreux de celle-ci se cachait encore un regard. Depuis trois jours, ce typhus appréhendé par tous les responsables de la Grosse-Île, qui avait contraint le bâtiment à l'hibernation, attaquait sa mère de plein fouet, comme une tempête, la faisant gîter dangereusement au-dessus du gouffre de l'éternité. Ses beaux cheveux roux, dont elle avait toujours été si fière, se décoloraient, alors que sa langue et son teint, d'ordinaire magnifiquement laiteux, s'étaient noircis comme s'ils avaient été charbonnés. Margaret frissonna et regarda ces mèches si incrustées dans le front de sa mère qu'elle peinait à les décoller. Le médecin avait exigé qu'elle quittât son chevet pour ne pas s'exposer davantage au mal, mais elle avait refusé. Elle se devait d'asperger sa mère d'eau bénite, dérobée à l'église. Mrs McDuff, la bigote du Lazaret, nom que portait leur baraque sur l'île, était venue la voir.

« I hope it's not too late, young Margaret. Can we still hold back that poor soul of hers[1] ? »

Elle lui avait dit à voix basse que le typhus était la maladie qui frappait ceux qui avaient vendu leur âme au diable.

« The black tongue is the Devil's tongue. Pray, young Margaret, and sprinkle holy water over her. All the time[2]. »

Margaret aurait voulu retourner en Irlande, effacer le temps et y crever de faim, certes, mais y crever avec son père, sa mère et ses deux frères.

« No, I am staying with my Mammy and if I get the damn typhus, I shall die too. Actually, I am praying for such a deliverance[3], avait-elle répondu au Dr Monty Lambert, troublé par son entêtement et sa détermination.

— *But, my child...* mais...

— *There are no buts, doctor Lambert. I will soon be alone in this cold and bleak country. I hate it here. I hate it, hate it, hate it. Now, please leave me, doctor. Go, and please pull the curtain behind you[4]. »*

Respectueux, Frédéric Monty Lambert s'était éloigné sans insister. Il savait Mrs Hogan à l'article de la mort, et les chances que sa fille, Margaret, lui survive étaient minces.

---

1. J'espère qu'il n'est pas trop tard, Margaret. Pouvons-nous encore retenir cette pauvre âme ?
2. La langue noire est la langue du diable. Prie, Margaret, et asperge-la sans arrêt d'eau bénite.
3. Non, je reste près de ma mère et si j'attrape le maudit typhus, je mourrai aussi. À vrai dire, je prie pour une telle délivrance.
4. Il n'y a pas de « mais », docteur Lambert. Je serai bientôt seule dans ce pays de neige et de vent. Je déteste, déteste, déteste être là. Laissez-moi, s'il vous plaît, et tirez le rideau en sortant.

Margaret colla sa tête près de celle de sa mère, un bras posé délicatement sur sa poitrine affaissée, qui s'essoufflait et cherchait l'air de moins en moins fréquemment.

« Mammy, don't do this to me. Tomorrow is Saint Patrick's Day and I don't want to be sad for the rest of my life on that day. I want to play the fiddle, and laugh, and dance and celebrate. I don't want to mourn, because I will mourn unless you give me a sign that never, never did you sell your soul to the Devil. Mammy, I love you. Please love me as a mother should and stay with me. Mammy, breathe. Let me show you how to live. Breathe[5]. »

Le Dr Monty Lambert écoutait les chuchotements de l'autre côté du rideau et se désolait de son impuissance à guérir ces braves gens. Plus de vingt mille Irlandais avaient été enterrés depuis l'ouverture de la Grosse-Île, devenue station de quarantaine. Vingt mille personnes qui avaient espéré fuir l'enfer de leur pays pour y retomber, y brûler pour l'éternité, des milliers de milles plus loin.

« Breathe with me, Mammy. Breathe. Mammy! »

Le médecin entendait Margaret inspirer et expirer. La mère, craignit-il, avait abandonné sa fille à son souffle. Il se recueillit. Comme plusieurs des enfants, Margaret avait vu périr, avant même que le bateau ne touchât aux côtes d'Amérique, ses deux jeunes

---

5. Maman, ne me faites pas ça. Demain, c'est la Saint-Patrick et je ne veux pas y être triste jusqu'à la fin de mes jours. Je veux y jouer du violon et rire et danser et fêter. Je ne veux pas y pleurer et c'est ce que je ferai si vous ne m'envoyez pas un signe qui prouve que jamais, jamais de votre vie vous n'avez vendu votre âme au démon. Je vous aime, maman. Aimez-moi comme une mère sait le faire et restez avec moi. Respirez, maman. Laissez-moi vous montrer comment vivre. Respirez.

frères, Patrick et Daniel, puis son père, Liam. Trois fois elle avait vu les cadavres posés sur un madrier, couverts d'un linceul infesté, glisser par-dessus bord, offerts en sacrifice tantôt à une mer huileuse, tantôt à une mer déchaînée, tandis qu'ils étaient aspergés d'eau bénite et qu'on récitait une courte prière en guise d'adieu. Elle avait vu les corps nus et décharnés couper les lames de l'océan, les bras en l'air, à court de résistance. Son père, lui, avait été projeté contre la quille et avait rebondi, pour être aussitôt avalé par les vagues.

Frédéric Monty Lambert se demandait, depuis qu'il occupait son poste de surintendant médical, à quoi servait la médecine. Il remplissait davantage de formulaires d'actes de décès que d'actes de naissance. Il est vrai que, partis de Liverpool ou de Cork pour le Canada, quatre Irlandais sur cinq survivaient au voyage puis à la période de quarantaine sur la Grosse-Île, et lorsque celle-ci était terminée, rembarquaient pour Québec ou Montréal. Mais, parti de Liverpool ou de Cork, un Irlandais sur cinq, après une traversée de quarante-cinq jours, ne connaîtrait jamais le pays qui l'avait accueilli.

« *Doctor Lambert, come quickly please*[6] ! »

Frédéric Monty Lambert ne revint auprès de Mrs Hogan que pour lui fermer les yeux sur sa vie et pour étreindre Margaret, qui se tenait droite, l'œil sec.

« On va la mettre dans le charnier. On ne peut pas l'enterrer avant le printemps. *We have to wait for the thaw*.

---

6. Docteur Lambert, venez vite, s'il vous plaît.

— *I know. Will I go back to the lazaret? I like it there. At least it's clean and I have my own bed. It's better than here*[7].

— Pas tout de suite, Margaret. On va d'abord te couper les cheveux pour être certains que tu n'as pas attrapé de poux qui pourraient te donner le typhus.

— *Please don't. It doesn't itch. I haven't any lice, or nits. Please don't. Mammy really took care of my hair.*

— *We should have done it already*[8], Margaret, tu le sais. On aurait dû le faire quand tu es arrivée.

— *Doctor, please don't. Please!*

Margaret tentait de mieux se voir dans le petit miroir au tain tombé par plaques et fut stupéfaite de reconnaître le visage de son frère Patrick qui lui faisait la moue. Jamais elle n'avait remarqué leur ressemblance avant aujourd'hui. Debout au milieu des cheveux coupés épars au sol, Margaret, la tête rasée, regardait ses longues boucles rousses et ondulées, comme celles de sa mère, gisant sur le plancher, mortes elles aussi.

---

7. Nous devons attendre le dégel. — Je le sais. Vais-je retourner au lazaret ? Je le préfère aux baraquements. C'est propre et j'y ai un lit. C'est mieux qu'ici.
8. S'il vous plaît, non. Ne faites pas ça. Ça ne me pique pas. Je n'ai pas de lentes. Maman s'est toujours bien occupée de mes cheveux. — Ça aurait déjà dû être fait, Margaret.

Mme Garnier gifla sa fille

avec un torchon mouillé. Angélique, à genoux devant elle, le front humble et le corps prostré, ne cessait de répéter que certaines amours pouvaient être plus grandes que celles de Dieu. Vlan du torchon ! Angélique essuya l'eau et son chagrin d'un même geste puis serra les mâchoires. Offrir sa douleur à Dieu pour Eugène, si Dieu voulait bien l'accepter. Tout pour Eugène.

Mme Garnier venait de voir partir en fumée sa promesse d'éternité, et du coup ses reins et ses jambes la firent souffrir comme avant, quand elle n'avait aucune autre raison de se sacrifier que pour mettre de la nourriture sur la table. Maintenant qu'Angélique lui enlevait les nourritures célestes de la bouche, elle avait de nouveau le ventre creux et criard. La vie reprenait sa place sur terre, sans ciels à gravir pour récompense. Elle répéta à Angélique que le malheur annonçait toujours le malheur et qu'elle venait d'y précipiter toute sa famille. Les coups de langue furent si mortels qu'Angélique se demanda si elle serait un jour encore capable d'appeler cette femme acariâtre

« maman » sans récolter de hargne. Les portes du monde se fermaient devant elle.

Toujours déterminée à quitter l'univers des femmes sans corps, Angélique se releva, plissa les yeux, pencha la tête du côté du cœur, passa dans la chambre à coucher de la maison et prit ses effets.

« C'est ça, abandonne-moi comme t'as fait avec le Christ ! Traînée. »

Évitant une dernière gifle, Angélique sortit de la maison par l'escalier arrière, son mince bagage de rêves sous le bras. Les reproches claquèrent en même temps que la porte.

Violette aurait voulu cesser de pleurer

avant que n'entre son frère, Étienne. Elle avait si froid qu'elle craignait que ses larmes ne gèlent, ce qui l'aurait fait ressembler aux angelots des stèles de cimetière, dont le regard menteur n'avait jamais rien vu.

Elle se leva d'un bond et agrippa la planche appuyée contre une des chaises. Elle poussa un cri et assena un coup presque fatal sur la tête d'un rat sorti d'on ne savait où pour rôder dans leur pièce. Il se réfugia près de la porte et ne bougea plus. Violette regarda le sang couler près de l'œil de la bestiole et eut pitié. Le rongeur couina et elle comprit qu'il demandait grâce, elle ouvrit alors la porte et tapa du pied pour le faire fuir. La bête, affaiblie, disparut sans demander son reste. Violette referma rapidement et revint vers le matelas posé à même le sol, qui sentait la misère. En attendant son frère, elle s'emmitoufla tant bien que mal et s'endormit d'un sommeil grelottant, aussi confondit-elle les grattements sur la porte avec ceux qu'avait faits le rat. Elle s'empara aussitôt de la planche et bondit, prête au combat.

« Violette ? »

Violette sursauta en apercevant sa cousine Angélique, transie et l'air catastrophé, debout devant elle, un sac à la main.

« Angélique ? Angélique Garnier, qu'est-ce que tu fais ici ? »

Elle lui ouvrit la porte de leur réduit, et Angélique passa devant. Violette craqua une allumette, alluma une seconde lampe et dit qu'elle avait du pain. Angélique répondit qu'elle en avait aussi. Les cousines en mirent le tiers de côté pour Étienne, s'assirent à la table bancale et le grignotèrent en ramassant toutes les miettes dont elles ne firent qu'une bouchée.

« On t'a mise à la porte du couvent ?

— Non, je ne suis plus une sœur. Ça fait deux jours que je vous cherche, toi puis Étienne.

— Plus une sœur… »

Violette laissa traîner le mot. Elles avaient été proches l'une de l'autre jusqu'à ce qu'Angélique choisisse de répondre à l'appel du Seigneur, maintes fois répété par sa mère.

« Qu'est-ce que tu vas faire ?

— Comme toi. Me trouver quelque chose dans la couture ou dans la pâtisserie. Je pense que je fais le meilleur pain de Montréal, tu sais.

— De Montréal ?

— C'est ce que mes sœurs… les sœurs disaient.

— Ta mère ? »

Angélique observa sa cousine en affichant le plus beau et le plus doux des sourires.

« Violette, je suis orpheline.

— Ma tante est morte ? »

Violette fut saisie d'apprendre la nouvelle du décès de sa tante.

« C'est pour ça que t'as été obligée de sortir du couvent. Il faut que tu t'occupes des enfants…

— Mais non, Violette. Ma mère est vivante, mais j'ai bien l'intention de ne la revoir que dans l'au-delà, pas avant, quoique, non… On ne se reverra pas là non plus. On ne sera pas à la même adresse. Moi, Violette, je serai en enfer.

— Toi ? En enfer ?

— Oh, que oui, Violette, tête première ! »

Angélique se mordit la lèvre inférieure, s'efforçant désespérément de retenir un tremblement de chagrin et de peur.

ÉTIENNE JETA UN COUP D'ŒIL FURTIF

en direction de M. Fabre, apparemment fort préoccupé par la tempête de neige. Ce mois de mars quatre-vingt-quatre prolongeait un hiver sans fin, et les Montréalais n'en pouvaient plus de ce port encore engourdi. On n'y voyait aucune faille et la glace demeurait muette. Le carême s'achèverait sans que se pointent de voiliers à l'horizon. Il y avait certes les bateaux en cale sèche dans le port, ceux qui avaient tenté le diable en faisant un dernier voyage l'automne précédent. Il y avait bien les autres à l'angle des rues Saint-Étienne et Mill, confiés pour réparation. Mais le fleuve était encore en hiver, et le cœur des Montréalais, au printemps. Étienne devait se hâter de rentrer à la maison pour que Violette puisse faire un souper. Il prit une poignée de farine et la fit tomber dans une des poches intérieures de son manteau, adroitement cousues par sa sœur. *Pardonnez-nous, monsieur Patoche*, pensa-t-il. *La farine est chère. C'est peut-être pour ça qu'ils construisent des silos. Le moment venu, on va tout vous remettre ce qu'on a volé. Je vous le jure.*

Étienne détestait grandir sans fierté. Il s'arrêta quelques instants devant la pile de sacs de sucre vides que vendait M. Fabre en guise de torchons et s'y frotta la main avec nonchalance afin d'en effacer toute trace de poudre. Il se dirigea ensuite vers la caisse et attendit que M. Fabre en ait fini avec Mme Ménard. Étienne le voyait laisser tomber quelques friandises dans le sac de celle-ci pour ses trois jeunes enfants et pour leur mère, avait-il tenu à préciser en souriant, certain qu'elle avait compris qu'aucun de ces bonbons n'était destiné à son mari. Elle avait promis à voix basse pour ne pas être entendue d'Étienne, mais il avait très bien entendu, d'autant qu'à cause de son manque de dents elle devait se répéter. M. Fabre avait enfin porté son sac de provisions jusqu'à la porte, d'abord par politesse, puis pour s'assurer que la clenche était bien abaissée afin d'éviter que la porte ne donne prise au vent. Il revint à la caisse, le front plissé par son trouble, traînant la patte droite, ce qui le faisait claudiquer.

« Maudit enfer blanc ! Maudit rat de Ménard à marde qui a pas encore payé. Je te dis qu'un jour il va avoir un chien de ma chienne, lui… mais ça, c'est rien. T'as vu ? La pauvre Dolorès a pas réussi à se cacher la face maganée avec son écharpe. Maudit joualvert de Ménard à marde. Tapocher la plus belle femme de Montréal de même. »

M. Fabre pesa le sac de papier kraft dans lequel Étienne avait laissé tomber, après les avoir bien comptés, deux douzaines de haricots secs et jaunes dont sa sœur pourrait faire une soupe aux pois. Rosaire Fabre le pesa une seconde fois, regarda à l'intérieur et hocha la tête avant de lui réclamer un sou. En le lui tendant, Étienne vit une trace de poudre blanche sous l'ongle noir de son majeur. Si M. Fabre le remarquait, Étienne en serait quitte pour une fuite aspergée de coups et d'invectives, certes, mais pire, il serait forcé d'abandonner son sac de haricots et cette épicerie qu'il aimait beaucoup. Pris d'une panique silencieuse, il aperçut soudain une carotte à moitié pourrie sur le plancher et supplia aussitôt M. Fabre de la lui donner. Celui-ci recula, vit le légume et, déséquilibré, la jambe droite allongée derrière lui, le ramassa.

« Non, mon gars. C'est pas dit que Rosaire Fabre donnerait de la cochonnerie. Des plans pour vous empoisonner. »

C'est pas dit que Patoche ferait ça, non. Étienne repensait à ce que l'homme venait de faire pour Mme Ménard. M. Fabre le dévisagea comme s'il avait deviné sa pensée, jeta la carotte dans le bidon métallique graisseux qui servait de poubelle, y lança également un oignon au cœur ramolli et noirci, ainsi qu'une pomme de terre si pourrie que ne restait de blanc que les germes.

« Vous êtes certain que je peux pas les avoir ?

— Un peu de respect, mon gars. Si t'as pas l'argent, t'achètes pas. En attendant, moi, je pourrais peut-être te donner les légumes qui vont avoir mauvaise mine demain. Attends-moi ici, puis surveille la porte pendant que je vais t'en chercher. »

Étienne ramassa et fit tomber les trois légumes collants et puants dans le sac de haricots. M. Fabre revint et ouvrit le sac.

« Pourquoi t'as pris ça, mon gars ?

— Parce que ça m'en fait un peu plus. »

M. Fabre embrassa l'extrémité de son pouce, ce qu'il faisait lorsqu'il était mal à l'aise, comme maintenant, ou lorsqu'il gagnait aux cartes, ou encore en descendant l'allée de la nef, le dimanche, au retour de la communion. À la taverne comme à l'église, il fixait les gens qui lui devaient de l'argent d'un regard si glacial que, en y regardant de près, on aurait pu voir les épaules se soulever de frissons. Étienne était persuadé que ces regards haineux voilaient sa quête de reconnaissance et de respect. Patoche n'avait fait de mal qu'aux mouches qui collaient de trop près ses denrées et sa viande.

Étienne ne parvint pas à ouvrir la porte de la clôture de bois, si bancale qu'elle tenait uniquement parce qu'elle était appuyée contre un banc de neige. On savait qu'elle ne résisterait pas à la fonte du printemps et que de jeunes voyous viendraient en chaparder chacune des planches pourrie ou vermoulue. La clôture disparaîtrait comme l'avaient fait, bardeau par bardeau, la toiture effondrée d'un garage, ainsi que la totalité des biens exposés dans une vitrine fracassée par un patin de traîneau dont le cocher avait perdu la maîtrise.

Si la neige rendait difficile la vie à Montréal, la vie, même sans neige, était difficile pour les femmes, épuisées de voir leurs hommes, ivres morts, se prendre la tête à deux mains pour pleurer. Presque tous les hommes s'enroulaient un chapelet autour des phalanges dans l'espoir de se raccrocher à la vie, d'éloigner la tentation d'en finir avec le dernier acte de ce XIXe siècle et de mourir, comme ça, sur la terre gelée et battue du sol de leur maison.

Étienne poussa vainement la porte, résigné à escalader la clôture qui avait sûrement déjà été solide. Marchant dans des pas fraîchement creusés, il enfonça quand même dans la neige jusqu'aux cuisses en se dirigeant vers la porte arrière de la maison. Sa sœur Violette et lui y habitaient une pièce humide et sans fenêtre d'à peine six pieds de hauteur, cachée sous l'escalier menant aux étages aussi insalubres que le sous-sol. Il parvint à ouvrir la porte non sans mal et, tâtant le mur raboteux et glacé de l'escalier, descendit les marches couvertes d'ordures et d'un rat moribond prisonnier de la glace. Exceptionnellement, il n'y sentit pas s'agiter d'autres rats affamés. Étienne appréciait les tempêtes uniquement parce qu'elles ankylosaient la vermine.

Violette et Angélique ne bronchèrent pas lorsque Étienne referma la porte grinçante aux pentures mal huilées. Les planches ajourées permettaient à l'œil lubrique des voisins curieux de deviner ce qu'il y avait sous le bustier troué de Violette. Ce soir, Violette et Angélique avaient revêtu tout ce qu'elles avaient pu dénicher, vestes ou gilets ; avaient enfilé presque trou sur trou des chaussettes ayant échappé à la rafle des dames patronnesses. Ces dernières, au hasard de leur bonté saisonnière, exigeaient que soit brûlé tout ce qu'elles trouvaient de mangé par les mites ou l'usure. Puis les cousines avaient muselé leur conversation, Violette par un foulard, Angélique par une écharpe.

Violette n'aimait pas les dames patronnesses, qui se tenaient toujours devant un bain public avec une manne remplie de vieux vêtements sales et fripés qu'elles n'avaient même pas eu le cœur de plier.

« Je les connais. Elles viennent chercher des tricots puis des broderies au couvent.

— J'ai jamais vu de tricots ou de broderies neufs.

— Elles doivent les garder pour les kermesses.

— Ou pour leurs propres enfants. »

Il arrivait fréquemment à Violette de jeter les dons hérités de ces dames. Les cousines virent se soulever la clenche de la porte. Étienne se figea en rentrant.

« Angélique ! Angélique Garnier ? Qu'est-ce que t'es venue faire dans notre trou à rats ? C'est bon pour moi puis Violette parce qu'on est des orphelins, mais toi, t'as ta famille…

— Non, Étienne. Je veux pas en parler. Ma famille, c'est toi puis Violette.

— Elle veut plus voir sa mère.

— Pourquoi ?

— Elle a été méchante avec moi, répondit Angélique, gênée par un tel aveu.

— La charité chrétienne te demande pas de lui pardonner ?

— La charité chrétienne, Étienne, je ne l'ai pas vue souvent, même au couvent. »

Étienne regarda sa cousine, qui était si belle que même son museau sale comme il l'était ce soir et ses cheveux légèrement cotonnés ne réussissaient pas à porter ombrage à l'éclat de ses yeux et à ce teint de pêche qui était le sien.

Violette monta la mèche de la lampe pour mieux voir le contenu du sac qu'Étienne avait lancé sur la table. Celui-ci dégrafa la poche intérieure de son manteau et en sortit la farine, que Violette s'empressa de mettre dans une ancienne boîte à tabac rouillée et cabossée. Angélique ouvrit grands les yeux devant l'apparence d'un larcin.

« Crains rien, la cousine, c'est juste un emprunt au temps. »

Elle secoua la tête et lui sourit son pardon devant cet accroc à l'honnêteté. La misère n'était jamais parvenue, ici comme partout, à réchauffer les ardeurs chrétiennes.

Il y avait maintenant un bon trois tasses de farine dans la boîte bosselée. Étienne se pencha au-dessus d'une seconde boîte pour voir s'il y restait encore de la cassonade. Rassuré, il la reposa doucement pour éviter qu'elle ne se renverse. Il jeta un coup d'œil à sa cousine, dont il avait secrètement été amoureux, comme tous les hommes qui la croisaient.

« Vas-tu rester ici longtemps, Angélique ? »

Pour toute réponse, elle haussa les épaules en retenant ses larmes.

« On devrait pouvoir t'arranger ça. »

Étienne avait lui-même envie de pleurer du matin au soir et du soir au matin, mais il ne se l'était jamais autorisé depuis que ses parents, ses quatre frères et deux de ses sœurs avaient péri par le feu qui avait réduit leur maison en un tas de cendres fumantes. L'horloge, leur avait-on dit, n'avait pas eu le temps de sonner les coups de neuf heures. Ils avaient appelé « maison » un hangar de bois chauffé de charbon, de peine et de misère. C'est ce charbon incandescent et puant qui avait mis le feu à leur famille. Il avait embrasé les cartons et le bois des cagettes empilés le long des murs pour isoler du froid. C'était une idée de leur père, qui n'en avait jamais manqué pour protéger les siens de la détresse et de la honte.

Ce jour-là, Violette et Étienne s'étaient absentés pour quelques instants, mais ces quelques instants leur avaient épargné une absence éternelle.

« Ta mère sait que tu es ici ? »

Angélique secoua la tête.

On leur avait dit qu'ils avaient été chanceux dans leur malchance, puisque les pompiers n'avaient jamais trouvé les corps de leurs morts. Pas de corps, pas de cercueils. Pas de cercueils, pas d'enterrement. Pas d'enterrement, pas de dépenses, pas d'endettement.

Étienne et Violette avaient erré au cimetière des Irlandais de Griffintown, celui qui n'était pas trop loin de leur maison et près de la bouche grande ouverte du pont Victoria, jusqu'à ce qu'ils tombent sur une croix de bois au nom presque effacé qu'ils firent leur. Peinant tous deux à écrire et à compter, ils y avaient gravé en catimini neuf X, huit pour leur famille éteinte et un pour le mort déjà mort et enterré là. Le pauvre n'avait laissé qu'un souvenir de son passage sur terre et c'était le O' sur la croix. Violette et son frère voyaient les X parfois comme des petites croix piquées dans la terre, parfois comme des oiseaux ou des âmes envolés en fumée.

« Moi, Étienne, je trouve que c'est bien qu'on se refasse une famille. Même petite. Ça fait sept ans que toi puis moi, on est tout seuls… »

Violette avait longuement regretté sa plus jeune sœur, celle qui n'avait pas encore de dents et qui tétait mal à cause d'un bec-de-lièvre. Elle l'avait aimée plus que tout le monde de son monde. Elle rêvait que sa petite sœur s'était allumée comme un lampion pour s'éteindre aussitôt. Elle imaginait que des ailes lui avaient poussé au dos, au même rythme que des dents. Elle s'attristait de la savoir dans les limbes, où elle volait aveuglément comme une chauve-souris. Ses parents avaient repoussé le baptême, attendant qu'elle fût assez grosse pour porter l'unique robe blanche et propre pour être présentée à Dieu. Sa petite sœur ne s'était jamais remplumée, elle vomissait tout le temps et avait toujours eu des diarrhées vertes et puantes de bébé.

Un jour que Violette s'était agenouillée devant la croix des X, elle avait demandé à son frère si une maison brûlait parce que l'enfer venait la chercher ou si c'était une punition pour avoir négligé d'envoyer tous les enfants à la messe. Étienne lui avait répondu que saint Pierre devait comprendre qu'il leur était impossible de tous y assister le même dimanche puisqu'ils se partageaient les vêtements. Sa sœur s'était inquiétée : pouvait-on monter au ciel quand on avait déjà brûlé dans le creux de l'enfer ? Les cendres seraient-elles assez fortes pour supporter les corps qui allaient ressusciter ? Mais ce qui lui faisait le plus peur, c'était que saint Pierre n'eût pas reconnu sa famille. On le lui avait dit : si les siens n'avaient pas été en cendres, ils auraient, de toute façon, été méconnaissables.

Violette brisa d'un coup de poing la glace formée sur l'eau de leur plat. Elle en versa dans une ancienne boîte de tabac blond et y mit les haricots à tremper. Ce soir, presque dans la nuit, elle ferait la soupe.

Pendant que les filles s'affairaient à préparer ce qui serait leur repas, Étienne, épuisé, s'était laissé tomber sur le lit. Violette tenta d'enlever ses chaussettes encore perlées de boulettes de glace, mais abandonna et posa une couverture d'écurie sur son frère, qui ronflait déjà sa fatigue et sa faim. Fut-ce le poids de la couverture ou son humidité qui le réveillèrent, Étienne se leva d'un bond, enfila des chaussures dont un lacet avait disparu et, tenant une lampe à huile, sortit de la pièce. Il était temps qu'il s'occupe de sa cousine. Il prit le même bout de planche utilisé par Violette plus tôt pour blesser mortellement le rat et fracassa le cadenas fermé sur la clenche de l'autre porte de la cave. Il appela sa sœur et sa cousine. Ils entrèrent tous les trois dans le réduit qui servirait de chambre à Angélique, et celle-ci chuchota « Mon Dieu Seigneur ! » avant d'en ressortir en pleurant si discrètement que ni Violette ni Étienne ne virent son trouble. Ils mangèrent ensuite la pâtée préparée par Violette, qui avait mélangé tous les légumes et les rognons – malgré le dédain qu'elle eut pour ceux-ci – trouvés au fond du sac.

Étienne ne se coucha que lorsqu'il eut terminé de débarrasser et de balayer le cagibi, une écharpe sur la figure pour ne pas mourir de froid ou étouffé par la poussière de terre, de crotte de vermine et de moisissure qui lui soulevait le cœur. Il garda néanmoins un vieux sommier rouillé, une espèce de commode, dont le seul tiroir qui tenait dans sa rainure avait servi de berceau aux souris, et trois contenants de métal cachés sous les toiles d'araignée. En déplaçant une vieille étagère, il découvrit un soupirail. Sa cousine pourrait, la chanceuse, voir un morceau de ciel, mais il lui faudrait le faire disparaître en hiver. Tout en balayant, il se demandait ce qu'elle faisait là, la Angélique qui avait porté tout le destin de la famille sur ses épaules ; la Angélique qui avait eu le teint frais, des vêtements propres et neufs ; la Angélique qui avait peut-être laissé tomber une place garantie au paradis.

Il s'endormit finalement près de sa sœur, qui avait posé un bras autour de l'épaule d'Angélique pour la réconforter. Cette beauté frappante allait être le passe-partout de toutes les portes qui seraient fermées devant elle. Il en aurait juré.

VIOLETTE COUPA LE FIL

avec ses dents et, agacée, chercha de l'ongle entre la molaire et la canine le petit bout qui s'y était coincé. Elle ne pourrait réaliser son quota du jour parce que sa machine à coudre venait de se briser une seconde fois. Le cordon de cuir qui reliait la pédale au volant s'était rompu en lui claquant la cuisse. Elle leva la main pour attirer l'attention du chef d'équipe et croisa les bras en l'attendant. Ce dernier arriva par-derrière, comme il le faisait toujours, se pencha par-dessus son épaule – elle ne décroisa pas les bras – et grogna de mécontentement. Malgré le bruit infernal, elle l'entendit cracher dans son oreille ce qu'elle connaissait par cœur : elle était trop dure avec sa machine à coudre, il perdait de l'argent à cause d'elle, et puis la menace, elle aurait à le rembourser si son quota n'était pas atteint.

« Ton frère Étienne p-puis toi, vous p-pouvez pas vous p-permettre de p-perdre votre job. Vous êtes déjà chanceux d'en avoir une. »

Violette ne voyait pas où était la chance à se trouver sans soleil du matin au soir, derrière des fenêtres crasseuses, à respirer des poussières de coton qui la faisaient tousser. Chaque fois que sa machine s'enrayait, elle s'enrayait une autre fois dans la même journée. Malgré ses dix-sept ans presque révolus, Violette avait depuis longtemps compris que le réparateur de machines à coudre la reluquait et que, ces jours-là, il faisait en sorte d'abîmer quelque chose de façon à devoir revenir la voir. Un jour, pensait-elle, elle lui dirait qu'elle avait deviné son jeu et que, s'il voulait lui rendre l'argent qu'il lui faisait perdre, elle ne le dénoncerait pas au patron. Violette ruminait ces pensées tout en sachant que jamais elle ne le dénoncerait, d'autant que Gustave Croteau était le neveu du patron. Pas une seule midinette ne pouvait faire de plainte et, cela aussi, elle l'avait compris dès le premier jour où elle avait mis les pieds dans le monde du travail, à treize ans.

« Pourquoi est-ce que vous avez acheté une machine Wheeler & Wilson, monsieur Croteau, au lieu d'une Williams ?

— P-parce que la face à Williams m-me revient pas, puis les Wilson font toujours des m-meilleurs p-prix. À p-part de ça, c'est p-pas de tes m-maudites affaires. »

Depuis toujours, les couturières devaient s'arracher les yeux du matin au soir, manger leur croûton à toute vitesse et se remettre au travail aussitôt que la cloche les rappelait à l'ordre, comme si manger et aller au petit coin semaient le désordre.

Une giboulée, attardée en avril, tombait depuis deux jours, obstruant toutes les fenêtres, et les filles avaient le sentiment de vivre dans une prison de glace, sans possibilité d'évasion. L'éclairage au gaz, avec ses flammes tantôt bleues, tantôt rouges ou jaunes, ne faisait que de rares ombres et M. Croteau, le patron, en avait une peur panique. Les explosions étaient fréquentes, et s'il redoutait de perdre son atelier, jamais il n'avait mentionné une possible perte de vies.

Le neveu arriva, le visage rougi par le froid et le plaisir de revoir Violette une seconde fois. Il posa son manteau et ses mitaines blanchis, mais n'enleva pas ses bottes. Les femmes nettoieraient derrière lui. Violette le regarda, le visage fermé, les bras encore croisés, ne les décroisant que pour se lever afin qu'il se glisse sous la machine. Trop de fois les Croteau avaient laissé promener une main baladeuse sur sa poitrine.

« Bouge pas, ma petite Violette mauve, laisse-moi m'installer en dessous de ton jupon. »

Elle fut la seule à comprendre le sens des postillons, aussi s'essuya-t-elle la joue avec dégoût. Le neveu effectua le travail et lui glissa la main entre les cuisses en sortant de sous la machine.

« Belle comme t'es, ma petite Violette mauve, il doit y avoir pas mal d'hommes qui savent que t'as la peau douce dans ce coin-ci. »

Elle ne sut jamais d'où partit la gifle, mais Violette lui claqua la joue, arrachant de la peau de ses ongles acérés. Saisi, le neveu répliqua aussitôt et lui assena un coup de poing d'une telle force qu'elle tomba à la renverse, vit trois étoiles et s'évanouit. Seules les couturières près d'elle comprirent ce qui se passait, les autres, trop éloignées, n'ayant pu voir ou entendre le remue-ménage. Deux d'entre elles volèrent aussitôt au secours de leur amie, mais le patron les rejoignit et leur montra leur machine en gesticulant en silence, le vacarme des appareils l'y forçant.

« La petite maudite. Regarde ! »

Le neveu s'essuyait la joue sous l'œil agacé de son oncle.

« Dep-puis quand que tu m-me fais des affaires de même, Gustave ? C'est une de m-mes m-meilleures, celle-là ! Je m-me la réserve. Une revêche, m-mais quand elle écrase la p-pédale, elle l'écrase. »

Violette entendit le bruit des machines, puis les voix des deux Croteau. Elle n'ouvrit pas les yeux, son œil gauche la faisant souffrir. Depuis combien de temps était-elle allongée sur le plancher ? Combien de temps depuis qu'elle avait servi une bonne gifle à ce cochon rose et rouge qui ne cessait de lui glisser les doigts presque là où, justement, elle tachait ses guenilles depuis deux jours ?

« Va chercher de la neige ou de la glace. Ça va la ram-mener. »

La main sur la joue, le neveu sortit sans se presser, humilié de passer devant les couturières, dont la diligence ne parvenait pas à cacher les regards torves et les sourcils réprobateurs. Il aimait bien mais détestait tout autant venir travailler pour son oncle. Jamais ces filles de rien ne lui avaient accordé la moindre attention. Ces filles pas foutues de s'être trouvé un homme. Violette était la seule qui n'était pas laide, avec ses cheveux foncés et sa peau blanche, ses mains habiles qu'il ne cessait d'imaginer lui caressant le pantalon, juste où se trouvait le péché mortel.

« B-bouge ! Elle est pas encore sortie des pommes. »

Violette ne broncha pas. Elle retenait sa respiration le plus possible. L'œil et la joue gauches lui faisaient plus mal qu'une engelure, plus mal que le jour où son jeune frère, Anselme – *Ah… Anselme*, pensait-elle, *je ne saurai jamais à quoi tu aurais ressemblé, avec tes beaux yeux bleus comme ceux de notre cousine Angélique !* –, lui avait lancé une pomme de route gelée en plein visage, en jouant au hockey dans la ruelle. Leur père leur avait interdit de jouer à ce jeu inventé par les Anglais pour l'été, mais qu'eux préféraient jouer en hiver.

Le neveu était à nouveau près d'elle et elle ouvrit les yeux dès qu'elle sentit son haleine puante. Gustave sursauta.

« Tu m'as fait peur, ma maudite ! Il était temps que tu reviennes à toi. Je t'ai juste donné une petite poussée de rien… T'es faite trop fragile. Hein, mon oncle, vous trouvez pas qu'elle est faite fragile ?

— Ferme-toi ! Violette, va te coucher chez vous. Tu reviendras lundi. P-peux-tu te lever ? »

Si elle avait pu, elle aurait bondi pour les empêcher de l'aider, mais elle n'y parvint pas. Elle referma les yeux, se demandant que faire.

« On dirait qu'elle vient de tomber sans connaissance encore. Crucifix, m-mon gars… »

Violette accepta finalement leur assistance, tendit les deux bras et ils la remirent sur pied. Elle se dirigea péniblement vers la corde où étaient suspendus les manteaux.

« Dem-main, c'est P-Pâques. M-moi, si j'étais toi, j'irais pas à l'église.

— Pourquoi pas ? » articula-t-elle en crachant.

Violette franchit la porte sous le regard inquiet des Croteau et médusé de ses collègues.

MARGARET ÉTAIT SEULE DANS SON PAVILLON

à trier les effets de sa mère : une jupe, trois trèfles à quatre feuilles séchés entre les pages de son missel, les chapelets de son père et de ses frères, mais pas celui de sa mère, qui avait été brûlé puisqu'elle l'avait touché. Presque tout avait été brûlé, et Margaret en comprenait les raisons, tout en ayant du mal à accepter que l'on traite sa mère comme une lépreuse de l'Évangile. Elle avait mis plus de deux semaines à se résigner à l'inéluctable.

« *Young Margaret, come and pray with me,* lui avait dit Mrs McDuff.

— *No thank you, Mrs McDuff.*

— *You must come. After all, it is Easter.*

— *I will come in five minutes, Mrs McDuff. There is something I need to do.*

— *In that case, I shall wait here*[9]. »

Mrs McDuff s'était assise sur le lit voisin, sans en bouger, lançant quelques regards impatients à Margaret, qui fronçait les sourcils.

---

9. Margaret, viens prier avec moi. — Non, merci, madame McDuff. — Il faut que tu viennes. C'est Pâques, après tout. — Je vous suis dans cinq minutes, si vous me permettez, j'ai à faire. — Je vais attendre ici.

« Come along, young Margaret. We don't want to be late[10]. *»*

Margaret avait finalement enfilé son chaperon puis suivi Mrs McDuff.

« Are you feeling all right, Mrs McDuff? I was watching you while you were waiting. I thought you were having a shivering fit like…

— Don't be talking nonsense, young Margaret. It is cold and I am not getting any younger. That is all there is to it[11]*! »*

Elles entrèrent toutes deux dans l'église et s'assirent ensemble. Il n'y avait presque personne pour les réjouissances de Pâques. Les gens du personnel étaient d'un côté de la nef, et les pensionnaires de l'autre. Le célébrant récita quand même sa messe au son de la clochette agitée par un servant d'autel pâlot, en mal de santé et de soleil. Mrs McDuff s'énervait.

« Is something wrong, Mrs McDuff? » lui chuchota Margaret.

Mrs McDuff voulut répondre, mais tourna de l'œil et tomba de tout son long sur le plancher, n'ayant plus qu'une jambe perchée sur sa chaise.

Vive comme l'éclair, Margaret fut sur pied, se signa, contourna Mrs McDuff après lui avoir tant bien que mal caché les cuisses et sortit de l'église en courant pour se diriger vers le charnier.

« Thank you, Ma! Thank you. I am sure she caught the typhus. She was shivering exactly like you were. I will know

---

10. Viens, Margaret, nous ne voudrions pas être en retard.
11. Ça va, madame McDuff ? J'ai l'impression de vous avoir vu frissonner. — Margaret, ne dis pas de telles horreurs. Je ne rajeunis pas et j'ai froid, c'est tout.

tomorrow. Maybe tonight. I begged you to send me a sign. This has to be it. It is impossible for her to have sold her soul to the Devil. Impossible[12]! »

Sur la Grosse-Île, Pâques ne fut guère plus joyeux que ne l'avait été le carême qui lui avait ouvert le chemin. À part la neige qui avait fondu là où Margaret s'était agenouillée devant le charnier ; à part son fou rire et ses éclats de joie : « *I love this country, Ma!* » ; à part ses courses folles à attraper avec sa langue les derniers flocons qui tombaient : « *You were right all along, Ma, I will stay here[13]!* » ; à part le son du violon dont elle joua quand on lui apprit le décès de Mrs McDuff : « *Did you hear that, Ma? My fiddle is happy again[14]!* » À part tout cela, rien ne fut beau, à la Grosse-Île, en ce jour de Pâques.

---

12. Merci, maman, merci ! Je suis certaine qu'elle a attrapé le typhus. Elle avait des tremblements qui ressemblaient aux vôtres. Je le saurai demain. Ce soir, peut-être. Je vous avais suppliée de m'envoyer un signe. C'est certainement celui que j'attendais. C'est impossible que Mrs McDuff ait vendu son âme au diable. Impossible !

13. J'adore ce pays, maman ! […] Vous aviez raison, maman, je vais m'installer ici.

14. Vous entendez, maman ? Mon violon est heureux à nouveau.

Violette et Angélique descendirent

les marches du parvis de l'église Notre-Dame pour attendre les fidèles au pied de l'escalier. Angélique portait par-dessus son manteau râpé un châle que Violette avait reçu des dames patronnesses. Violette s'était empressée de le laver et de bien le plier, ayant le dédain facile. Plusieurs fois elle avait jeté ce qu'on lui avait offert : chaussures nauséabondes aux talons usés, jupes déchirées, lainages mangés des mites, sous-vêtements tachés par des femmes sans fierté.

« J'aimerais comprendre pourquoi, moi, je devrais être contente de porter de la cochonnerie. Si c'est pas bon pour les femmes en moyens, c'est pas mieux pour nous autres, les pauvres. Passé de mode, c'est correct, mais troué ou écœurant... J'en veux pas, moi, de cette charité-là. »

Angélique et Étienne avaient pris soin de Violette presque toute la nuit. Étienne était allé chercher de la glace pour diminuer l'enflure du visage. Aucun des trois n'avait parlé de la colère de la jeune femme, reportant tacitement ce sujet au jour où elle aurait l'œil rouvert.

« Je veux pas que tu viennes à l'église, Violette. On va penser que je t'ai frappée.

— On pensera ce qu'on voudra. Moi, je sais que c'est pas toi, que c'est Gustave Croteau. Regarde-moi, Étienne. Je veux profiter de ma face massacrée pour que le monde mette encore plus d'argent dans mon écuelle. C'est une bonne journée pour quêter, Pâques. »

Étienne était complètement désespéré de ce qui était arrivé à sa sœur.

« J'aime pas ça quand tu dis que tu quêtes.

— Pour demander l'aumône, d'abord.

— C'est pas mieux.

— La charité ? Je veux pas dire ça. »

Angélique se sentait à l'étroit dans cette discussion entre ses cousins. Déjà que tendre la main devant la cathédrale lui semblait un affront à ses coreligionnaires, un sacrilège à l'égard de Dieu. Tendre la main allait lui donner la nausée tant elle craignait de ne pouvoir supporter de refus. Qu'était-elle venue faire dans cette ville, sans cellule, sans sœur Marie-Saint-Cœur-du-Messie, sans prieure, sans poêle à deux ponts, sans réfectoire, mais surtout sans Eugène ?

Violette et Angélique entendirent les cloches revenir de Rome sans pour autant apporter de chaleur et se bouchèrent les oreilles. Les cloches de cette fête de Pâques, pourtant tardive, étaient encore couvertes de neige, ce qui les rendait un peu frileuses. Violette aurait juré leur son éraillé.

Angélique regarda le visage de sa cousine, que celle-ci avait l'intention de découvrir pour attirer la compassion. Jamais Angélique ne se serait cru capable de mendier, mais Violette lui avait expliqué que ce dimanche pourrait leur rapporter suffisamment d'argent pour payer l'épicerie jusqu'aux récoltes. Presque assez d'argent pour cinq mois. Angélique avait perdu le souvenir de la faim, hormis celle qu'elle s'était imposée pour affamer son Satan qui, elle le comprenait maintenant, avait été l'amour débridé pour son Eugène de la Durantaye.

Elles se placèrent l'une à la gauche, l'autre à la droite de l'extrémité des marches. Violette se protégerait le visage de l'arrogant vent derrière une colonne afin d'éviter qu'il ne la blessât davantage.

« Restez pas ici ! Allez-vous-en près de la rue ! »

Le bedeau, se prenant pour le seigneur de l'église et des lieux, avait foncé sur elles et les autres jeunes postés tout près pour être bien vus. Angélique ferma les yeux et demanda à ce Dieu qu'elle avait tant aimé de veiller un peu sur elle.

Elles se retrouvèrent donc près des calèches, dont les roues dégouttaient sous la faible chaleur dégagée par les pavés. Avant même la fin de la messe, Violette avait recueilli un peu d'argent de plusieurs passants qui, l'apercevant, revenaient sur leurs pas lui offrir quelques pièces de monnaie. Violette regardait Angélique qui ne disait mot et se tenait le bras ballant, son petit panier de paille presque caché par sa jupe. Celle-ci avait discrètement cherché à deviner s'il y avait devant elle la calèche des de la Durantaye.

« As-tu froid, Angélique ?

— Non, pourquoi ?

« — Parce que tu sautilles tout le temps.

— Ah ? Peut-être que j'ai froid. »

Angélique s'était bien gardée de révéler l'existence d'Eugène, par pudeur, il est vrai, mais également par peur de scandaliser ses cousins et, elle devait se l'avouer, parce qu'elle redoutait de ne plus jamais le revoir. Chaque fois que ses pensées avaient été envahies par ce trouble, elle avait fermé les yeux en s'efforçant de se convaincre que l'amour n'avait pas d'adresse.

Les portes s'ouvrirent pour laisser sortir les paroissiens, poussés par les dernières notes de l'orgue, tandis que les cloches tentaient allègrement de chauffer l'air. Violette sourit faiblement alors qu'Angélique tira sur son châle pour y cacher son humiliation. Violette, voyant des femmes chapeautées de paille et de fleurs malgré le temps froid, tendit son écuelle, tout en jetant un coup d'œil à sa cousine.

« La petite Violette mauve ! Il me semblait qu'on t'avait dit de pas venir à la messe.

— Vous voulez pas que le monde voie que vous m'avez fait sonner les cloches. C'est mes affaires, pas les vôtres.

— Tu vas te taire ou…

— Ou quoi, Gustave ? Tu vas me frapper ? »

Philémon Croteau rejoignit son neveu et lui donna une discrète bourrade dans le dos.

« Tu vas te taire, Gustave, avance ! »

Soudain, les cousines entendirent un cri amusé. Violette en cherchait la provenance tandis qu'Angélique gardait les yeux baissés. Elle entrevit des bottes, l'ourlet d'un manteau vert aux boutons couverts de brillants. Elle reconnut le renard d'un manchon au moment où une jeune fille s'exclamait :

« Ah, mon châle ! Vous le reconnaissez, maman, celui que j'avais mis dans le panier pour les pauvres l'an dernier ? C'est plus très très porté, les châles, mais il est encore propre, vous ne pensez pas ? Peut-être que je n'aurais pas dû le donner, finalement. Vous voudriez me le rendre, mademoiselle ? »

Angélique le retira, s'y essuya les mains puis le laissa tomber et le foula aux pieds froidement, devant l'œil médusé de la dame et de sa fille.

« Viens-t'en, Isabelle. Je ne crois pas que ce soit ton châle.

— Oui, c'est le mien. Je l'ai reconnu. »

Puis cette Isabelle prit un ton plus grave pour demander à sa mère à quel endroit ces filles avaient pu se le procurer. La mère lui serrait le coude.

« Vous me faites mal, maman.

— Compte-toi chanceuse que ce ne soit pas ta mâchoire que je tienne. »

Violette jeta un regard étonné à sa cousine qui, la fierté piétinée, ramassa le châle et le posa sur son avant-bras.

« Sainte nitouche de vipère. J'avais oublié, Violette, combien les filles peuvent manquer de jugement. Je rentre, j'en ai assez.

— Pas question. On a besoin de toi, il faut que tu fasses ta part. Ton panier, Angélique ! »

Angélique se résigna à tendre la main. La Isabelle se retourna une dernière fois et lui fit un détestable rictus.

« C'est à moi que cette grimace est destinée. Pardonnez ma sœur, mademoiselle. Si vous nous donniez votre adresse, nous vous ferions parvenir un nouveau châle. »

Eugène, enfin te voilà ! Je ne savais où te trouver. Enfin, tu es là, tout près de moi. Mon Dieu, tu viens de me parler et je dois te répondre !

« Non, pas à moi, monsieur. Il est à ma cousine, monsieur, qui a eu la générosité de me le prêter. Monsieur. »

Eugène se tenait devant elle, plus beau que dans son souvenir. Elle ne savait comment interpréter le sourire qu'il avait, pas plus qu'elle ne savait comment répondre à sa demande précise. Elle avait redressé sa fierté, empêchant ses genoux de fléchir. Violette présenta son écuelle. Mystifié, Eugène y fit tomber toutes les pièces qu'il avait et les recouvrit des dollars du Dominion qu'il trouva dans ses poches.

Puis il laissa échapper un gant et se pencha pour le ramasser.

« Lundi en huit, à midi, Angélique. À l'Université McGill. Porte centrale, sur la rue Sherbrooke. Tu ne peux pas te tromper. Je t'attends. Lundi, vingt et un avril. Dans une semaine », chuchota-t-il.

Angélique se tourna vers sa cousine, le regard désespéré, tandis qu'Eugène rattrapait sa famille d'un pas pressé.

« Violette Leblanc ! »

Violette sursauta, reconnaissant la voix de Gérald Ménard.

« Qui t'a fait ça ? »

Gérald était là, la casquette à peine enfoncée sur la tête tant il s'était hâté de la rejoindre. Violette eut un geste tardif pour se cacher le visage. Gérald Ménard, celui des jumeaux qu'elle préférait, l'observait, l'air scandalisé.

« C'est moi, Gérald, je suis tombée. »

Angélique détourna la tête pour ne pas trahir son embarras devant ce mensonge.

« Tu veux rire de moi, toi ? Tu vas quand même pas me dire que t'es tombée sur une boîte à bois, parce que moi je vais te demander de quel étage. »

Il l'attira à l'écart pour éviter les regards.

« Qui t'a fait ça ? »

Violette se mordit les lèvres pour taire la réponse et retenir le chagrin qui la minait.

« Qui ?

— Personne. Je suis tombée, Gérald. »

Gérald la toisa une dernière fois puis lui tourna le dos pour aller retrouver son jumeau, Gérard. Violette le suivit des yeux en se disant que jamais plus il ne voudrait lui parler. Elle soupira.

« As-tu remarqué, Gérald ? Il y en a qui leur ont donné des piastres.

— Tais-toi, Gérard. Tant mieux si les filles reçoivent de l'argent. Ça nous enlève quoi ? »

Les jumeaux n'avaient presque jamais quêté, sauf à l'occasion. Un jour, ils l'avaient fait pour acheter des bonbons. Leur père, davantage maréchal-ferrant que forgeron, le meilleur de toute la ville de Montréal, fort comme un bœuf et bâti comme Louis Cyr, leur père donc, Paul-Aimé Ménard, l'avait appris et leur avait fait passer à tous deux un quart d'heure si mauvais qu'il avait duré une demi-heure.

« Je vas vous en faire, moi, quêter ! Vous voulez qu'on passe pour des guenilloux ? »

Gérald avait eu du mal à respirer pendant deux semaines tant les coups de pied aux côtes avaient été forts, laissant d'immenses ecchymoses. Il n'avait pas pu rire, non plus que tousser et éternuer.

« Vous mériteriez d'en être, des guenilloux. Que je vous sacre à la porte pis que vous vous retrouviez pas mieux que les quêteux. »

Gérard, lui, avait reçu toute une mornifle, qui lui avait laissé en souvenir un coquard irisé. Quand il avait enfin désenflé, de petits filets rouges avaient coloré le blanc de son œil. Depuis ce jour, Gérard disait qu'il voyait embrouillé, mais désormais presque tout le monde différenciait les jumeaux : Gérard était celui qui donnait à penser qu'il se remettait tous les jours d'un lendemain de cuite.

Leur père, qui gardait dans la forge deux barils de rhum achetés en cachette aux débardeurs quand un voilier arrivait des mers du Sud, leur avait évidemment interdit d'en boire. Ils y avaient goûté à son insu et avaient eu aussi mal à la tête que s'il les avait frappés. Gérard avait aimé l'ivresse parce qu'elle était aussi efficace que le sommeil pour oublier. Gérald, pas du tout.

Leur mère, Dolorès Ménard, née Vernier, avait perdu ses dents de devant depuis belle lurette. Quand elle avait perdu la première, elle avait parlé sur le bout de la langue en crachant le sang. Gérald et Gérard tentaient toujours de la consoler, mais s'ils la touchaient, ne fût-ce que du bout du doigt, elle se mettait en colère.

« Lâchez-moi, maudit ! Ça me fait pas de bien. Innocents ! »

Le bébé, Nazaire, pleurait et l'aînée de leurs deux sœurs, Agathe, disait « Maman, maman, maman », toujours trois fois. À la troisième fois, elle recevait une menace de taloche de leur mère qui, on aurait pu croire, ne voulait plus l'être. Un soir qu'elle aurait refusé son entrecuisse à son mari, il lui avait donné des coups de pied, dont un dans le ventre. Elle s'était mise à saigner de dessous sa chemise de nuit, et ni Gérald ni Gérard n'avaient vu d'où venait le sang, mais il y en avait eu partout. Lorsque leur mère avait réussi à se relever, elle était allée au petit coin, au fond de la cour, et en était revenue en se tenant aux murs. Le sang l'avait suivie comme une ombre. En s'affalant sur le matelas, elle avait dit à ses jumeaux : « Merci, mon Dieu, un de moins. » Puis elle s'était mise en petite boule, toute seule, et s'était bercée en se massant le ventre, comme ça, pendant toute la nuit, sous le regard inquiet de ses bessons.

Gérald hésita puis demanda à son frère de l'attendre. Il retourna auprès de Violette, qui essaya de lui sourire. Il fut horrifié de songer qu'au moins elle n'avait pas perdu de dents.

« Écoute-moi, Violette Leblanc. Si jamais Gérard puis moi on apprend que quelqu'un t'a frappée…

— Non, je suis tombée…

— … t'a frappée, il est pas mieux que mort. Puis s'il meurt pas, il va avoir un dentier ! Fie-toi à moi puis à mon frère. »

Violette rejoignit sa cousine, qui, toute perchée sur sa joie d'avoir revu Eugène, réussissait à effacer les traces de son bouleversement. Elle eut du mal à retrouver la parole tant son émoi était grand.

« As-tu vu, Violette, que le frère de la Isabelle qui…

— Comment veux-tu que j'aie vu quoi que ce soit, Angélique ? Comment ? Par mon trou de cul ?

— Oh ! »

Violette se pointa à l'atelier

munie d'un foulard fleuri en guise de cache-œil.
M. Croteau se dirigea rapidement vers elle.

« Qu'est-ce que tu fais ici, toi ?

— Comment ça, qu'est-ce que je fais ici ? Je travaille ici. Ah… vous m'avez pas reconnue à cause
de mon foulard. Violette Leblanc ou ce qui en reste,
monsieur Croteau.

— Viens dans m-mon bureau, toi.

— Non. Je vais être en retard pour commencer
ma journée.

— J'ai dit, dans m-mon bureau. »

Violette le suivit à contrecœur, sous l'œil inquiet
des filles, qui feignaient toutes d'être occupées sans
pouvoir décrocher leur regard de son foulard.

« Tu vas m'enlever ton déguisement au plus vite.

— Non. Vous allez pas aimer ce qu'il y a en dessous.

— Tu étais p-pas mal hier.

— Je suis p-pas bien aujourd'hui. »

Elle garda la tête droite et ne cilla pas de son œil
apparent. Elle avait pris un malin plaisir à l'imiter,
profitant de sa blessure pour le faire. Jamais il

n'oserait la frapper à son tour, même si elle pouvait l'entendre souffler sa colère et voyait ses poings s'ouvrir et se fermer.

« Tais-toi puis enlève-moi ça ! »

Violette obéit en maugréant.

« Ça m-m'a pris au moins quinze minutes à l'installer pour p-pas que ça me fasse mal. »

Son œil était toujours fermé, mais M. Croteau, malgré son agacement, fronça les sourcils devant les couleurs et de la paupière et du haut de la joue. Il mouilla son pouce et le lui passa sur la joue, sans délicatesse.

« Ouch ! Qu'est-ce que vous faites là ?

— M-ma job. Je regardais voir si tu t'étais pas couleurée.

— Voyons donc !

— T'as p-pas mis de la ouate en dessous de tes paupières ?

— Vous êtes fou ? Moi, je me suis pas touchée. C'est Gustave qui m-m'a touchée.

— Je t'avais pas dem-mandé de rester chez vous ?

— Pourquoi j'aurais fait ça ? C'est bon, P-Pâques, pour le rem-mords des fidèles.

— J'ai p-pas le goût de t'entendre parler. Surtout de m-même. Tu reviendras quand tu seras regardable.

— C'est p-pour ça que j'ai mis mon foulard. Je peux pas perdre un jour de travail, m-moi.

— Oh, tu vas en p-perdre un, c'est sûr. Va-t'en chez vous, m-ma m-maudite effrontée. »

Violette ne pouvait endurer le sel de ses larmes sur son œil tuméfié et irisé. Elle vit la chaise devant le bureau et s'y assit.

« Qu'est-ce que tu p-penses que tu fais, là ?

— Je vous écœure comme vous m'écœurez. Si vous voulez que je reste chez nous, vous me donnez mon salaire d'une semaine pour que je guérisse. Si je guéris assez vite, je reviens avant une semaine.

— Es-tu tombée sur la tête ?

— Oui, justem-ment, grâce à Ggggg... Ggggustave. »

M. Croteau était énervé et cette Violette aggravait la situation, embêtante, il en convenait. Il aurait été un Paul-Aimé Ménard qu'un œil au beurre noir et une joue colorée l'auraient laissé indifférent. Mais le chrétien en lui n'aimait pas voir le péché de son neveu affiché de cette façon.

« Si je te donne une semaine, vas-tu te ferm-mer la trappe ou le crier à tout le m-monde ?

— De ce temps-ci, monsieur Croteau, je me sens mieux la trappe fermée qu'ouverte. Est-ce que ça répond à votre conscience ? »

Philémon Croteau soupira un grand coup, se dirigea vers son coffre-fort caché à la vue par un classeur, l'ouvrit et sortit quelques billets, que Violette compta rapidement.

« Ça, c'est mon salaire de base de deux piastres. Il y a pas le bonus de cinquante cennes que je vais chercher tout le temps parce que je travaille vite et bien.

— Et que tu brises mes m-machines.

— C'est parce que je travaille vite et bien. Si j'avais une machine chez nous, je pourrais travailler pour vous et venir porter ça à toutes les semaines.

— Ambitionne p-pas sur le p-pain bénit. »

— Bénit par qui ? »

Violette se demandait si M. Croteau pouvait entendre son cœur battre comme un tambour d'Irlandais en parade dans les rues de Griffintown, qu'ils habitaient. Elle allait souvent avec Étienne voir les oies qu'on y engraissait dans toutes les cours, espérant toujours que l'une d'elles franchirait la clôture pour que son frère et elle puissent la capturer. Il y en avait tellement que tout le monde appelait ce quartier « Goose Village ». Elle ne broncha pourtant pas, se contentant de réajuster tant bien que mal son foulard. M. Croteau mit la main à sa poche et prit cinquante cents, hésita, les fit tomber et sortit un autre billet, hésita à nouveau pour finalement le lui tendre en grimaçant.

« Je veux pus jamais t'entendre b-bégayer. »

Violette prit l'argent, hocha la tête en guise de remerciement, esquissa un sourire et sortit.

ANGÉLIQUE SE REGARDAIT DANS LE MIROIR

au tain craquelé de sa cousine. Rien de sa personne ne pourrait troubler son Eugène. Ses cheveux s'aplatissaient et se cotonnaient de jour en jour. Elle ne se souvenait plus de leur éclat, disparu sous son voile de nonne. Comment avait-elle pu lui plaire ?

Le peigne d'écaille de tortue, coincé dans un nœud, perdit une dent. Elle se découragea presque puis recommença. Elle ne sut que choisir de sa jupe brune ou de sa jupe noire. Les deux ne payaient pas de mine, élimées, la ceinture flottante, la couleur passée. Elle choisit finalement la brune, qui serait plus seyante avec la capeline trouvée près de la clôture de la cour, mais également parce qu'elle était légèrement plus longue que la noire et cacherait mieux ses bottes aux œillets arrachés.

Angélique se sentait confuse. Pendant près de deux ans, elle avait enfilé ses vêtements sans même s'en soucier. Aussitôt revenue sur les trottoirs de la ville, elle était préoccupée par les biens de la terre. Elle prit le châle de la Isabelle, puis le reposa sur le lit. Ce châle n'allait quand même pas l'humilier une seconde fois.

Le ciel s'était nettoyé de la giboulée. Le vent était parti venter ailleurs et le soleil pascal se pointait avec une semaine de retard. Angélique marcha longuement, monta la côte de la rue McGill, traversa la rue Sherbrooke et arriva enfin devant l'université. Son visage heureux, offert aux éléments, perdit sa confiance dès qu'elle vit les étudiants. Tous des Eugène, propres, souriants et bien mis. Du coup, sa capeline lui sembla horrible, le trou dans sa jupe, impossible à cacher, quant à ses bottines, elles étaient imbibées d'eau. Elle avait espéré qu'Eugène lui ferait emprunter une petite porte semblable à celle du couvent, où venaient sonner les marchands et les quêteurs. Pourtant, la porte principale était bien celle qu'il lui avait indiquée. Les cloches dirent midi. Elle franchit le seuil, offerte aux regards étonnés et aux chuchotements tantôt discrets, tantôt presque moqueurs. Ses yeux si pâles disparurent aussitôt derrière des larmes qui restaient là, à lui rouler dans les orbites. Sa fierté venait de se perdre. *Je ne suis que cendres et poussière… Apprenez-moi à me mépriser moi-même…* Elle savait que jamais Eugène n'aurait voulu l'humilier, mais c'est ce qu'il faisait. Il lui apprenait que leurs mondes n'étaient pas sur la même rue, encore moins à la même adresse. Elle avait pourtant pensé, pas plus tard que le mois précédent, que l'amour n'en avait pas. Elle ressortit, la tête haute, sans se presser. Ses bottes exsudaient l'eau froide, et le soleil ne la chauffait plus.

Angélique ne se souvenait plus du trajet qu'elle avait emprunté pour rentrer à la cave, mais elle y était quand Violette vint frapper à sa porte. Celle-ci pénétra et découvrit sa cousine couchée à plat ventre à même la terre battue et toujours froide, les bras en croix. Violette eut beau lui parler et la questionner, Angélique ne répondait que par des marmonnements qui, parfois, disaient « diable » et « punition ».

Violette et Étienne n'en avaient pas fait de cas. Ils étaient certains qu'elle viendrait se nourrir, mais force leur fut de constater qu'elle n'avait pas touché au garde-manger. Le mercredi soir, ne l'ayant pas encore revue, ils allèrent dans sa chambre. Violette, éclairée par une chandelle tenue par son frère, poussa la porte. Angélique était au même endroit.

« Dis quelque chose, Angélique. Viens manger. Tu peux pas rester là, comme clouée sur une croix. Il y en a pas, de croix ici, Angélique. On est dans notre maison. On est notre famille. Lève-toi. Tu me fais peur.

— *Vade retro satanas !* »

Violette et Étienne retournèrent dans leur coin à eux.

« Qu'est-ce qu'elle a dit ?

— Je pense qu'elle parlait comme à l'église, en latin.

— Elle est sortie du couvent. Si elle a fait des péchés, elle a juste à se confesser pour en finir avec ces simagrées-là.

— Mais, Étienne… »

Aussitôt qu'Étienne se fut endormi, Violette apporta une couverture et alla s'installer sur le lit d'Angélique. Son visage encore tuméfié l'obligeait à ne s'allonger que d'un côté.

« Eugène, mon amour. »

Violette sursauta et ralluma sa bougie. Angélique avait tourné la tête. Ses yeux étaient toujours fermés et Violette comprit qu'elle rêvait.

« Je sais pas si tu m'entends, Angélique…

— Hummm…

— Méfie-toi de tes rêves. Je pense qu'ils te sortent par les oreilles. »

Angélique se tourna à nouveau. Violette étendit le bras et lui prit la main, une main froide et flasque qu'Angélique ne lui retira pas.

EUGÈNE N'AVAIT PAS PENSÉ

qu'Angélique pût lui faire faux bond. Il l'avait attendue dans le hall, était sorti et avait marché sur la rue McGill College, pensant la voir apparaître. Il avait fait le guet à l'angle de la rue Sherbrooke, inutilement. Elle n'était nulle part. Il lui avait bien dit lundi vingt et un à midi, mais il avait espéré sa venue en vain. Il était impossible qu'elle fût partie avant le midi cinq qu'il avait vu à sa montre en entrant dans le hall à la course. Son professeur s'était emballé et les avait retenus. Il ne pouvait croire qu'elle n'avait pu patienter cinq pauvres petites minutes.

Il avait recommencé le lendemain, rempli d'espoir, pour rien. Il devina qu'elle était venue et repartie sans l'attendre. Il avait inventé toutes les excuses possibles durant ses deux nuits d'insomnie. Il en avait conclu que la timidité et la honte étaient les seules raisons pouvant expliquer sa fuite. Elle, si belle, fuir. Elle, si racée, se sauver. Elle, si noble, se cacher. Il refusait de ne plus la voir, de ne plus l'embrasser. Il refusait de l'avoir perdue.

Il se leva, le cœur si troublé qu'il décida d'arpenter les rues à sa recherche. Il ne se présenta pas en classe et n'en ressentit aucun remords. Le seul regret qu'il eut fut celui de ne pas être resté près d'elle à Pâques. Il l'aurait fait qu'aujourd'hui ils marcheraient ensemble en riant, il en était certain. Pourquoi n'avait-il pas insisté pour la raccompagner chez sa mère ? Où avait-elle dit qu'elle habitait ? Il s'était creusé les méninges et n'avait rien trouvé d'autre que « près du port ». Mais n'avait-elle pas également parlé de la rue St. Lawrence ? Il l'avait arpentée de la rue Sherbrooke jusqu'au port, persuadé de reconnaître toute femme qui aurait pu être sa mère.

La journée approchait du couchant quand il se retrouva devant le couvent, la main posée sur le cordon de la sonnette. Il hésitait encore à l'agiter mais le fit avec vigueur, convaincu que c'était le prix à payer pour retracer sa dulcinée. La cloche résonna. Il se tenait presque au garde-à-vous lorsque la portière fit glisser le panneau du judas.

« Oh ! Notre servant de la grand-messe.

— Oui. Bonjour, bonsoir, ma sœur. J'aimerais voir sœur Marie-Saint-Cœur-du-Messie. Si c'est possible.

— Elle est aux vêpres.

— Et quand en sortira-t-elle ?

— Moi, je ne peux pas l'interrompre quand elle parle à Dieu. Est-ce qu'il y a une urgence ?

— Je mentirais, ma sœur, si je disais oui.

— Est-ce que ça concerne Angélique Garnier ?

— Je mentirais, ma sœur, si je disais non.

— Entrez. »

Il attendit une bonne demi-heure. Le temps des nonnes était davantage à la remorque des prières qu'esclave des horloges. Il entendit des pas et sœur Marie-Saint-Cœur-du-Messie entra, accompagnée de la prieure. Il les salua d'un signe de tête.

« Savez-vous, Eugène, où elle peut être ? »

Il fut désarçonné par cette question, qui lui faisait comprendre qu'il n'était peut-être pas le seul à la chercher.

« Sa mère est venue nous voir.

— Elle n'est pas chez sa mère ?

— Elle n'y est plus. »

Il ne sut que dire et fut si désolé que sœur Marie-Saint-Cœur-du-Messie le rassura en lui disant que, le jour où elle aurait des problèmes, Angélique viendrait certainement la voir. Elle se retint d'ajouter que les cartes l'annonçaient.

ÉTIENNE AIMAIT L'ARRIVÉE DU PRINTEMPS

au subtil parfum de la terre, mais l'hiver lui plaisait encore. Il avait dormi une nuit fraîche et garda les yeux fermés dans la noirceur de cette saison qui s'étirait. Pâques était passé et mai était à la porte sans que personne n'eût vu de canards, de bernaches ou de grands voiliers à l'horizon. Montréal était encore noire de cette suie crachée par les fournaises, que la neige avait étalée. Il se leva et pissa à la hâte dans un vieux cruchon ébréché. Violette n'était nulle part. Il enfila ses vêtements et frappa à la porte d'Angélique.

« Violette ? »

Violette alluma une bougie et répondit aussitôt, désigna du menton Angélique, toujours à plat ventre, et haussa les épaules. Étienne se désola davantage de voir sa sœur encore tuméfiée que sa cousine en mortification.

« Il faut que j'aille travailler, chuchota-t-elle. Angélique a dormi dans son lit la nuit dernière. Je pense que là, elle fait ses prières de sœur, mentit-elle.

— Qu'est-ce que tu vas faire ?

— Lui laisser de l'eau puis du pain. Elle est revenue, notre cousine. Tu vas voir, ce soir, je suis sûre qu'on va manger ensemble. »

Le frère et la sœur sortirent de la maison en même temps, un croûton à la main. Ne trouvant pas de mots pour expliquer le comportement de leur cousine autres que « Penses-tu qu'elle aurait pu mourir de faim ? », ils ne parlèrent pas.

Ils avaient quitté leur cave noire de la rue Duke pour se retrouver au cœur d'une nuit encore assoupie. Violette en avait pour une vingtaine de minutes à se rendre sur la rue Saint-Maurice, près du chantier de l'hôtel Balmoral. Étienne, lui, se dirigea vers Riverside Street, près du fleuve, d'où il traversa la rue Saint-Étienne pour rejoindre ses collègues à l'entrepôt de glace.

« On dirait que le fleuve est aussi tanné que nous autres d'attendre le printemps chaud et vert.

— On dirait. Ça commence à fondre fatiguant sur le bord.

— On a un gros mois de retard, si pas plus, sur l'année passée.

— Ouain. Puis toi, Étienne, tu vas retourner dans le port ?

— C'est sûr. J'ai pas le goût d'aller travailler aux *yards* de la pointe Saint-Charles. Toute la journée en dedans, merci pour moi.

— C'est mieux payé que débardeur.

— Je m'en sacre. Moi, je sais pas ce qui se passe dans le monde quand je vois pas les bateaux ou au moins le fleuve. »

Deux semaines plus tôt, les hommes avaient encore pu partir avec leurs chevaux et leur équipement près du pont Victoria, là où les rapides leur compliquaient parfois la vie. Ils avaient pu scier, monter les blocs de glace sur le traîneau au moyen d'un palan et les recouvrir de bâches.

« Ce sera pas long que le soleil va se lever avant six heures.

— Est-ce que c'est vrai, Étienne, que la belle Angélique s'est fait mettre à la porte du couvent parce qu'elle était trop belle pour être sœur ?

— Qui est-ce qui a inventé ça ? Ma cousine est sortie toute seule sur ses deux jambes.

— Ses deux belles jambes, entre toi pis moi. Les sœurs devaient être jalouses de ça puis de ses yeux à faire sauter les boutons du magasin d'homme !

— Ou c'est les hommes qui étaient jaloux des sœurs qui la voyaient à tous les jours ! »

Étienne avait cessé de les écouter. Il ne comprenait pas qu'on se lasse des saisons. L'hiver rendait le charbon crasseux et collant, mais Étienne était certain que le froid en cachait l'odeur écœurante. Presque tout le monde de Griffintown avait froid, sauf peut-être les Ménard, que la forge réchauffait. Quant à lui, il refusait de se battre contre les éléments, même s'il lui arrivait parfois de perdre courage devant une vie apparemment bouchée. Il aurait aimé pouvoir mieux loger sa sœur, la garder au chaud avec un gros poêle à deux ponts, muni de vrais ronds où elle aurait pu cuisiner, et Angélique y faire cuire le pain.

Aujourd'hui, Étienne se méfiait légèrement du fleuve, qui commençait à étouffer. La glace se gonflait ici et là, et il y voyait les signes avant-coureurs d'un embâcle. Les hommes restaient sur les rives, indécis. Ils partirent finalement vers l'est, s'éloignant des rapides, qui semblaient prendre de la force. Aussitôt que les chevaux montèrent sur la glace, Étienne entendit des craquements et un discret clapotis.

« On y va ?

— Si le soleil tape aujourd'hui, c'est peut-être la dernière de la saison.

— Ben, voyons donc ! On en a encore pour une bonne semaine.

— Toi, si tu veux, Alfred, pas moi. »

Étienne regarda vers l'est des timides lueurs de l'aube puis vers l'ouest des vents et des couchers de soleil. Riche, il aurait aimé habiter Longueuil, Saint-Lambert ou La Prairie uniquement pour voir les couchers de soleil qui n'en finissaient jamais de le réjouir. Non, riche, il aurait aimé habiter près du fleuve, rien de plus. Comme le feu avait tué sa famille, il avait maintenant besoin de l'eau pour vivre. Il soupira et rejoignit l'attelage, les pieds mouillés.

Angélique s'était glissée comme une ombre

pendant la messe, empruntant le réfectoire pour se rendre au local de sœur Marie-Saint-Cœur-du-Messie. Accroupie dans un coin de la pièce, elle n'avait pas bougé jusqu'à ce que la religieuse y pénétrât. Quoique dans une position inconfortable, Angélique était heureuse de se trouver à la chaleur du couvent. Marie-Saint-Cœur entra à la hâte avec une postulante, forçant Angélique à se coucher à plat ventre sous sa table de travail. Marie-Saint-Cœur prit place et poussa un petit cri en apercevant Angélique.

« Qu'est-ce qui vous arrive, ma sœur ? l'interrogea la jeune nonne assise devant elle.

— L'âge. Je pense que je commence à faire de l'arthrite dans les hanches. Puis dans les mains aussi. Savez-vous, ma bonne enfant, on va remettre ça à demain. J'ai trop de mal à brasser les cartes.

— Je veux simplement savoir si mes parents auraient pas plus besoin de moi à la maison qu'ici. Vous savez, j'ai beaucoup de frères et j'ai une sœur qui, elle, a une vocation certaine.

— Demain, on en parlera demain.

— C'est que j'aurais déjà pu aider ma mère avec le souper si j'étais sortie aujourd'hui. Je vous le dis, ma sœur a une vocation plus pieuse que la mienne. »

Marie-Saint-Cœur-du-Messie, bouleversée par la détresse de la jeune fille, donna un petit coup de pied à Angélique pour l'empêcher de bouger.

« Ma pauvre enfant, reviens me voir dans vingt minutes. Va attendre dans la chapelle et ouvre-t'en à ton fiancé. »

La jeune fille sortit, tandis que le froufrou de sa robe contre les jupons étouffait ses sanglots.

« Je t'attendais, Angélique, ma crapaude.

— Vous m'attendiez ?

— Oui. Non seulement les cartes manquent de discrétion, mais ton Eugène te cherche. Il t'a attendue tous les jours à l'université depuis Pâques.

— Je n'y suis pas allée. Je ne veux pas lui faire honte. J'étais plus belle avec un voile blanc. Maintenant, regardez-moi… »

Marie-Saint-Cœur-du-Messie la toisa, un tantinet découragée.

« C'est vrai que le voile t'allait bien. Mais la vie laïque te va bien aussi. Donne-moi ton adresse.

— Non.

— Angélique, comment veux-tu que je l'aide ?

— S'il revient, dites-lui que je vais faire des démarches auprès de l'évêché pour reprendre le voile. Je veux me repentir.

— Pour qu'Eugène te trouve belle ?

— Oui. J'ai jeûné et fait pénitence, et le Christ, j'en suis convaincue, m'attend…

— Angélique, cesse de te mentir, ma bougresse. »

Sœur Marie-Saint-Cœur hocha la tête. Depuis la défection d'Angélique, elle se sentait maudite par le Christ lui-même, privé de la plus belle des fiancées qu'il avait eues. Quand, Dieu de Dieu, apprendrait-elle à ne plus mener la vie des autres ? Angélique demeurait silencieuse devant elle, mais sœur Marie-Saint-Cœur faisait plus que deviner son trouble, elle le ressentait. Elle avait, autrefois, alors qu'elle avait seize ans, connu un jeune homme que la vie avait blessé, dans son corps et dans son cœur. Elle l'avait tant aimé en secret que personne n'avait remarqué son manque d'appétit et d'entrain, pas même son manque de rires. Les cartes lui avaient indiqué qu'il ne serait jamais pour elle, aussi les avait-elle questionnées sur ce qu'elle devait faire. Lorsque les cartes lui annoncèrent un célibat voilé, c'est sans hésitation qu'elle s'était pliée à son destin. Angélique, elle, avait été bénie des dieux et bénie des hommes. Une de ces rares âmes à tout posséder, mais qui avait tant de mal à l'accepter.

« Dieu et Eugène te protègent, Angélique, tu le sais.

— Mais non, ma sœur, Dieu a trop de chats à fouetter et d'anges à récompenser. Il aura jamais le temps de me protéger, sauf si je reviens ici. Quant à Eugène, je ne voudrais en rien l'enlever aux malades. Je voudrais qu'il se souvienne de moi comme…

— Tais-toi. Tu te joues la comédie, Angélique. Pardonne-toi de ne jamais avoir eu d'efforts à faire. »

Marie-Saint-Cœur-du-Messie se leva et marcha à une fenêtre si petite qu'elle était presque invisible. Elle joignit ses mains, pencha la tête quelques secondes, puis se tourna vers Angélique.

« Angélique, non. Je n'en parlerai même pas à notre prieure. Tu es partie faire ta vie ailleurs et rejoindre ton valet de cœur.

— C'est tout simplement impossible. Vous avez pas idée combien il est riche…

— Et alors ?

— Moi, je suis pauvre, sale…

— Lave-toi.

— On n'a pas d'eau courante.

— Va au bain public plus souvent ou déménage.

— Vous savez pas ce que c'est que d'être pauvre.

— Oh ! que oui, Angélique Garnier. Plus pauvre que tu ne le seras jamais. Réfléchis avant de dire des bêtises. Cesse de te regarder, Angélique, tu ne fais pas pitié, puis commence à vivre. Profite du printemps pour te faire un grand ménage dans la tête puis dans le cœur. Commence par aller te laver. Ce ne sera pas un luxe, ton parfum laisse à désirer. Maintenant, va-t'en.

— Quoi ?

— Va-t'en. On a besoin de moi.

— Mais, moi aussi…

— Non. Plus maintenant. Va-t'en. Fais un *deo gratias* et va vivre, Angélique. Vivre. »

Marie-Saint-Cœur-du-Messie lui montra la porte. Angélique sortit sans comprendre pourquoi celle-ci ne l'aimait plus. Marie-Saint-Cœur-du-Messie supplia le Seigneur de lui venir en aide. Elle s'assit à son bureau et prit ses cartes que, rassurée, elle rangeait à la hâte quand frappa la jeune nonne désespérée.

Margaret, l'œil incrédule, regardait le fleuve

suinter en bleu. Était-ce la façon dont le printemps arrivait dans ce pays blanc ? Naissait-il d'abord en touches bleues avant de le faire en vert ou en rouge ou en jaune ?

Tous les jours, elle se rendait au quai pour attendre le premier bateau qui les emporterait enfin hors de cette île assassine de tant de gens. Margaret avait passé l'hiver prisonnière des glaces à chercher quelque chose qui lui aurait rappelé l'Irlande. Mais ici, sur l'île, d'irlandais il n'y avait que les Irlandais, morts ou vifs, et leurs souvenirs. Elle pensait que ceux qui avaient à mourir étaient morts et que les autres et elle sauraient survivre à l'avenir qui leur était réservé.

Depuis le décès de sa mère, elle attendait que la terre dégelât pour qu'y fussent enfin accueillis les voyageurs déjà rendus devant l'éternel. Toutefois, elle avait maintenant peur du charnier. On racontait y avoir vu des feux follets.

« *As clearly as I see you, Margaret Hogan. I saw a will-o'-the-wisp, jumping, hands up, trying to reach the moon, yes I did*[15]. »

Elle n'y venait désormais que pour égayer sa mère du son du violon. Elle se plaçait assez loin, dos au vent, pour qu'il transporte les airs vers le charnier. Son frère Patrick était celui qui avait pu jouer la musique de son père, en bretelles et casquette, ou jouer celle des violonistes sérieux, en queue-de-morue, dont on parlait dans les journaux. Toute la musique lui entrait dans la mémoire et dans les doigts, directement par les oreilles.

Margaret avait appris en s'amusant depuis toujours avec l'archet, qu'elle voyait vibrer tant elle le faisait sautiller sur les cordes.

« *It is a shame, my darling,* lui avait dit sa mère, *that people expect a girl to dance or play the piano. I do not recall ever hearing of a lady playing the fiddle*[16]. »

Le mois de mai était arrivé et Margaret se frottait les mains de plaisir chaque fois que le ciel était déchiré par le cri des oies blanches. Elle se demandait si les oies survolaient Montréal également. Si tel était le cas, les Irlandais leur tendaient sans doute des pièges pour les attirer et les capturer. Un Irlandais ne pouvait certainement pas résister à l'idée d'en posséder. Un jour, elle en avait vu toute une armée se poser sur l'île. Le lendemain, elle s'était levée à l'aube pour les revoir. Elle les avait regardées, fascinée, jusqu'à ce que, après

---

15. Aussi vrai que je te vois, Margaret Hogan, j'ai vu bondir un feu follet, les bras tendus vers la lune.
16. Quel dommage, ma chérie, que les gens s'attendent à ce qu'une jeune fille sache danser ou jouer du piano. Je n'ai pas souvenir d'avoir entendu parler d'une femme violoniste.

avoir criaillé, elles s'envolent d'un même battement d'aile, tournant à gauche puis à droite, avant d'aller plein nord, telles des voiles sans mâture offertes au vent.

Margaret appréciait la nourriture parce qu'il y en avait. Elle ne redoutait plus l'empoisonnement. Chaque assiette qu'on lui offrait était un miracle et même s'il n'y avait plus, en cette saison, ni variété ni couleur à manger, chaque bouchée relevait du festin.

« *Young Margaret, you are such a slow eater that anyone would think you hadn't any teeth!*

— Yet I have them all. But have you not noticed, Mrs O'Brien, that each bite tastes differently than the latter? I don't want my mouth ever to get complacent about the food I eat.

— And why is that?

— Because food is life, and my Mammy knew that, when we embarked, Mrs O'Brien[17]. »

Margaret n'avait pas voulu se faire d'amis même s'il y avait d'autres jeunes sur l'île. Elle voulait arriver sans attaches, libre de se choisir une vie qui ne ressemblerait à rien de ce qu'elle connaissait, mais qui serait la sienne. Il y avait bien Sean McBride qui lui faisait de l'œil, mais elle ignorait si ses parents auraient approuvé une relation amoureuse. Elle n'aimait pas le voir fanfaronner et elle était certaine que les histoires qu'il débitait s'apparentaient à des racontars de

---

17. Margaret, tu manges tellement lentement qu'on pourrait croire que tu n'as pas de dents. — Pourtant, je les ai toutes. N'avez-vous pas remarqué que chaque bouchée a un goût différent de la précédente ? Je ne voudrais pas que ma bouche s'y habitue. — Et pourquoi pas ? — Parce que la nourriture, c'est la vie, madame O'Brien, et ma mère le savait quand nous sommes embarqués.

pubs. Il avait le don de les relater en riant, même s'il parlait d'échauffourées parfois sanglantes, pas toujours catholiques. Toutefois, Sean McBride disait avoir de la famille à Montréal, et Margaret voulait bien croire à cette histoire-là. Pouvoir, une fois arrivée en territoire inconnu, frapper à une porte les jours où l'ennui lui vrillerait le cœur était presque rassurant, même si elle s'était promis d'éviter de se lier à quiconque.

Sean McBride lui avait confié que Mrs McDuff, « *may she rest in peace*[18] », avait eu tort de lui raconter des âneries.

« *A proper holy Joe she was, Margaret Hogan. Forget everything she said. Why don't you try to live happily from here on after*[19]? »

Elle attendait le départ de mai pour que juin prenne les commandes du fleuve. Et puis, un matin qu'elle le regardait devenu de plus en plus bleu, elle le vit disparaître en totalité, comme s'il venait de se noyer. Il y avait bien quelques morceaux de glace à la dérive, mais le fleuve s'était évadé de prison.

À compter de ce jour, Margaret ne tint plus en place, achevant ses corvées avec diligence pour courir à la pointe est afin de voir les premières voiles. Ses bagages étaient faits et elle n'attendait que le moment où elle s'embarquerait, en rat de cale s'il le fallait, mais elle s'embarquerait, elle le savait !

---

18. Dieu ait son âme.
19. Une vraie grenouille de bénitier, Margaret Hogan. Oublie toutes ses sornettes. Pourquoi n'essaierais-tu pas de vivre heureuse à partir d'aujourd'hui jusqu'à la fin des temps ?

Sean semblait aussi déterminé qu'elle et il lui arrivait de la rejoindre pour s'installer à ses côtés.

« Are your eyes any good, Margaret Hogan?

— Are they ever! répondit Margaret, souriante et l'air coquin. *Actually, Sean McBride, I think they can see the past, the present and maybe the future.*

— Good. Tell me Margaret Hogan, your eyes wouldn't see me in your future, would they[20]*? »*

Margaret ne dit rien, mais à partir de ce matin-là elle commença à surveiller le fleuve d'un œil et le sentier de l'autre. Puis, un jour, Sean la rejoignit à son pavillon et ils empruntèrent le sentier ensemble. Finalement, ils ne se séparèrent plus, demeurant ensemble pour manger, parler, faire les corvées et rêver le soir, assis près du quai à écouter le clapotis qui leur promettait des lendemains lorsque l'île redevenait dortoir.

« How are your eyes tonight, Margaret Hogan?

— My eyes are just fine.

— If I were you, I would run to Dr Lambert because my eyes see a ship right there[21]*! »*

Margaret attendit le signal de Sean avant de sortir en silence de son pavillon. Les ronflements étouffèrent le bruit de ses pas. Ses bagages étaient réduits à un sac de tissu pendu à une poignée de bois, à une

---

20. As-tu de bons yeux, Margaret Hogan ? — Oh que oui ! À vrai dire, Sean McBride, ils sont si bons que je crois qu'ils peuvent voir le passé, le présent et peut-être même l'avenir. — Tant mieux. Dis-moi, tes yeux me voient-ils dans l'avenir ?

21. Comment vont tes yeux ce soir ? — Parfaitement. — Si j'étais toi, je courrais consulter le Dr Lambert parce que mes yeux à moi voient un navire juste là !

croix de bois au nom de sa mère, une autre toute petite croix sur une chaînette ayant appartenu à cette dernière, deux chapelets et son violon. Ils marchèrent à la hâte en longeant la route. Margaret devinait plus qu'elle ne voyait qu'ils passaient devant l'école, puis l'église catholique, puis l'église protestante. Elle trouvait que la nuit allongeait la distance à l'infini.

« *Wait for me, Sean. I have to take my mother's cross to the charnel-house*[22]. »

Elle courut jusqu'au charnier en surveillant le ciel, redoutant d'y voir un feu follet. Elle relut : *Kitty Hogan, from Cork, Eire, 1849-1884*, embrassa la croix et l'appuya contre la porte en espérant qu'elle serait piquée au-dessus des restes de sa mère. Elle chantonna son *requiem* avant de rejoindre Sean.

« *I will kneel here for a minute or two, Sean McBride. I need to hear my mother's farewell one last time*[23]. »

Margaret s'agenouilla et Sean resta à l'écart, par respect. Sans comprendre pourquoi, elle fut prise d'une profonde angoisse à l'idée de s'éloigner de ce lieu maudit, certes, mais qui l'avait soignée et nourrie, ce lieu dont la terre l'avait accueillie et enterrerait sa mère. Seule, seule, seule. Pour vrai. Comment ferait-elle ? Margaret était empêtrée dans le doute : partir sans voir la fosse de sa mère ou rester et prendre soin d'elle par loyauté filiale ?

« *Sean, I can't possibly leave now. My mother's soul has not found peace yet and will only find peace once my*

---

22. Attends-moi, Sean. Je dois aller déposer la croix de ma mère au charnier.
23. Je vais m'agenouiller une minute ou deux, Sean McBride. J'ai besoin d'entendre l'au revoir de ma mère une dernière fois.

mother's body has been laid to rest in a quiet plot for eternity. It is my duty, as her daughter, to see to it that she rests in peace. If I don't do this, how will I know where her soul lies[24]*?*

— Are you willing to wait for the next ship? Will you be able to do it alone? I hope you will be safe doing so, because I am getting on this one, Margaret Hogan. I am not waiting anymore. But I would have preferred arriving in Montreal with you. To help you carry your luggage. And find a shelter…

— Say no more, Sean McBride. I will come. I am certain my Mammy will give me a sign of her approval. I must never forget she is a saint now, watching over me[25]*. »*

Un lièvre les fit sursauter juste devant l'hôpital, et ils aperçurent finalement le fanal du navire, qui éclairait le pont en jaune et se berçait au rythme du fleuve. C'était comme s'il leur faisait signe d'embarquer. Les voiles avaient été réduites pour la nuit. Le vent était discret et permettait le sommeil de l'équipage. Ils ne virent personne pas plus qu'ils ne virent de passerelle. Elle avait été remontée !

« *How is your rope climbing, Margaret Hogan?* lui murmura Sean.

---

24. Sean, je ne peux pas partir. L'âme de ma mère ne repose pas encore en paix et ne pourra y parvenir tant que ma mère ne sera pas inhumée dans son petit coin de terre pour l'éternité. Il est de mon devoir de fille de voir à ce qu'elle trouve la paix, sinon je ne saurai jamais où elle repose.

25. Es-tu prête à patienter jusqu'au prochain bateau ? Seras-tu capable de le prendre seule ? J'espère que tu pourras y être en sécurité parce que moi, Margaret Hogan, je prends celui-ci, sans attendre. J'aurais aimé arriver à Montréal avec toi, porter tes bagages, t'aider à te loger… — N'en dis pas plus, Sean McBride. Je viens. Je suis certaine que ma mère me fera savoir qu'elle bénit mon choix. Je ne dois pas oublier qu'elle est une sainte maintenant et qu'elle veille sur moi.

— The last time I climbed a rope, it was attached to a small tree in Ireland. I certainly have never climbed anything as high as this[26]. »

Sean avait remarqué un cordage pendu au bastingage. Il réussit à le faire tomber à l'aide d'une branche, mais le câble percuta la coque à deux reprises. Ils se cachèrent. Personne ne vint.

« *There is no one in sight. This is a little scary, isn't it?*

— Don't say that. "Scary" is a frightening word, Sean McBride. I much prefer "strange" or "odd".

— Then odd it will be, my lady. »

Il lui enleva les bagages des mains et la dirigea vers le câble.

« *Now stop talking and start climbing before the sun rises. I will bring your bag and your violin*[27]. »

À mi-chemin, Margaret n'eut plus la force de continuer. Elle se retint au câblage, n'osant même plus chuchoter. Sean s'agitait au sol, tournant sur lui-même, miroir du tournoiement de Margaret.

« *Come back down, Margaret. Come back. Hurry up!*

— I can't.

— Oh yes you can. Come now, I beg of you.

— I am so far up…

— You are closer to me than you are to the rails.

— I am frightened.

---

26. Tu sais grimper aux câbles, Margaret Hogan ? — La dernière fois, c'était à un câble suspendu à un petit arbre, en Irlande. Je n'ai certainement jamais monté à une telle hauteur.

27. Personne en vue. C'est un peu effrayant, non ? — Ne dis pas ça, « effrayant » est un mot qui fait peur. Dis « étonnant » ou « curieux ». — Alors disons curieux, dans ce cas, ma *lady*. […] Cesse de parler et commence à grimper avant que le soleil ne se lève. Je monterai ton sac et ton violon.

— *I know you are, so am I. Come*[28]. »

Sean lui tendait les bras comme s'il avait voulu qu'elle s'y laisse tomber. Margaret tenta de fermer les yeux, mais en fut incapable. Puis elle ouvrit grande la bouche, mais aucun son n'en sortit. Un feu follet venait de s'envoler, juste au-dessus du charnier. « *Mammy!* »

Sean la vit s'agripper au câble et franchir les derniers mètres à une vitesse folle. Elle disparut au-dessus du bastingage et il l'entendit retomber sur le pont avant le silence total.

« Margaret ? » Rien ne bougeait. « Margaret ? » répéta-t-il, contraint de chuchoter.

Une porte grinça et Sean se cacha de nouveau derrière un baril vide de sel. Apparut alors la silhouette d'un homme d'équipage visiblement enivré, qui se pencha en face de l'endroit où se posait la passerelle, marmonna quelque chose et repartit par la porte d'où il était venu. Sean ne réentendit pas le grincement de la porte, mais il ne bougeait toujours pas. Le câble vibra et il vit le dessus de la tête de Margaret et un bras qui l'invitait à monter. Chargé comme un âne de toutes leurs possessions, il fut quand même rapidement près d'elle.

« *Good Lord, Sean McBride, you climb as fast as a billy goat*[29]*!* »

Elle lui indiqua la porte toujours entrouverte. Sean prit le fanal et passa devant elle. Tout ce qu'ils

---

28. Redescends, Margaret. Vite. — Je ne peux pas. — Oh si, tu le peux. Redescends, je t'en supplie. — Je suis tellement haut… — Tu es plus près de moi que du bastingage. — J'ai peur. — Je sais. Moi aussi, j'ai peur. Viens…
29. Dieu du ciel, Sean McBride, tu grimpes aussi vite qu'une chèvre !

firent fut de descendre et de descendre encore jusqu'à la cale. Ils étaient reconnaissants au fleuve d'avoir été d'huile. À peine eurent-ils trouvé ce qui pouvait ressembler à une cachette adéquate que l'activité à bord leur annonça que la barre du jour frappait à l'horizon. Ils entendirent la voix du Dr Monty Lambert inviter les voyageurs à se diriger vers le bâtiment devant eux, où ils passeraient à l'inspection, à la désinfection et à l'évaluation de leur état.

« *What is he doing here*[30]*?* »

Il demanda que les gens malades fussent gardés à bord jusqu'à ce qu'il embarque pour les examiner.

« Des morts ?

— Non. »

Margaret était certaine qu'ils avaient été lancés par-dessus bord comme l'avaient été ses frères et son père.

« Des malades ?

— Comme l'an dernier.

— Bienvenue au Canada. »

L'agent d'immigration venait d'arriver non pas de la Grosse-Île, mais à celle-ci, par bateau. Margaret et Sean se dirent qu'ils ne partiraient pas avant le soir.

Toute la journée, ils entendirent des voix étouffées et des pas tantôt lourds, tantôt légers, tantôt lents, tantôt précipités. Ils eurent le sentiment qu'il y avait des centaines de passagers qui débarquaient de ce bateau. À leur grand étonnement, ils perçurent un coup de sifflet, puis eurent connaissance que l'ancre

---

30. Que fait-il ici, lui ?

était remontée et qu'ils quittaient l'île, sans autre formalité. Le bateau continuait son voyage. Ils s'endormirent dans les bras l'un de l'autre après avoir grignoté quelques bouchées des provisions qu'ils avaient emportées.

« Here they are! »

Trois matelots se tenaient devant eux. Margaret saisit la main de Sean, qui se leva d'un bond, prêt à la défendre.

« Do not harm her.

— Of course not. We were looking for you, lad. How did you get on board?

— We climbed!

— Why did you do that?

— We wanted to go to Montreal, where I have family.

— Well good for you. Breakfast is served on the upper deck. Follow us, we will show you your quarters. »

À peine étaient-ils rendus que Mrs O'Brien vint à leur rencontre, ravie de les voir.

« Young Margaret, come and see! Even here you will be able to eat as slowly as you want, for there is plenty of food[31]! »

Margaret et Sean s'assirent, piteux, leur jovialité irlandaise en berne jusqu'à ce que Margaret, la bouche pleine de porridge, éclate de rire.

---

31. Les voici ! […] — Ne lui faites pas de mal ! — Mais non. Nous vous avons cherchés partout. Comment êtes-vous montés à bord ? — On a grimpé. — Pourquoi avez-vous fait ça ? — Nous voulions aller à Montréal, où j'ai de la famille. — Grand bien vous fasse. En attendant, le déjeuner est servi sur le pont supérieur. Suivez-nous. Nous allons vous montrer vos quartiers. […] — Margaret, viens voir ! Même ici, il y a plein de nourriture que tu pourras manger aussi lentement que tu le souhaites.

Étienne avait rejoint ses collègues

du port. Il aurait aimé continuer de travailler soit à l'entrepôt, soit à la livraison de glace, mais son patron avait remercié ses bonshommes de glace, comme il les surnommait, en leur promettant, comme toujours, de les réembaucher au retour des prochaines gelées. Angélique lui avait préparé un goûter avec le pain qu'elle allait cuire dans le four d'une voisine du deuxième étage.

« Je suis content de rentrer au port, mais, tu vas rire de moi, ma cousine, chaque fois que je scie la glace puis que j'arrache un gros bloc avec les pinces à faire peur au diable en personne, j'ai le sentiment de laisser respirer le fleuve. »

Angélique se contenta de dodeliner de la tête. Si Étienne disait vrai, elle-même aurait été un fleuve étouffé derrière les murs du couvent.

« Quand le fleuve avale sa glace, je reprends mon job de débardeur. J'aime ça aussi. C'est dur, mais je suis sur l'eau ou juste à côté. Un jour, je vais trouver une maison au bord de l'eau. J'aimerais une maison comme celle de M. Fabre. De chez lui, on voit le soleil se lever tous les matins. Je jure que je vais être capable de vous mettre à l'abri, toi puis Violette.

— À l'abri de quoi, Étienne ?

— À l'abri du besoin.

— Je te remercie, mon cousin, mais je pèserai jamais sur tes épaules. »

Étienne renifla l'air de juin et sourit à sa cousine. Il aimait bien Angélique. D'eux tous, elle semblait être la plus courageuse. Étienne jugeait que sa vie à lui manquait parfois d'imprévus, aussi avait-il été heureux de l'accueillir, même s'il ne comprenait pas les raisons de son départ du confort du couvent.

« T'es sortie pourquoi au juste, Angélique ? T'aurais pas été dans un couvent que j'aurais dit qu'il y a un homme en dessous de ça. Pourquoi est-ce que t'es venue vivre dans un trou à rats ? C'est bon pour moi puis Violette parce qu'on est des orphelins, mais toi, t'as ta famille…

— Je te l'ai dit. Ma famille, c'est vous deux.

— Je sais ça, mais tu veux toujours pas lui pardonner ?

— Non. Bonne journée. »

Elle lui avait assené son sourire comme un coup fatal. Étienne la regarda et souleva les épaules.

« C'est ça, salut ! Je devrais être ici une heure après le coucher du soleil à moins qu'on aille à la taverne. »

Angélique le suivit des yeux jusqu'à ce qu'il tourne à l'intersection. S'il avait été Eugène, elle l'aurait accompagné en lui tenant le bras. Puis elle lui aurait discrètement fait parvenir des baisers, à cheval sur son souffle. Sans intention aucune, elle reprit le chemin de l'Université McGill. Depuis sa semaine de mortification, elle montait la côte tous les jours pour le voir. Elle avait cru le reconnaître et s'était cachée, mais ce n'était pas lui. Elle restait à son poste d'observation de sept heures trente à neuf heures, puis redescendait vers la rue Duke. Aujourd'hui, elle avait décidé de visiter cette boulangerie qui ne payait pas de mine mais qui fleurait bon le pain. Elle y pénétra et entendit une clochette annoncer sa présence. Un boulanger joufflu et enfariné, comme il se doit pour un boulanger, sortit précipitamment.

« J'espère que c'est pour acheter parce que, moi, je sortais le pain.

— Je peux vous aider à le faire, si vous voulez. »

Angélique se mordit l'intérieur de la joue gauche et ne le quitta pas des yeux.

« Ma femme est déjà là.

— Je peux l'aider, elle aussi. »

Elle changea de joue et gonfla la droite de sa langue. Il fronça les sourcils et appela.

« Josephte ! Il y a quelqu'un ici. »

Josephte, dont le tablier ne réussissait pas à cacher l'encombrante grossesse, arriva en tenant une miche chaude.

« Pis ?

— Elle voudrait t'aider.

— J'ai pas besoin d'aide.

— Mais vous allez en avoir besoin assez bientôt. Je dirais.

— Hector, à quoi tu penses ? J'ai pas le temps de rien lui montrer.

— Ce ne serait pas nécessaire, je connais ça. »

Le boulanger lui indiqua l'arrière-boutique et Angélique s'y rendit après avoir secoué ses chaussures pleines du sable des rues. Elle se dirigea vers le poêle qui semblait bien tenir sa chaleur, souleva le rond, demanda des yeux la permission d'ajouter une bûche, ce qu'elle fit devant l'assentiment.

Elle regarda les pains, alignés sur des étagères et recouverts de linges.

« Eh, que c'est bon à voir, le pain qui gonfle comme ça ! Vous achetez la farine dans les meuneries près du canal ?

— Oui.

— Vous faites le pain puis quoi d'autre ?

— Rien que du pain. C'est en masse. On en a plein les bras. »

Angélique ne cessait de sourire à la cuisine, s'arrêtant pour tout examiner.

« Il faut du bras pour brasser autant de pâte. J'ai jamais eu un aussi gros plat. Moi, j'en faisais deux fois la moitié de ça. Une fois le matin, une fois l'après-midi. J'enfournais ceux du matin en après-midi et les pains faits l'après-midi, le lendemain matin. À l'aube.

— Où ça ?

— Au couvent des sœurs de l'Espérance. J'ai travaillé là pendant deux ans. »

Josephte et Hector Sainte-Marie se regardèrent puis observèrent Angélique plus attentivement. Elle s'enhardit.

« Si vous faisiez des biscuits, peut-être que les étudiants de l'Université McGill viendraient en acheter.

— Ils viennent déjà pour le pain.

— Ah… bon, bien, bonne journée. »

Angélique les salua et sortit. Elle disparut à l'intersection et passa par la ruelle pour voir l'arrière de la boulangerie. C'est bien là qu'était l'escalier qui montait à l'étage. La maison devait être assez grande pour accueillir le bébé, peut-être même plus.

Elle monta lentement la côte vers l'université, marcha devant, y entra. Elle fit quelques pas puis fut prise de panique. Que pourrait-elle dire à Eugène si elle le voyait ? *Bonjour, mon amour, enfin te voilà ! Je revis, mon chéri, et ma vie sent le pain et les biscuits. Avec un peu de chance, mon trésor, je t'en servirai d'ici un mois.* Elle repassa la porte de l'université et descendit la rue McGill vers la maison. Son cœur battait à lui faire peur. L'idée qui venait de germer en ce mois de juin lui était agréable. Sœur Marie-Saint-Cœur-du-Messie serait fière de voir qu'elle avait repris goût au fleurage.

Margaret ignorait qu'un fleuve

pouvait être une mer mais ce Saint-Laurent n'avait rien à voir avec le An Laoi, le fleuve qui avait bercé sa jeunesse. Ici, les phoques se prélassaient sur les rochers pour s'y chauffer, et les baleines s'approchaient si près de la coque que Margaret les entendait chanter.

« Are you sure, Sean McBride, that the singing we hear really comes from the whales and not from, I don't know, malicious fairies of some sort we have not yet heard of in Ireland[32] ? »

Ils avaient passé la ville de Québec et son port, qui ne leur rappelait en rien celui de Cork si ce n'étaient les mâts de quelques navires, qui pointaient ici et là, en attente d'aventure. Une tempête de vent les surprit après la ville de Trois-Rivières, et Margaret eut honte. Elle qui avait traversé l'Atlantique sans un seul malaise était maintenant prise de haut-le-cœur et vomissait par-dessus le bastingage.

---

32. Es-tu certain, Sean McBride, que le chant que nous entendons est bien celui des baleines et ne vient pas de quelconques fées maléfiques dont nous n'aurions pas encore entendu parler en Irlande ?

« Well, Margaret, look at it this way. Had you been starving, you would not...

— Please, Sean. Do not talk to me of food or I will... oh Lord... be sick again[33]... »

Les lumières de Montréal apparurent enfin et tous les passagers se tenaient sur le pont, leurs bagages à leurs pieds, excités par ce qu'ils voyaient. Les lueurs d'un soleil prometteur surgirent lentement derrière l'île Sainte-Hélène.

« Is this some kind of a fortress?

— The city looks vast, doesn't?

— What? You mean there is more?!

— We are docking! We are docking[34]! »

Les débardeurs attrapèrent et nouèrent rapidement les cordages aux bittes. Étienne et son camarade de travail installèrent la passerelle qu'empruntèrent à la hâte les passagers, visiblement heureux de mettre pied à terre. Le soleil avait bondi de derrière l'île, et Étienne en aperçut la luminosité à travers les cheveux courts et duveteux de Margaret. Elle s'approcha, et il la vit sourire malgré les efforts qu'elle faisait pour tenir tous ses bagages. Il monta à sa rencontre, lui prit le sac à la poignée de bois des mains, tandis qu'elle étreignait son étui à violon. Il la précéda et remarqua qu'elle tournait sur elle-même, probablement pour se convaincre qu'elle était arrivée à bon port.

« Thank you, lad. Very kind.

---

33. Eh bien, Margaret, dis-toi que si tu avais crevé de faim, tu n'aurais pas pu...
— S'il te plaît, Sean. Ne me parle plus de nourriture ou je vais... Oh, mon Dieu... vom... »
34. Ce ne serait pas une forteresse ? — La ville a l'air immense, n'est-ce pas ? — Quoi ? Encore plus grand que ce qu'on voit ? — On accoste ! On accoste !

— You Irish?

— Yes, absolutely. Irish. From Cork. Thank you again. Oh! There you are, Sean. Meet this nice fellow who helped me with my luggage. Sean, this is… I'm sorry, what is your name?

— Euh… Étienne Leblanc. *Me*, Étienne Leblanc. Vous ?

— Sean McBride and I am Margaret Hogan.

— Marguerite ! C'est un beau nom. »

Margaret sourit en l'entendant prononcer son prénom.

« Margueurite. *I like that!* Margueurite *Hogan*[35]. »

Elle le salua d'un hochement de tête et se dirigea avec Sean et les autres vers les locaux de l'immigration. Étienne vit une dame se hâter de la rejoindre.

« *Young Margaret, wait for me, young Margaret!*

— I am waiting for you, Mrs O'Brien. I have not forgotten that you know one or two words of French. I know one: Margueurite*!*

— One or two? Do not underestimate me. I can even handle a short conversation[36]. »

Étienne Leblanc reprit son poste de travail, l'œil rivé au petit buisson ardent qui se dirigeait vers la rue McGill. Il savait qu'elle s'y engagerait pour rejoindre la rue Saint-Paul.

---

35. Merci, jeune homme. Bien aimable. — Vous, Irlandaise ? — Oui, Irlandaise. De Cork. Merci encore. Ah, te voilà, Sean. Regarde, ce gentil jeune homme a porté mon sac. Je te présente… pardon, quel est votre nom ?[…] Voici Sean McBride et je suis Margaret Hogan. […] *Marguerite*. J'aime ! *Margueurite* Hogan.

36. Attends-moi, Margaret. — Je vous attends, madame O'Brien ! Je n'ai pas oublié que vous connaissez un ou deux mots de français. J'en connais un : *Marguerite* ! — Un ou deux ? Ne me sous-estime pas. Je peux même tenir une courte conversation.

« Heille, Leblanc !

— Quoi ?

— Ça fait cinq minutes que je te demande si tu as du tabac. Je m'en roulerais une.

— Euh… oui, oui. »

C'était la première fois qu'Étienne voyait une fille aux cheveux courts, roux et frisés. Marguerite Hogan… C'était la première Irlandaise qu'il rencontrait qui était aussi jolie que sa cousine Angélique. Marguerite Hogan… C'était la première fois qu'il se demandait où se réfugiaient les gens qui débarquaient. Il avait déjà oublié qu'elle était arrivée avec un certain Sean McBride, Marguerite Hogan…

Exaspérée, Violette leva la main

sa machine venant de s'enrayer une fois de plus. Puisque l'aiguille se cassait tout le temps, elle soupçonnait un dérèglement du mécanisme aiguille et bobine. Ce serait un gros travail pour Gustave, qui ne pourrait faire autrement que d'exiger qu'elle soit debout près de la machine, question de lui passer la main entre les cuisses. Elle le savait et en avait dédain rien qu'à y penser. C'était toujours la même histoire et, depuis la veille de Pâques, elle avait pris la résolution de ne plus le laisser faire. M. Croteau accourut.

« Qu'est-ce que tu as encore fait à ta m-machine ? Trois fois sur cinq, c'est la tienne qui casse.

— Moi puis ma machine, on travaille plus et plus vite que les autres.

— C'est pas l'hum-milité qui t'étouffe, Violette Leblanc.

— Puis ici, c'est pas l'honnêteté qui vous étouffe non plus. Sans parler de la noirceur des fenêtres toujours fermées parce qu'elles sont collées dans leur crasse. »

M. Croteau ne pouvait tolérer qu'une employée fût si irrévérencieuse.

« M-même ma fille me p-parle p-pas sur ce ton-là. C'est p-pas parce que t'es plus forcée de t'occuper du quatrième com-mandement de Dieu, qui t'ordonne de respecter ton p-père puis ta m-mère, que Dieu te donne la p-permission de narguer l'autorité.

— Parce qu'il vous a dit ça en personne ? »

M. Croteau ramassa les rares effets de Violette, une paire de ciseaux et un sac contenant son dîner, et les lui lança par la tête. Violette évita les ciseaux de justesse et attrapa le sac.

« Sors d'ici, lui dit-il, la voix éteinte par la colère, puis reviens p-plus jamais. M-même si un jour tu te m-meurs de faim, viens pas te m-montrer ici. »

Violette pensa à Étienne qui s'échinait dans le port depuis sa réouverture. Elle pensa à Angélique qui faisait des biscuits à la boulangerie des Sainte-Marie. Sa cousine avait réussi à les convaincre de lui céder la boulangerie pendant une partie de la nuit pour qu'elle y fasse cuire les biscuits dont elle préparait la pâte sur la rue Duke. Elle leur avait offert d'entrer six fois par semaine et d'allumer le poêle, ce qui donnait une bonne heure de sommeil supplémentaire à M. Sainte-Marie, dont la femme en était à son huitième mois d'embarras. Elle les avait conquis avec son sourire, qui faisait toujours grand effet, mais dont jamais Angélique n'avait abusé. Elle butinait de « s'il vous plaît » en « merci », ses yeux au bleu fondant parlant de l'âme directement au cœur des gens. Elle avait encore les gestes humbles d'une religieuse et sa voix de chorale, que seules les autres religieuses avaient pu entendre. Angélique avait également offert aux

Sainte-Marie de leur remettre le quart des revenus de ses ventes. Violette pensait que M. Sainte-Marie avait accepté uniquement parce que sa femme avait été contrainte de ralentir sa cadence.

« Angélique, avait-elle demandé à sa cousine, pourquoi est-ce que tu lui paies ça ? Tu travailles dans sa boulangerie...

— ... avec mes ingrédients. Le mot commence à se passer et il y a de plus en plus d'étudiants qui arrêtent. En tout cas, depuis les deux semaines que je suis là.

— Et pendant les congés d'été ?

— Il va y avoir un bébé...

— Tu as pensé à tout ça !

— Bien sûr. On va avoir besoin de moi, c'est certain. Je pourrai me rendre utile. »

Violette ramassa ses effets et prit le temps de saluer chacune de ses collègues, au grand dam de M. Croteau, qui l'escortait en fulminant. Elle sortit finalement après avoir pointé les ciseaux vers lui.

« Qu'est-ce que vous auriez fait si vous m'aviez touchée avec les ciseaux, vous auriez attendu que Gustave trouve un docteur ? »

Une fois dehors, elle se dirigea spontanément vers le fleuve pour voir Étienne et lui annoncer la mauvaise nouvelle. Sans savoir pourquoi, elle eut envie de rire. Comme ça, aux éclats. Rire de leur détresse, de leur pauvreté, mais surtout rire de la vie qui ne parvenait pas à les tuer. Elle marchait vers la rue McGill lorsqu'elle arriva nez à nez avec sa tante Clorida Garnier, qui, visiblement, rentrait d'une journée de travail où elle avait lavé, nettoyé, épousseté, ciré.

« Bonyenne, Violette Leblanc ! Justement, je voulais te voir. Est-ce que tu saurais où se trouve Angélique, toi ? »

Violette n'eut aucun mal à jouer l'étonnement. Elle se sentait liée à Angélique par le sang, certes, et maintenant par la nouvelle famille qu'ils avaient recréée.

« Bonyenne, ma tante Clorida ! Angélique est pas au couvent ? répondit-elle en se moquant légèrement.

— Fais pas l'innocente, je sais que tu sais. Où est-ce qu'elle est ?

— En ce moment, je sais pas. »

Sa tante, Clorida Garnier, était la sœur de son père et ne lui ressemblait en rien. Son père avait simplement sous-entendu, pour l'excuser, qu'elle avait élevé trop d'enfants, à commencer par ses frères et sœurs dès qu'elle eut l'âge de huit ans, et les siens propres, nés un peu trop tardivement.

« Ce qui l'a peut-être mise à terre, avait-il conclu, c'est le petit dernier à quarante-huit ans. »

Jamais plus il n'avait parlé de sa sœur qui l'avait élevé, lui, comme les autres. Il lui en avait su gré, contrairement à Angélique, qui lui refusait encore son pardon.

Sa tante cherchait Étienne, et Violette répondit qu'elle allait justement le rejoindre. Elle se devait de l'accompagner ne fût-ce que par politesse. Le trajet fut donc silencieux et, après s'être renseignées au port, elles trouvèrent un Étienne surpris de les voir.

« Où est-ce qu'elle est, ma fille, Étienne ? »

Violette regardait son frère, impassible, souhaitant qu'il respecte l'entente dont ils avaient convenu.

« Elle est pas au couvent ? »

Violette aurait sauté sur place en riant, mais elle ne broncha pas, ne se permettant qu'un sourire à peine esquissé.

« Un autre qui fait l'innocent. Quand vous la verrez pas, dites-lui surtout pas qu'il y a un monsieur, un monsieur de la haute, qui est venu à la maison trois fois. C'est la sœur Marie-Saint-Cœur qui l'a envoyé. Je pense que ça a à voir avec son pain. Il paraît que son pain serait toujours béni. »

Elle se signa et partit après leur avoir brisé un sourire en les saluant. Leur tante n'était pas dupe.

« Son pain… béni. Les sœurs sont trop croyantes, tu penses pas ? Qu'est-ce que tu fais ici, toi ?

— J'ai perdu ma job. Je voulais plus voir Gustave Croteau de ma vie, mais ma machine cassait tout le temps.

— C'est vrai, tu m'as dit que c'est lui qui t'a frappée.

— J'ai dit ça ? Je devais encore être sonnée. Je voulais plus le voir de ma vie. C'est tout.

— Tu y penses pas ?

— C'est tout pensé, Étienne. C'est sûr que je vais trouver dans les *sweat shops* près du canal. Donne-moi une semaine, deux, peut-être.

— Dans un autre *sweat shop*.

— C'est plein, tu le sais. Je suis prête à aller chez les Anglais s'il faut.

— Tu parles pas anglais, Violette.

« — Mes mains ont pas besoin de parler pour coudre. »

Étienne prit un caisson et remonta sur le pont. Violette lui trouva fière allure. Il ressemblait à leur mère, avec ses yeux noirs et ses épais sourcils. Elle allait rentrer lorsque, elle ne savait d'où, elle entendit jouer du violon. Elle chercha des yeux pour enfin apercevoir une jeune fille rousse, plantée à l'intersection. Elle partit dans cette direction et l'écouta durant assez de temps pour oublier qu'elle voulait passer à l'épicerie. La jeune femme souriait de toutes ses dents, mais Violette remarqua d'abord ses cheveux roux et fous, puis ses gants coupés aux jointures. Elle regrettait de ne pas avoir un seul sou à lui jeter dans l'étui. Près d'eux, des gens se mirent à sautiller, et Violette en fit autant, réceptive à cette musique joyeuse. La jeune femme semblait fixer un point derrière l'épaule de Violette, qui tourna la tête après que la violoniste eut souri encore plus longtemps et fait une petite révérence. Violette aperçut Étienne, appuyé contre le bastingage, qui faisait de discrets signes de la main. Elle comprit que ce n'était pas elle qu'il saluait, mais cette jolie fille au visage rouge de timidité et de taches de rousseur.

EUGÈNE NE RÉUSSISSAIT PLUS À DORMIR

tant ses rêves étaient hantés par sa belle Angélique. Le professeur s'activait aujourd'hui à les préparer à leur internat, que lui et un collègue souhaitaient faire en maternité. Il y avait beaucoup de problèmes chez les femmes, et il voulait leur consacrer son énergie. Était-ce à cause d'Angélique qu'il avait fait ce choix ? Il n'aurait su le dire, mais il n'en démordrait pas.

« Eugène de la Durantaye, je vous trouve très absent. Qu'y a-t-il, mon bon ami ? Le cours vous ennuie ?

— Non, au contraire.

— Alors, redites-nous comment on procède à l'examen d'une parturiente. »

Eugène répondit au mieux de sa connaissance, et le professeur l'en félicita. Cette semaine même, il travaillerait auprès de ces femmes en proie aux douleurs et les explorerait dans la plus secrète de leur intimité. Il en avait mal partout, craignant de les blesser, voire de choquer leur pudeur. En revanche, il avait une envie presque maladive de le faire puisqu'il savait qu'il ne pourrait jamais oublier ce qu'il en retirerait comme apprentissage. Même si l'homme en lui se demandait ce que ressentiraient ses mains et son corps au contact d'une chair si mystérieuse, même si l'homme en lui tentait d'imaginer s'il serait troublant de toucher le corps d'une autre femme avant de toucher celui de la sienne, le médecin en lui occultait toute pensée liée au désir charnel d'Angélique, toute curiosité purement physique que suscitait sa soif de la découvrir – si bien sûr elle acceptait qu'il l'approchât. Ses nuits étaient perturbées par son besoin d'homme, qu'il ne pouvait plus cacher sous un surplis. Maintenant qu'il était presque médecin, il n'y voyait plus de péché, mais bien la preuve que la mission de ses organes était la reproduction. Les étudiants s'étaient appris, en cachette, l'utilisation des éponges et des anneaux retenus par des rubans pour éviter aux femmes de concevoir. C'était un péché qu'Eugène trouvait véniel, le préférant nettement à l'ablation du fœtus. D'abord incrédules, les étudiants avaient finalement cru en cette façon, quasi miraculeuse, de procéder pour contrer la grossesse. Aucun professeur n'abordait le sujet, mais Eugène les soupçonnait d'être impliqués dans la vie sous toutes ces formes. Il avait entendu parler de ces pressions exercées sur les artères des nouveau-nés pour empêcher la vie d'habiter des corps visiblement condamnés au néant. Il se demandait qui, du médecin interdisant de naître à la vie ou de celui qui remettait dans les bras d'une famille un enfant sans possibilité de jouissance, était dans l'erreur. Il avait également entendu parler de ces médecins, souvent pères eux-mêmes, qui dans les cas d'accouchements difficiles choisissaient de sauver une mère plutôt qu'un enfant, au risque d'essuyer des invectives cléricales. Ce qu'il aimait de la médecine était ce monde du silence et du secret des êtres. C'était la capacité d'aider au bien-être sans s'en confesser, malgré les désaccords avec l'Église. Eugène était toutefois conscient que sa connaissance de la vie était théorique et il appréhendait les problèmes qu'il rencontrerait.

Il était fier d'avoir instruit sa mère du pouvoir de l'éponge et savait que le fait qu'elle n'avait pas eu de grossesses à sa connaissance depuis bientôt trois ans n'était sans doute pas le fruit du hasard. Jamais il n'aurait osé aborder ce sujet avec elle ou la questionner, par contre, ne pouvant imaginer son père et elle ayant des relations intimes. Elle ne lui avait d'ailleurs jamais avoué utiliser ses éponges de mer.

Le cours s'était terminé sur une note affolante : Eugène apprit qu'il serait de garde durant la nuit et il craignait soudain les heures qui l'attendaient. Si la nuit était calme, il la meublerait en pensant à Angélique. Si elle ne l'était pas, il se réfugierait dans le silence pour n'entendre que ses patients et ne parler qu'à eux. Il aimait se présenter au chevet d'une personne qui combattait une maladie, quelle qu'elle fût, amygdalite ou consumption. Il voyait les malades, aussi affaiblis fussent-ils, comme des gens remplis d'une force inouïe.

Cependant, aujourd'hui, comme hier et les jours précédents, il ne savait plus s'il avait encore un amour qui l'attendait. Il ignorait où trouver son Angélique. Elle était disparue, et Eugène ne cessait de se répéter que Montréal ne pouvait la lui cacher éternellement. Il était allé chez sa mère à quelques reprises, mais elle l'avait d'abord presque insulté avant de comprendre qu'il pourrait lui être utile. Eugène ne s'expliquait pas l'attitude de sa bien-aimée. Il lui tardait d'étreindre Angélique et de l'embrasser comme il l'avait fait ce matin béni où, véritable offrande, elle l'avait attendu dans la ruelle derrière le couvent. Elle devait maintenant avoir la peau chaude, offerte aux rayons de juin. Ses mains avaient certainement guéri des gerçures qu'elles avaient lors de leur brève rencontre le matin de Pâques. Il ne l'avait même plus revue à la grand-messe. Il s'était promis d'assister à une autre messe au couvent et, malgré les questionnements de ses parents, il le ferait, quitte à devoir patienter jusqu'à la Saint-Jean-Baptiste.

L'hôpital s'était vidé de blouses blanches en un clin d'œil. Eugène traînait son stéthoscope dans une poche pour s'assurer qu'il était vu : c'était le trophée tant attendu pour lequel ses collègues et lui-même avaient disséqué, étudié, vécu de nombreuses insomnies, tremblé, souri, pleuré, désespéré. C'était le fruit d'une victoire qui se rappelait à eux chaque fois qu'ils le posaient sur une poitrine, un dos, un ventre.

Eugène souriait en réfléchissant à cette médecine qui avait fait tant de progrès depuis que des médecins comme les professeurs Louis Pasteur et Robert Koch avaient levé le voile sur bien des mystères. Le jeune homme était convaincu que les chercheurs sauraient avant la fin du siècle comment combattre les grandes maladies : le typhus, la variole, la tuberculose, la syphilis et toutes les autres. Le XXe siècle qui débuterait dans moins de vingt ans serait celui de la santé, il en avait la certitude, bien qu'il conservât un scepticisme de bon aloi pour faire un peu d'ombrage sur ce que ses professeurs appelaient son « optimisme irréaliste ». Il trouvait injustifiés cette extrême prudence ou ce pessimisme blasé.

Eugène pénétra dans une des salles et répondit au sourire des religieuses infirmières, qui semblaient apprécier sa visite. Tantôt elles l'invectivaient pour son manque de savoir, tantôt elles le congratulaient pour l'étendue de ses connaissances.

« Vous aviez raison, docteur de la Durantaye. Il semblerait que ce n'était pas une entorse mais bien une fracture.

— J'ai bien pensé, oui. Quand le cinquième métatarse enfle de cette façon-là... »

Eugène se calmait lentement. L'hôpital dormait et avait endormi certaines des douleurs et des maux les moins violents de ces pauvres gens. Il était loin de se douter qu'il vivait sa dernière accalmie jusqu'au lever du soleil.

« Docteur de la Durantaye, on vous demande. Quelqu'un aurait sauté par la fenêtre d'un deuxième étage.

— D'un deuxième étage ! Sauté ?

— Oui, du second étage d'une maison en flammes.

— Est-ce qu'il est blessé ou brûlé ?

— C'est une petite fille, docteur, et oui, elle est blessée et brûlée. »

Eugène avait déjà vu des brûlés, mais la petite fille hurlait, la vapeur lui flottant au-dessus du corps. Elle avait un bras et une jambe visiblement fracturés, et ses chairs exsudaient le supplice. Eugène fut bouleversé. Personne, pas même lui, ne pouvait l'étreindre pour la consoler ! Les religieuses apportèrent pinces et fèves de métal devant lui. Il arracha du mieux qu'il put quelques morceaux de chair nécrosée, mais l'enfant pleurait tant qu'il se tourna vers la religieuse.

« Allez chercher du laudanum, ma sœur. »

La religieuse ne broncha pas et Eugène répéta.

« J'ai bien entendu, docteur. Êtes-vous sûr qu'une enfant puisse prendre du laudanum ? »

Si cette religieuse était plus âgée et, il l'admettait, plus expérimentée que lui, elle n'était malgré tout peut-être pas au fait de toutes les recherches et de tous les progrès de la médecine. Elle cachait cependant sous sa cornette une détermination à ébranler les colonnes de n'importe quel temple.

« Cette enfant souffre le martyre, madame. Vous avez le choix : soit vous faites mon travail et vous continuez d'arracher les chairs tandis que je vais chercher le laudanum, soit vous y allez et cette petite ira mieux plus rapidement. Madame. »

Heurtée d'avoir été appelée « madame », la religieuse hésita puis tendit la main pour prendre les pinces. Eugène fut outré et chuchota quelques mots à l'oreille de l'enfant avant de remettre l'instrument à la religieuse. La fillette cessa de hurler, mais continua de sangloter en hoquetant et en claquant des dents. La religieuse ne poussa qu'un soupir avant de s'atteler à la tâche confiée par le Dr de la Durantaye. L'enfant recommença ses cris, moins forts, certes, mais tout aussi pénibles à entendre. Eugène revint enfin, la fiole de laudanum dans les mains. Il fit tomber deux gouttes sur les lèvres de la petite. *Heureusement*, pensa-t-il, *son visage n'est pas trop atteint et ses lèvres sont intactes. On pourra la faire manger, mais pour le moment il lui faut somnoler à travers ses heures d'enfer.*

Les yeux de la fillette n'eurent aucun mal à se fermer et Eugène se réjouit de voir s'estomper sa souffrance. Il reprit la tâche, le cœur plus léger. La religieuse l'assistait, le geste sec.

« Y a-t-il un problème, madame ?

— Je suis une religieuse. Je ne suis pas une dame.

— Nous sommes d'accord, vous n'êtes pas une dame. Les dames que je connais ont du cœur. »

La religieuse le foudroya du regard.

« Je me plaindrai de votre manque de respect.

— Faites, je vous en prie. J'aurai moi-même l'occasion de parler de votre manque de compassion. »

Eugène travailla ensuite pendant des heures à poser des attelles au bras et à la jambe de l'enfant en tentant d'éviter le plus possible le contact avec les chairs à vif. Finalement, aussi satisfait qu'il pût l'être, il demanda qu'on installe la petite tout près de sa cellule.

« C'est que…

— C'est que rien. Comment s'appelle-t-elle ?

« — On ne le sait pas encore.

— Tâchez de le savoir. »

Son sommeil fut léger. Il se levait dès qu'il entendait un gémissement sortir de la bouche de l'enfant, ô combien patiente. Elle avait une légère fièvre et dormait maintenant profondément. Eugène lui effleura les doigts. Elle aurait besoin de tout son courage et de toutes ses forces pour vivre les semaines qui s'annonçaient. Eugène lui avait promis de venir la voir tous les jours, d'où son apaisement. À peine s'était-il assoupi qu'on lui laboura l'épaule pour l'éveiller.

« Quoi ?

— Un guenilloux assommé, docteur. Et le prénom de l'enfant serait Joséphine.

— Merci. »

Eugène s'assit sur le lit et se prit la tête. Il se leva ensuite rapidement, passa voir la petite Joséphine et lui posa une bise sur le front.

« Il est préférable, docteur, de ne pas avoir de familiarité avec les patients.

— Voyez-vous quelqu'un de sa famille près d'elle ?

— Évidemment pas. Ce serait contre le règlement. »

Eugène ne répondit rien. Il était certain qu'en effleurant le front de la petite elle sentirait une présence venue l'encourager. Il lui chuchota à l'oreille qu'elle était le plus brave petit soldat qu'il eût jamais rencontré.

« Merci de me montrer à quoi ressemble le courage, Joséphine, ajouta-t-il dans un murmure. Bonne journée, madame. Je vois que le soleil se lève, déclara-t-il à l'intention de la religieuse.

Angélique décollait un à un les biscuits

de la plaque, jurant de se cacher les cheveux sous un foulard ou de les tresser. La journée promettait de lui transpirer dessus, aussi se réjouissait-elle de ne pas devoir la travailler en entier. Josephte et Hector Sainte-Marie s'agitaient à l'étage et elle se hâta de libérer le plancher pour n'entraver en rien leur travail.

Elle sentit vibrer l'escalier et Hector ouvrit la porte.

« Josephte n'est pas bien. Pensez-vous pouvoir rester pour toute la journée ? »

Angélique se sourit à elle-même avant de le regarder. Elle était exaucée ! Sœur Marie-Saint-Cœur avait eu raison, le Seigneur ne lui en voulait pas. Non, Il ne lui en voulait pas aujourd'hui. Pour toute réponse, elle renfila son tablier et découvrit les miches rondes comme la poitrine de Josephte.

La journée fut occupée à cuire le pain, à tenir le comptoir pour la clientèle et à vendre ses biscuits sans cesser de surveiller les passants. Et puis, elle le vit ! Il était là, devant la vitrine. Elle cessa de respirer, faillit perdre pied et passa à l'arrière-boutique sans le quitter de l'œil. Il était là. *Entre, entre, Eugène, entre, que j'entende le son de ta voix. Entre, que je voie tes mains saisir un de mes biscuits. Je veux te voir le mordre et reconnaître le blanc de tes dents. Eugène, mon amour, je suis ici. Regarde, regarde vers l'arrière-boutique.*

La cloche tinta. Eugène était maintenant à deux pieds d'elle, de l'autre côté de la cloison. M. Sainte-Marie, pensant qu'elle s'apprêtait à enfourner, passa dans la boulangerie.

« Oui ?

— S'il vous plaît, je prendrais une douzaine de biscuits. Six à la farine d'avoine et six à la mélasse. »

Angélique se retint à l'étagère. *Ah, ta voix est éraillée, Eugène. Qu'as-tu, mon amour ?* M. Sainte-Marie plaçait les biscuits dans un sac.

« J'en prendrais un tout de suite, s'il vous plaît. Non, deux, un de chaque. »

Angélique l'observa par l'entrebâillement de la porte. *Eugène, je suis ici, Eugène. Si près de toi, Eugène. J'ai mal. Te toucher, juste un peu. J'ai mal de toi.* Eugène se dirigea vers la porte puis revint rapidement sur ses pas. Angélique eut juste le temps de disparaître à nouveau.

« J'aimerais un pain, chaud si possible.

— Un pain chaud, ici, s'il vous plaît. »

M. Sainte-Marie avait crié en direction de l'arrière-boutique. Angélique sortit précipitamment dehors et se réfugia dans le petit coin contigu à la maison, au pied de l'escalier. Hector passa à l'arrière-boutique, en fit le tour des yeux, comprit qu'elle était sortie, prit un pain et revint devant. Eugène paya et partit en direction de l'université.

Angélique était assise directement sur le trou d'aisance. Elle l'avait vu et il avait l'air fatigué. Sa voix était éteinte. Elle n'avait pu observer ses yeux, mais elle soupçonnait qu'ils étaient rouges, irrités par le battement des paupières. Elle se leva rapidement et vomit tout son trouble.

La journée avait filé au même rythme que les aiguilles de l'horloge. Angélique demanda à faire une courte visite à Josephte et elle monta à l'étage. Mme Sainte-Marie était assise à la table, coupant ses légumes.

« Ça va, madame Josephte ? Vous n'avez besoin de rien ?

— Besoin de me débarrasser de ma bedaine. J'étouffe.

— Votre délivrance approche. »

Josephte ne répondit rien.

« J'ai vendu pas mal de biscuits. J'en ai ici, en voulez-vous ?

— Non, merci. Ah, laisse-m'en quelques-uns. »

Angélique en mit six dans une assiette tout en jetant un regard circulaire. Malgré la pauvreté des lieux, la maison était propre. Angélique rêvait d'habiter l'endroit, ou la maison voisine, mais tout près du fournil. Maintenant qu'elle avait remis la main à la pâte, elle ne pouvait s'en priver, pas plus qu'elle ne pourrait se passer encore longtemps de son Eugène.

Angélique posa une miche de pain et un sac de biscuits dans la cuisine. Violette s'était arrêtée à l'épicerie où M. Fabre lui avait remis les abats, que les trois cousins ne mangeaient pas tous, mais qu'ils étaient contents de recevoir.

« Et aujourd'hui, il m'a donné, je dis bien donné, ça ! »

Violette montra une poule, probablement écrasée par quelque cheval, la tête écrabouillée, le corps aplati, le bec ouvert et les pattes fermées par la surprise.

« Il m'a dit que c'était pas vendable.

— Il a raison. Elle a été écrasée aujourd'hui ?

— J'ai pas demandé. Elle sent bon. On va fêter. »

Angélique s'interrogea sur ce qu'ils devaient célébrer. Certainement pas le fait qu'elle avait vu Eugène.

« Fêter quoi ?

— Je veux fêter le fait que je me cherche une job et que jamais plus de ma vie je vais voir les Croteau.

— Tu n'as plus de travail ?

— Non. Toi ? Qu'est-ce que tu voudrais fêter ?

— Rien. Plus de travail ?

— Non. T'as certainement quelque chose à fêter.

— Oui, je pourrais peut-être avoir quelque chose à fêter. Comment ça, t'as plus de travail ?

— Qu'est-ce que tu veux qu'on fête ?

— J'ai… j'ai travaillé toute la journée. J'ai fait du pain et des biscuits. J'ai vendu au comptoir avant de monter voir Mme Josephte. Étienne est pas encore rentré ? C'est vrai qu'on est pas loin des journées les plus longues… Il doit en profiter pour travailler tard…

— Ou écouter du violon… »

Violette se pinça les lèvres et souleva les sourcils d'un air taquin.

« Du violon ?

— Je pense que mon frère fait la cour ou se fait faire la cour par une Irlandaise qui joue du violon. »

Angélique était abasourdie. Se pourrait-il qu'Étienne eût rejoint le lot des rêveurs amoureux ? Des hommes transis de désir et tremblants en approchant leur dulcinée, comme l'avait fait Eugène à l'auberge quand il lui avait tenu la main ? Étienne ?

« Tu as parlé à la fille ?

— Non, mais je l'ai entendue jouer. »

Elle ne put finir son histoire. Étienne venait d'entrer. Derrière lui, Margaret, souriante et confuse.

« Je viens chercher de l'argent pour qu'elle puisse se payer un transport. Elle reste dans le nord, dans l'autre coin des Irlandais.

— Je t'ai écoutée jouer aujourd'hui. Tu joues très, très bien. »

Margaret continuait de sourire, ne comprenant rien de ce qui se disait. Puis elle réagit et se présenta, en se mettant une main sur la poitrine.

« *Margueurite.*

— Ah, Violette, Étienne, mon frère, Angélique. »

Violette se tourna vers sa cousine.

« As-tu déjà vu une belle fille comme ça, toi ? Étienne, l'as-tu pêchée dans le fleuve ?

— Presque.

— On a du poulet. Dans moins d'une heure, ça pourrait être prêt. J'ai fait chauffer le poêle.

— Marguerite, manger ? Miam, miam ? »

Margaret comprit l'invitation.

« *Yes, please.* Miam, miam. *Is this what a Canadian chicken looks like? I have never seen anything so funny in my whole life[37]!* »

Ils la regardèrent tous les trois, l'air affable, certains que ce qu'elle avait dit était gentil.

---

37. Oui, s'il vous plaît. Est-ce ce à quoi ressemble un poulet canadien ? Je n'ai jamais rien vu d'aussi drôle de toute ma vie !

PAUL-AIMÉ MÉNARD S'ÉNERVAIT

et avait martelé la table à deux reprises avec ses ustensiles.

« La troisième fois, je vas me choquer. Bouge, Dolorès ! J'ai faim. »

Gérard jeta un regard en direction de Gérald, qui se leva pour assister sa mère au service. Comme toujours, elle ne savait plus où donner de la tête. Nazaire, le bébé, criait pour sa pâtée, impatient comme son père dès qu'il sentait l'odeur de la nourriture. La scène se répétait tous les soirs, mais ce soir leur père était particulièrement irritable. Un client qui lui devait de l'argent, ne cessait-il de beugler, l'avait nargué en demandant à Lefebvre, « le cibole à Lefebvre », de ferrer ses chevaux !

« Pas me payer, c'est enlever le pain de la bouche de ma famille. Le joualvert ! »

Gérald soupira et murmura qu'il avait fait tomber, une par une, les dents de sa mère. Elle avait maintenant beaucoup de mal à manger.

« Est-ce que je t'ai entendu dire quelque chose, toi ? »

Gérald s'assit sur le bout des fesses, prêt à bondir.

« Je vous dirai ça après souper.

— Non, non. Tout de suite.

— Non. »

Gérald apporta la casserole de légumes et allait la poser sur la table lorsque son père la projeta d'un mouvement de bras. La casserole heurta la tête du bébé, qui tourna de l'œil tandis que les légumes se répandaient sur le plancher. Gérald prit aussitôt une position de combat et son jumeau passa derrière le père pour tenter de contenir sa colère.

« Qu'est-ce que j'ai entendu ? »

Il s'était levé et faisait face à son fils. Gérald suppliait son jumeau de retenir le père, ce qu'il fit. La mère, qui avait accouru auprès de son dernier-né, poussa un petit cri.

« Est-ce que ça va finir, Paul-Aimé ? Est-ce que ça va finir par finir ? »

Elle tenait Nazaire sous la pompe à eau et lui faisait couler de l'eau sur le visage. Le bébé, qui venait d'être initié aux traitements de son père, reprit rapidement conscience et gémit la douleur causée par l'ecchymose qui enflait sur l'une de ses joues. Les jumeaux agrippèrent leur père, mais grâce à sa force il réussit à se dépêtrer et parvint à repousser ses fils pourtant aussi grands que lui, Gérald vers la cuisine, alors que Gérard alla choir dans le couloir. Les deux autres enfants étaient rapidement sortis de table. L'aînée, Agathe, était passée dessous, et Simone, sa petite sœur, s'était réfugiée près de la pompe.

« Va-t'en, ma p'tite morveuse, maman peut pas s'occuper de toi ! Tu vois bien que le bébé a besoin de moi. Pis toi, Gérald, dis à ton père ce qu'il veut entendre, qu'on en finisse.

— Non. »

Le père avait promptement rejoint Gérard, plus craintif que Gérald malgré son physique légèrement plus développé. Gérard recula, sachant qu'il ne pourrait éviter un affrontement punitif, comme souvent, comme toujours. Il para au coup de poing, mais tomba sur les genoux au coup de pied. Gérald bondit sur son père et le saisit par l'arrière en lui tenant le cou en clé. Celui-ci leva ses deux mains et allait ouvrir la prise lorsque Gérard revint. Il frappa son père avec une violence qu'il n'avait jamais eue avant.

« Tu commences à cogner fort, mon cochon ! »

La mère poussa un cri strident.

« Assez, maudit ! Arrêtez ! »

Gérald, touché par le cri exceptionnel qu'avait émis sa mère, relâcha l'étreinte, tandis que Gérard, les poings levés, ne baissait pas la garde. Le père, ébranlé par la force de l'assaut, sortit de la maison sans demander son reste.

Les jumeaux prirent chacun un enfant et l'assirent à table après avoir nettoyé les dégâts et récupéré les légumes éparpillés. Agathe les rejoignit à quatre pattes, tremblant de la tête aux pieds.

« Calme-toi, c'est fini. Le père est sorti.

— Il va revenir encore plus méchant. »

Paul-Aimé Ménard revint en titubant et s'écrasa sur le lit. Il allait s'endormir quand, ramassant toute son énergie, il chercha sa femme de la main pour l'agacer plus que la caresser. Le lit était vide, hormis deux pieds appuyés sur le matelas.

« Cherchez-la pas, papa, maman dort dans l'autre chambre. Je passe la nuit ici, et demain, ce sera Gérard.

— Es-tu fou ?... tu fou ? »

Il s'endormit lourdement. Gérald, assis sur une chaise près du lit, alluma la bougie uniquement pour le voir et le détester calmement.

Angélique se heurta à la porte

de la boulangerie. Elle avait oublié sa clé à la maison et chercha la clé de secours cachée à l'arrière, juste à côté des toilettes. À peine avait-elle allumé le poêle qu'elle entendit Hector descendre l'escalier à toute vitesse.

Il ouvrit la porte avec tant de force que les gonds grincèrent et craquèrent.

« C'est effrayant, Josephte saigne de par là. Elle a pissé de l'huile avant de pisser du sang. Est-ce que ça se pourrait que ce soit ça ?

— Si un bébé qui arrive fait ça, c'est ça. Voulez-vous que j'aille chercher de l'aide ?

— On connaît personne, icitte. Nos familles sont à la campagne. Peux-tu l'aider, toi ?

— Moi ? Non, j'en suis incapable. »

Hector eut l'air si découragé et terrifié qu'Angélique se dit que, si elle n'allait pas chercher Eugène, elle manquerait grandement à la charité, il était vrai – *Ce que vous ferez au plus petit d'entre vous, c'est à moi que vous le ferez*, songeait-elle –, et elle raterait en plus la première véritable occasion de le voir et de l'entendre, peut-être même de l'embrasser.

« Attendez-moi, monsieur Hector. D'ici une heure, deux au maximum, je reviens, je reviens, je vous jure.

— C'est à Josephte et au bébé qu'il faut dire d'attendre.

— À un premier, on a plus de temps. »

Angélique ne cessait de se répéter qu'il le lui avait dit. Qu'avait-il dit dans la calèche ? Qu'avait-il dit ?... Qu'il voyait la montagne de sa maison. Qu'il était plus près de l'Hôtel-Dieu que du Royal Victoria... Qu'avait-il dit d'autre ?... Oui, que leur maison était finie en porcelaine blanche et que c'était la seule de Montréal... Où ?... où ?... *Saint Antoine, patron des objets perdus, saint Jude, patron des causes désespérées, trouvez-moi la maison.* L'Esplanade ! C'était sur la rue de l'Esplanade. Angélique craignait de manquer de temps pour l'aller-retour, mais elle ne sortit pas moins de la boulangerie à la course.

La jeune femme remerciait la nature d'avoir enjolivé la rue Sherbrooke. Les lilas étaient fanés, mais ici et là elle voyait des pivoines et des roses. *Vite, Angélique, Josephte t'attend.* Qu'avait-il dit d'autre ?... Ah oui ! Qu'il habitait presque en face d'une piste de courses. Quelque part près de Marie-Anne ou de Rachel. Oui. *Vite, Angélique. Josephte t'attend et toi, tu attends ce moment depuis Pâques.*

Angélique posa l'oreille sur la porte. Le soleil s'était levé plus tôt que la maisonnée. Intimidée, elle descendit l'escalier de pierre et contourna la maison. *Eugène, dis-moi où aller.* Elle se dirigea vers l'arrière, monta l'escalier de bois et frappa si faiblement à la porte que seule la personne assise à la table l'entendit.

« Pas déjà une quêteuse ? »

Celle-ci ouvrit la porte, et Angélique, de son parler de couvent, demanda à voir le Dr de la Durantaye.

« C'est pour une dame qui va… qui… C'est très urgent. »

La domestique sourit puis rit un peu.

« T'as l'air d'une quêteuse puis tu parles comme une sœur. Tu veux pas un peu de pain ?

— Non. Juste voir le docteur, s'il vous plaît. »

La domestique haussa les épaules.

« Il va pas aimer ça. C'est certain. Il va pas aimer ça. »

Ce qu'Angélique redoutait le plus se produisit. Isabelle, la jeune sœur, pénétra dans la cuisine. Elle observa Angélique et mit un peu de temps à la reconnaître, ce que malheureusement elle fit.

« T'as pas de chapeau puis t'as pas mon châle, mais je te replace.

— Pardon ?

— Je t'ai vue devant l'église Notre-Dame. Le matin de Pâques, tu te rappelles pas ?

— C'est impossible. Le matin de Pâques, j'étais avec ma mère qui était malade. Je n'ai même pas pu aller à la messe. Un vrai péché, vous ne pensez pas ? Un péché d'omission.

— Non, non, c'est toi.

— Moi, quoi ?

— C'est toi qui portais mon châle. C'est toi qui l'as piétiné… »

Eugène, précédé de la domestique, fit son apparition, en peignoir. Angélique le regarda et sentit ses yeux se révulser. *Eugène, mon Eugène, enfin.* Il ne fut guère plus brillant qu'elle, reculant d'un pas sous le choc de la voir.

« Angé… mademoiselle ? Que puis-je pour vous ? »

La domestique fut apparemment sourde à ce qui venait de se dire et les dirigea vers la verrière.

« Monsieur, Eugène… »

Elle avait du mal à parler, mais à cheval sur la méfiance, elle ne s'approcha pas de lui.

« Monsieur, mon patron m'envoie chercher de l'aide. Sa femme accouche en ce moment même, et j'espère qu'il n'est pas trop tard. »

Eugène ferma la porte, hocha lentement la tête et se plaça devant elle, les mains lui caressant les épaules.

« Angélique, que je suis content que tu m'aies trouvé ! Je te cherche, je te recherche, je t'espère… je…

— J'ai mis du temps à venir ici, Eugène, et…

— Je sais, des mois…

— Non, j'ai mis du temps ce matin…

— Attends-moi. Je reviens tout de suite. »

Il partit à la hâte, cria d'atteler et referma derrière lui. Angélique le suivit au son, dans l'escalier. Il monta les marches deux à deux. *Mon Eugène…* Elle s'appuya contre le mur et se laissa glisser jusqu'au sol. Eugène la trouva assise, en larmes, les yeux clos et la tête penchée sur le côté gauche.

« Angélique, qu'est-ce qui t'arrive ?

— Toi, Eugène. Toi ! »

Eugène avait poussé son cheval à la limite du trot. Angélique le regardait en souriant, béate ! Encore plus beau, encore plus grand et la joue ombragée par une barbe brunâtre. Ils parlèrent peu, tous deux emportés par l'instant magique de ces retrouvailles. Puis Angélique osa poser sa main sur celle d'Eugène, elle-même posée sur sa cuisse. Pas longtemps, non, dix secondes à peine, mais et pour lui et pour elle, ce fut si troublant qu'Eugène ralentit un peu l'allure du cheval pour avoir le temps de la contempler et de lui sourire.

« Je te veux !

— Qu'est-ce que tu veux dire ?

— Que je veux te voir, t'avoir, te fiancer et t'épouser ! »

Angélique cessa de sourire. Ils étaient déjà devant l'université, et elle lui avait indiqué la boulangerie.

« C'est ici que tu travailles, Angélique ? Je suis venu ici acheter des biscuits !

— Je sais, je t'ai vu et c'étaient des biscuits que j'avais faits !

— Tu m'as vu ? Et tu n'es pas venue me parler ?

— Non. Tout mon être était paralysé, Eugène.

— Angélique, je te veux, avec tes biscuits ! »

Il immobilisa la carriole dans la ruelle, prit sa trousse et la suivit. Hector leur ouvrit la porte sans reconnaître Eugène.

« Par ici, s'il vous plaît ! Je suis content de vous voir. Est-ce que ça va être encore long ? Pensez-vous que je pourrais descendre dans la boulangerie ? Est-ce que c'est normal que…

— Je l'examine et je vous réponds. »

Eugène disparut dans la chambre et ce n'est qu'en voyant Josephte et son regard rempli à la fois de souffrance, de soulagement et de confiance qu'il eut peur. Il enleva son veston et se retroussa les manches. Il avait été certain de faire un accouchement lors de son premier soir de garde, et voilà que c'est avec Angélique près de lui qu'il aiderait la vie à vivre.

« Mademoiselle, de l'eau pour que je me lave les mains et un grand bol d'eau chaude pour la maman. »

Il avait souri à Josephte. En moins de deux, Angélique était près de lui.

« Placez-vous à la tête du lit, mademoiselle…

— Angélique…

— Mademoiselle Angélique, au cas où j'aurais besoin d'assistance. »

Angélique ouvrit la bouche, grimaça légèrement mais obéit après être allée se chercher une chaise. Elle passa un linge humide sur le front de Josephte. Celle-ci avait si mal et si peur qu'elle se mordait les lèvres au point de les faire bleuir. Angélique regardait agir Eugène puis, incommodée, préféra ne rien voir : ni sa main qui venait de disparaître derrière le drap, ni ses yeux, fermés pour mieux comprendre, ni sa nervosité qui parlait par les gouttelettes de son front. Cet Eugène-là, elle ne le connaissait pas. Mais elle l'aimait, ô combien l'aimait-elle ! Il était là devant elle et il aidait un bébé à naître. Elle aurait souri si elle avait su qu'Eugène et elle pensaient sensiblement la même chose au même moment.

« Et votre délivrance aurait commencé depuis combien de temps ?

— Ouh… depuis les neuf heures, hier soir. J'ai entendu l'horloge. »

Eugène replaça le drap.

« Je pense que vous êtes une championne. Ça va aller tout seul maintenant. »

Il voulut l'aider à s'asseoir, mais elle préféra s'allonger sur le côté, les yeux rivés à la fenêtre. Josephte tenta un sourire et prit la main d'Angélique. Puis tout se précipita. Josephte ahana de plus en plus rapidement et de plus en plus fort, et Angélique aurait paniqué si Eugène ne l'avait exhortée au calme tantôt du regard, tantôt d'un haussement d'épaule ou d'un sourire. Ne sachant comment se rendre utile, Angélique se pencha à l'oreille de Josephte et lui demanda doucement si elle souhaitait qu'elle prie ou qu'elle chantonne.

« J'aimerais que tu te taises. »

Eugène se pinça les lèvres, et Angélique en fut mortifiée. Puis Josephte bougea sous le drap et Eugène comprit qu'elle se plaçait pour que le bébé pût sortir. Josephte étouffa un cri et fit « oui » de la tête. Eugène passa à l'action en se couvrant du drap, et Angélique aurait maintenant vraiment voulu savoir ce qu'il faisait. Elle entendit alors le cri du nouveau-né, se signa sans réfléchir et Eugène le lui présenta pour qu'elle le prenne et le nettoie. Elle le fit comme si elle l'avait fait la veille et le jour d'avant. On eût dit qu'elle avait déjà été initiée à la chose. Elle savait. Elle savait que faire avec le cordon, elle savait langer, elle savait emmitoufler le nouveau-né. Elle savait. En moins de dix minutes, le bébé était essuyé, lavé et présenté à son père, qu'Eugène avait fait monter en frappant trois coups sur le plancher.

« Monsieur Sainte-Marie, vous avez un beau fils bien potelé. »

Angélique voulut lui remettre le bébé, mais Josephte insista pour le prendre.

« Je descends à la boulangerie pour vous remplacer, monsieur Hector. Prenez votre temps. Si vous avez besoin de moi ici, frappez sur le plancher. »

Angélique jeta un coup d'œil à Eugène, battit lentement de la paupière et lui fit un sourire avant de descendre à la boulangerie. Elle se dirigea au fournil pour apaiser les frissons qui l'assaillaient, malgré la chaleur du jour et des lieux. Elle déverrouilla la porte et se réjouit de n'avoir aucun client. Il lui fallait se calmer, penser à l'instant qui se présenterait bientôt, où Eugène entrerait dans le commerce, la parole pleine d'amour, elle le savait. Dieu qu'elle l'aimait ! Mais elle savait également que jamais elle ne pourrait le conduire sur la rue Duke sans l'affoler, pas plus qu'il ne pourrait l'emmener rue de l'Esplanade. Elle voyait bien que ses mains tremblaient de son malaise. Si seulement elle avait pu penser à une solution, mais son esprit était vide. Ils se trouvaient dans une impasse et en étaient tous deux conscients.

La cloche tinta et elle se dirigea vers le comptoir servir des clients affamés de biscuits et de pain. Quand elle revint au fournil, Eugène était là, les bras ballants, prêt à l'abandon, ainsi qu'elle-même l'était. Elle s'approcha de lui et l'enlaça, lui caressant et grattant légèrement le cou de la douceur de ses mains.

« Angélique… »

Il ne parvenait pas à dire autre chose. Ils échangèrent donc en souffles et en soupirs leur désir de se déclarer ce sentiment qui les envahissait. La sonnette résonna de nouveau et Angélique s'arracha péniblement de son étreinte. Elle revint en affichant ce sourire inquiet qui donnait à Eugène l'envie de pleurer.

« Je te veux, Angélique. À quelle heure dois-je venir t'attendre ?

— Ne viens pas m'attendre. Vois tes patients.

— On va partir ensemble, Angélique.

— Pour aller où ? »

Il pinça les lèvres et hocha de la tête.

« Pensons-y.

— Oui, pensons-y, mon amour. »

Margaret regardait Sean

mimer leur vaine fuite, sa peur à elle de grimper au câble, « *Stop it, Sean McBride, it was so high !* », sa frayeur lorsqu'elle aperçut le feu follet, « *It would have been terrifying had I not known it was my Mammy's farewell…* » et sa déconfiture à la vue de Mrs O'Brien.

« *Don't you dare imply that I dislike her. I like Mrs O'Brien. I always did. And stop talking about me as if I were a complete eejit.*

— Are you not an eejit, my love[38] ? »

Ils étaient attablés avec d'autres Irlandais tous plus ou moins apparentés. Le commentaire de son compagnon laissa Margaret bouche bée. Elle haussa les épaules et plissa le front.

« *Come with me, Sean.* »

Ils s'isolèrent dans une autre pièce et fermèrent la porte.

« *What are you talking about, Sean?* »

---

38. Cesse, Sean McBride, c'était terrifiant […]. J'aurais eu très peur si je n'avais su que c'était l'au revoir de ma mère […]. N'essaie pas d'insinuer que je n'aime pas Mrs O'Brien. J'ai toujours aimé Mrs O'Brien. Et cesse de parler de moi comme si j'étais une parfaite idiote. — N'es-tu pas une parfaite idiote ?

Ce fut au tour de Sean de s'étonner.

« About us!

— Why, Sean McBride, there is no "us"!

— Of course there is. We have been together since la Grosse-Île. You slept in my arms…

— We had no choice…

— How good are your ears?…

— Very good…

— … Then you must have heard yourself saying "we". We are a "we", Margaret Hogan. We have been living in my aunt's house. We even slept in the same room!

— Please, Sean, be honest. All the children slept in that room. You are my very best friend…

— I am not.

— You are not?

— I am the man who will marry you, Margaret Hogan.

— What[39]? »

Margaret était assommée. Peut-être avait-elle nourri les espoirs de Sean en ne le décourageant pas. Il était vrai qu'il l'avait rassurée, réconfortée, aidée… mais la ville avait changé la couleur de leurs rêves. Il lui avait dit vouloir être prêtre ou aider ses compatriotes autrement. Elle avait parlé de son intérêt pour les pubs et du plaisir à jouer du violon.

---

39. Suis-moi, Sean. […] De quoi parles-tu, Sean ? — De nous ! — Mais il n'y a pas de « nous ». — Oh, que si. Nous sommes ensemble depuis la Grosse-Île. Tu as dormi dans mes bras… — Nous n'avions pas le choix… — Comment vont tes oreilles ?… — Parfaitement… — Alors tu t'es certainement entendue dire « nous ». Nous formons un « nous », Margaret Hogan. Nous vivons dans la maison de ma tante. Nous avons même dormi dans la même chambre ! — Je t'en prie, sois honnête, Sean. Tous les jeunes dorment dans cette chambre. Tu es mon meilleur ami… — Non. — Non ? — Je suis l'homme qui va t'épouser, Margaret Hogan. — Quoi ?

L'une comme l'autre de ces passions la reliaient à ses origines.

Margaret tourna sur elle-même, incertaine de l'attitude à adopter : devait-elle s'enfuir à toute vitesse ou considérer sérieusement cette demande en mariage, dont l'arrivée était aussi surprenante que celle d'une montgolfière ? Elle le regarda en redoutant que ce ne fût peut-être pour la dernière fois. Margaret allait sortir de la pièce quand il l'arrêta pour lui dire combien il l'aimait, et ce, depuis le premier jour où il l'avait vue à la Grosse-Île. Il lui avoua qu'ils feraient un merveilleux couple, très vaillant, et que leurs enfants n'auraient jamais faim ou peur. Qu'ils seraient assez forts pour rejoindre les sociétés secrètes irlandaises.

« *Think of it, Margaret, our children could join the Defenders, or the Ribbonmen, or the Irish Land League!*

— What are you talking about, Sean? We are no longer in Ireland and our children would be Canadians. Our land is no more Irish, but Canadian!

— There! You said it again. Our land, our children… may that be a yes to my proposal?

— You are mad!

— Oh yes, madly in love with you, Margaret Hogan.

— I am no longer Margaret! I am Margueurite, *and I do think I know a very nice young Canadian man who has become infatuated with me.*

— That cannot be true.

— Maybe not, yet maybe so. If you will excuse me, Sean McBride[40]. »

---

40. Penses-y, Margaret. Nos enfants pourraient se joindre aux Defenders, aux Ribbonmen ou même à la Irish Land League ! — Mais de quoi parles-tu ? Notre

Décontenancée par ce qu'il venait de lui révéler, Marguerite se dirigea rapidement vers la chambre, prit son sac, son étui à violon et ressortit aussitôt. Sean, perplexe, la regarda remercier et embrasser sa tante, puis les autres, avant de sortir en prenant la peine de fermer la porte doucement. Il rejoignit sa famille en riant.

« *She has such an Irish nature, hasn't she? She will be back, trust me*[41]. »

Marguerite fut prise d'une peur sans issue. Une peur pleine de douleur. Elle ignorait si elle serait en mesure de retrouver la maison d'Étienne Leblanc, qui était la seule adresse où elle pourrait se réfugier ! Le port était loin, aussi s'arma-t-elle de courage lorsqu'elle emprunta la rue St. Lawrence qui, elle le savait, allait se mouiller les pieds dans le fleuve.

Plus elle marchait, plus sa résolution ramollissait, au fur et à mesure qu'elle voyait disparaître ces rues qui l'avaient accueillie. Il y avait bien Étienne, qui semblait l'avoir attendue chaque fois qu'elle arrivait près du bateau. Dès que leurs yeux se disaient bonjour, elle posait le menton sur son violon et levait l'archet en guise de salut. Il allumait aussitôt une cigarette et écoutait son premier morceau en sou-

---

pays n'est plus en Irlande et nos enfants seraient des Canadiens. — Tu le dis encore : notre pays, nos enfants. Serait-ce une réponse positive à ma demande ? — Tu es complètement fou. — Oui, fou d'amour, Margaret. — Je ne suis plus Margaret, mais *Margueurite*, et je crois bien avoir fait la connaissance d'un très gentil jeune homme canadien que je ne laisse pas indifférent. — Ça ne peut être vrai. — Peut-être bien que non, mais peut-être que si. Je te prie de m'excuser.

41. Elle est terriblement irlandaise, n'est-ce pas ? Croyez-moi, elle reviendra.

riant. Depuis la Saint-Jean-Baptiste, il y avait davantage de visiteurs américains dont certains, venus du Massachusetts, étaient eux aussi d'Irlande. Marguerite les égayait par des airs du pays et voyait les hommes taper du pied et les femmes se déhancher. Beau temps, mauvais temps, ils étaient de belle humeur.

Étienne parlait peu, et elle-même, si volubile en anglais, était muette à ses côtés. Avec Sean, elle pouvait jacasser du matin au soir tant leurs mots étaient spontanés, faciles à dire et à comprendre. Avec Étienne, elle était capable de dire : « *Margueurite*, bonjour, bonsoir, partir, peut-être, à demain, dormir, manger, faim, soif. »

Cet Étienne était loin d'être aussi beau que Sean, qui avait des cheveux bouclés et une petite barbiche folâtre, et dont les paroles trop fortes, lancées pour convaincre et enguirlander, étaient toujours ponctuées d'un éclat de rire. Pourtant, cet Étienne avait du charme, avec ses yeux foncés et son regard un peu triste sous des sourcils qui lui rappelaient ceux des pêcheurs basques ou corses. Marguerite pensait que leurs regards, à lui et à elle, se ressemblaient, puisque c'était le regard d'orphelins. Le regard de ceux qui voyaient avec difficulté leur vie passée, même s'ils n'avaient pas encore vingt ans.

Elle marchait toujours, d'un pas ralenti, certes, mais décidé. Puis, à l'angle des rues St. Lawrence et Saint-Louis, Sean McBride vint la surprendre en montant la rue qu'elle descendait.

« *Sean McBride! How did you get here?*

— Your eyes never were good, Margaret. I walked behind you, then ran on Hutchison street and here I am! I know you are relieved to see me.

— I am not, Sean McBride. The time has come for me to start this new life my parents promised.

— I agree, Maggy…

— Margueurite.

— Margaret. The time has come and I will repeat my proposal. Why don't you and I get married[42]*? »*

Marguerite poursuivit sa route, affichant une détermination à toute épreuve. Elle accéléra le pas, Sean sur les talons. Le chagrin lui brouilla le trajet, et, si elle s'était écoutée, elle aurait rebroussé chemin, étreint Sean en le remerciant d'être encore là, près d'elle. Marguerite n'en fit rien.

---

42. Sean McBride ! Comment es-tu arrivé ici ? — Tu n'as jamais eu de bons yeux. Je t'ai suivie, j'ai couru sur Hutchison et me voilà ! Je sais que tu es soulagée que je sois là. — Non. Le moment est venu pour moi de commencer la vie que mes parents m'avaient promise. — Je comprends, Maggy… — *Margueurite…* — Margaret. Le moment est venu de te répéter ma proposition. Pourquoi ne nous marions-nous pas ?

M. Fabre était assis devant l'épicerie

sa jambe meurtrie par la vie allongée devant lui. La chaleur était insupportable, et il aurait été tenté de cadenasser et de se rendre à la piste de courses pour y miser un gros deux dollars sur un *long shot*. Toute sa vie il avait parié sur le cheval auquel personne ne pensait, soit le plus inexpérimenté, soit celui qui boitait, comme lui le faisait. Ce soir, justement, il y avait ce cheval boiteux qui ne payait pas de mine et en qui personne ne faisait confiance, sauf lui. La belle Dolorès Ménard, accompagnée de son Gérald de jumeau, arriva à la course et lui demanda si le magasin était encore ouvert.

« Pour toi, ma belle Dolorès, il sera toujours ouvert. Tu l'as toujours su, non ? »

Dolorès leva les yeux au ciel, tout en ayant un sourire aux lèvres. Gérald fronça les sourcils. M. Fabre se releva péniblement et se dirigea derrière le comptoir, faisant tomber au passage le rameau maintenant si sec qu'il s'émietta lorsqu'il l'écrasa de son pied de plomb.

« Tu veux quoi ?

— Quatre livres de bœuf haché, si t'en as.

— Sûr que j'en ai.

— Savais-tu que, dans les vieux pays, le monde mange du cheval ?

— Je savais ça. As-tu l'intention de t'ouvrir une boucherie avec les picouilles de ton mari ? Ou est-ce que c'est ton idée, mon gars ? lança-t-il à l'intention de Gérald.

— Non, ni ma mère ni moi.

— Pourquoi vous me parlez de ça, d'abord ? »

Mme Ménard regarda Gérald.

« C'est qu'on se demandait, Rosaire, si toi t'en voudrais pas.

— Du cheval ? Je peux pas croire, Dolorès, que tu me demandes ça.

— Je te demande rien, Rosaire, je t'offre quelque chose. »

M. Fabre dévisagea Gérald, en hochant la tête.

« En mangerais-tu, toi, du cheval ?

— Si je l'arrache des pattes de mon père, je dis pas non.

— Connais-tu quelqu'un, Dolorès, qui en a déjà mangé ?

— Si j'en connais, je le sais pas ! »

Rosaire Fabre sortit de la glacière un morceau de bœuf pesant certainement plus de quatre livres. Il l'apporta ensuite au hache-viande, dont il actionna la poignée avec patience. La viande, rouge et blanche, était expulsée avec un son d'écrabouillement. Visiblement, comme en faisaient foi les rides entre ses sourcils, il pensait à ce qu'on venait de lui proposer.

« Qui est-ce qui tuerait les chevaux ?

— Gérard et moi, répondit Gérald.

— Où ?

— On est rendus là dans notre affaire. On avait pensé aux champs, pas très loin des rails. »

Rosaire Fabre tira sur la bobine de ficelle retenue à un goujon rivé au mur et empaqueta la viande. Il la posa sur la balance.

« Un gros quatre livres. Je mets ça sur ton compte ?

— Non, on va payer. »

Gérald sortit l'argent de sa poche et paya.

« Qu'est-ce qui se passe, Dolorès, Paul-Aimé te fait jeûner ?

— Non, c'est moi qui le fais jeûner depuis une couple de nuits. »

Elle avait chuchoté ces derniers mots pour éviter que Gérald ne l'entendît, même si elle le savait au courant de tout. Depuis ce souper où son mari avait frappé le bébé avec une casserole, les jumeaux se relayaient pour venir au secours de leur mère. Paul-Aimé avait supplié celle-ci de rentrer dans le lit et de faire son devoir. Les jumeaux avaient dit non, d'une seule voix. Son mari l'avait ensuite menacée, voix et bras élevés. Dolorès avait répliqué que, à part la tuer, il lui avait déjà tout fait. Paul-Aimé était sorti en claquant la porte, en l'enjoignant de ne jamais dire de telles méchancetés.

« Parce que ma vérité est méchante ? » avait-elle demandé.

Ce n'est que le lendemain qu'il lui avait répondu que la vérité de Dieu était que la femme soit soumise à son mari, un point, c'est tout. Gérald et Gérard avaient ensuite constaté que leur mère allait moins fréquemment à l'épicerie. Ils comprirent que la viande se faisait rare. L'enfant de chienne qui était leur père les privait tous. Heureusement pour la famille Ménard, les récoltes étaient déjà arrivées au marché.

La porte s'ouvrit et Violette entra. Elle perdit contenance sitôt qu'elle aperçut Gérald. Mme Ménard, toutefois, l'intimidait non pas tant par sa personne, mais en raison de ce que tout le monde racontait au sujet des sévices qu'elle endurait. Violette n'avait jamais osé la regarder dans les yeux de crainte de découvrir une paupière étampée de douleur. Elle parvint à se ressaisir et sourit à pleines dents en saluant les trois personnes présentes. Ce fut Gérald qui rompit la glace.

« Comment va la belle Angélique ? »

Violette fut étonnée.

« En ce moment même, je saurais pas dire. Mais Violette va bien. »

Il lui en coûtait de le regarder. Il lui passa les doigts sur la joue. Elle voulut mourir.

« Angélique, maintenant, fait ses biscuits et du pain aussi. Avec sa recette et celle de M. Sainte-Marie.

— Qu'est-ce qu'elle a, la recette de M. Sainte-Marie ?

— Rien de spécial, monsieur Fabre. Angélique dit qu'elle est bonne.

— J'espère. C'est lui qui me fournit. »

Violette comprit qu'elle avait failli trop parler. Elle était venue pour tenter de lui vendre le pain d'Angélique, celui qu'on disait béni des dieux. Un silence envahit les lieux.

« Maman, je vous abandonne pour raccompagner Violette.

— Une minute, peut-être que Violette voulait acheter quelque chose.

— Oui, mais j'ai oublié mon argent. Je reviens avec Angélique. »

Gérald tint la porte, le temps que Violette en franchisse le seuil. Il marcha à ses côtés, fier comme un coq de dix-neuf ans bien sonnés, qui espérait que les gens croiraient que Violette était sa meilleure et qu'ils s'étaient peut-être même déjà embrassés.

« Angélique a un amoureux. Personne le connaît, mais je dirais qu'il s'appelle Eugène.

— Ah… »

Il avançait de sa démarche aussi solide qu'un pas de cheval.

« Ta mère avait l'air bien. »

Il haussa les épaules. Violette avait dit ça parce que la joue de Mme Ménard était enfin désenflée. Gérald savait que sa mère avait rarement l'air bien, et la famille avait de plus en plus l'air malade depuis ce jour maudit où son frère et lui étaient intervenus pour ensuite prendre les rênes. Il se mourait d'en parler, de confier à Violette qu'il voulait quitter la demeure de son père, mais qu'il ne le pourrait pas aussi longtemps qu'il y aurait sa mère et les enfants à protéger.

« Je me souviens plus très bien de tes parents, Violette. Ça fait combien de temps ? »

Elle le regarda comme s'il venait d'ouvrir sa boîte à vilains souvenirs.

« Sept ans, presque huit. J'avais dix ans.

— Est-ce que t'es capable de voir leurs visages quand tu fermes les yeux ? »

Elle les ferma et plissa les paupières.

« Non, juste celui du bébé.

— Ta mère avait pas de bleus dans le visage ou sur les bras, elle, non ?

— Non. Jamais vu ça dans ma famille. Mon père priait tous les soirs pour sa femme et ses enfants, puis le matin, avec un ou deux croûtons, il allait travailler aux *yards*, sur les trains. Étienne dit qu'il étoufferait s'il travaillait en dedans.

— Ça serait pas plutôt qu'il aurait peur de mourir jeune comme ton père ?

— Gérald ! Qu'est-ce qui te prend aujourd'hui ?

— Aujourd'hui puis hier, puis avant-hier, puis tout le temps avant, Violette, il me prend que j'ai envie de tuer mon père. Pas pour qu'il meure, mais pour qu'il disparaisse de notre vie.

— C'est pas un sacrilège de dire ça ?

— Je sais pas. Je te dis ça à toi, Violette, parce que, à part mon frère, je pense que t'es la seule personne à qui je peux en parler.

— Veux-tu rentrer chez nous ? »

Gérald ne répondit rien mais la suivit dans l'escalier maintenant presque propre, lavé à l'eau de pluie de juillet. Violette avait envie de rire du plaisir de le savoir derrière elle et de pleurer des mots qu'il laissait échapper presque un par un.

ÉTIENNE SE DISAIT QUE JAMAIS LE CURÉ

n'accepterait de bénir une union entre une fille des vieux pays qui ne parlait pas encore le français et un pure laine qui ne parlait pas l'anglais. Jamais. C'était presque aussi impossible que de bénir un mariage avec une protestante. Un autre groupe d'Irlandais venait d'entrer au port, et Étienne ne cessait de penser à Marguerite, à ses taches de rouille sur le visage, à ses cheveux aux couleurs du soleil endormi et à ses yeux verts comme ceux d'un chat noir. Quant à son sourire, il ne pouvait se le rappeler sans que son entrecuisse le tiraille. Si, en plus, elle le lui montrait en jouant du violon, il n'en finissait plus de se morfondre.

Avec ses amis du port, Étienne était déjà allé aux femmes. Il s'en était confessé aussitôt mais avait menti en affirmant s'en repentir et en promettant de ne plus recommencer. Il avait découvert un nid fait pour l'homme et il lui tardait de trouver une partenaire depuis cette soirée. Il attendait depuis deux ans, mais pas une seule demoiselle, pas une seule femme ne lui avait parlé directement au cœur, sans ouvrir la bouche, avant que Marguerite n'emprunte la passerelle. Il était certain que, à elle seule, elle pourrait combler le vide laissé par le brusque départ de sa famille et l'espace libre de femme sur sa couche.

Marguerite n'était pas encore arrivée, ce qui ne lui ressemblait pas. Habituellement, elle était sur le quai bien avant dix heures. Il retourna à la cale porter des caisses de bois et, ô joie, il la vit enfin approcher, le violon toujours dans l'étui. Elle lui fit signe de venir la rejoindre. Il sauta presque par-dessus bord et fut à ses côtés en moins de temps que deux battements de bourdon des cloches de Notre-Dame, qui annonçaient midi.

« *I must* parler *to you*, Étienne Leblanc. *Sean McBride asked me to marry him.* »

Étienne la regarda, incrédule. Ces yeux et cette bouche et ces joues rouillées lui appartenaient, il en était certain.

« Marie-le, Marguerite, qu'est-ce que tu veux que je te dise ? Si c'est ce que *you want.*

— *Oh Lord, how can I say this?* Si moi et Sean, on va à l'église, toi, mon père *in church*[43] ? »

Comment pourrait-il lui servir de père à l'église ? Comment ?

« Si tu te maries avec lui, faut pas compter sur moi. »

Il retourna au bâtiment à toute vitesse. Marguerite sourit et sortit son violon. Sean McBride vint

---

43. Je dois te parler, Étienne Leblanc. Sean McBride m'a demandé de l'épouser. […] Ah, Seigneur, comment est-ce que je peux te dire ça ? Si Sean et moi, on se mariait, accepterais-tu de me servir de père ?

la retrouver vers les quatre heures, au moment où Étienne fumait une cigarette, le pied sur une bitte. Elle allait souvent l'y rejoindre, le temps de se reposer le bras et les doigts, mais pas aujourd'hui. Étienne la vit sourire à ce Sean qui, il était vrai, avait fière allure. *Un autre de ces beaux Irlandais qui font la cour à nos femmes*, pensa-t-il, tandis que Sean mettait le bras autour du cou de Marguerite. Étienne lança sa cigarette dans l'eau avant de monter se cacher des autres débardeurs, qui auraient remarqué que sa voix s'était enrouée. Lorsqu'il remonta sur la passerelle, la tête lourde d'une tristesse qui lui rappelait celle de son deuil, Marguerite avait disparu.

Étienne avait promis à Violette de rentrer pour le souper, mais ce soir sa promesse ne valait même pas un penny du Dominion. Il suivit ses compagnons à la taverne et but un peu plus que raisonnable et un peu moins que son salaire des deux dernières semaines. Quelqu'un proposa d'aller aux femmes, et ils partirent tous, enjoués et excités comme des marins. Étienne fut le dernier arrivé. En entrant au bordel, il chercha des yeux une femme irlandaise ou à tout le moins une rousse aux yeux verts et au sourire enjôleur. Il n'eut pas le temps de la trouver puisqu'il tomba de tout son long sur le plancher mouillé d'alcool pour s'y endormir comme une brute.

« Leblanc, debout. On travaille dans deux heures.
— Comment ça ?
— Parce que c'est comme ça. »

Il se prit la tête à deux mains et se retrouva sur le trottoir, encore un peu ivre de sa nuit. Il se hâta vers la maison, regretta que le bain public ne fût ouvert et débloula presque l'escalier de leur logis avant de tomber nez à nez avec Marguerite, qui avait dormi là, la tête sur son sac, le bras sur son étui à violon.

« *I waited. But this man I see before me is not for me. Drunks disgust me*[44].

— Je suis pas *drunk*. Juste un peu soûl.

— Beaucoup soûl, Étienne Leblanc. »

Marguerite, prête à revenir sur sa décision, à implorer le pardon de Sean, allait monter l'escalier quand ils entendirent un son rauque s'échapper de la chambre d'Angélique. Étienne reconnut le son, qui effraya Marguerite. Étienne, lui, fut davantage saisi par la pensée qui lui traversa l'esprit. Angélique n'était pas seule et ce n'était certainement pas le Saint-Esprit qui venait d'exprimer ses élans d'homme. Du coup, toutes les vapeurs d'alcool sortirent par le soupirail et Étienne se dirigea vers la chambre d'Angélique pour s'assurer qu'elle allait bien. Il frappa doucement à la porte. Personne ne répondit. Il frappa une seconde fois, et ce fut Angélique qui demanda qui était là.

« C'est moi, Angélique.

— Ah… Je viens de faire un cauchemar.

— Tout va bien ?

— Oui, sauf que je pense avoir rêvé au Malin. Merci d'être passé, Étienne. Bonne nuit. »

---

44. J'ai attendu. Mais l'homme qui se tient devant moi n'est pas pour moi. Les ivrognes me dégoûtent.

Étienne retourna s'asseoir près de Marguerite, qui ne comprenait pas vraiment la situation, mais qui avait décoléré en voyant Étienne se ressaisir. Peu après, la porte d'Angélique s'ouvrit puis se referma sur des chuchotements. Lorsque Angélique, une bougie à la main, se retrouva près d'eux, elle sursauta. Elle tenta vainement de leur cacher Eugène, qui se tenait derrière elle.

« Eugène, tu m'as fait peur !

— Moi, je suis Étienne. J'imagine que, Eugène, c'est lui. »

Angélique était mortifiée, certes, mais rien chez elle ne disait malaise ou gêne, ce qu'Étienne avait du mal à concevoir. Eugène s'approcha d'Étienne, la main tendue.

« Oui, Eugène de la Durantaye. J'aurais préféré qu'on se rencontre dans de meilleures circonstances.

— Ici, les meilleures circonstances, on connaît pas trop ça. Qu'est-ce qui aurait été meilleur, une circonstance dans le port ou une circonstance à la taverne ? »

Marguerite le trouva d'une impolitesse sans précédent ; même si le sens des mots lui échappait, le ton était un indicateur infaillible. Elle ne savait plus que penser de son Étienne, d'abord un peu ivre, puis d'une arrogance qu'elle ne parvenait pas à s'expliquer.

« Bonjour, je suis *Margueurite* Hogan. *Good morning,* Angélique. *Have a nice day*[45]. »

Angélique n'avait rien compris, mais elle ne quitta pas Marguerite des yeux et ne vit aucun jugement

---

45. Bonjour, Angélique. Passe une bonne journée.

dans son regard. Elle haussa les épaules puis monta l'escalier, suivie d'Eugène, qui avait fait un rapide baisemain à Marguerite. Étienne n'en revenait pas. Sa cousine avec un homme. Sa cousine…

« C'est quoi, ces manières de lécheux de main ?

— *Shut your cute little mouth*, Étienne Leblanc. *The man seems very polite. This is what I call a gentleman*, Étienne. Un vrai *gentleman. I shall* partir. *I must admit my being very* fatiguée, Étienne. *Extremely* très fatiguée[46]. »

Elle allait emprunter l'escalier, mais il la retint par le bras. Il désigna le sac et l'étui.

« *What ?* »

Marguerite soupira et redescendit une marche. Il comprit sans comprendre ses mots qu'elle ne savait plus que faire. Que Sean voulait l'épouser et qu'elle n'avait pas répondu. Qu'elle ne le ferait pas tant et aussi longtemps que lui, Étienne, ne lui ferait pas une proposition claire.

« Je pas savoir, Étienne. *Between* Angélique *and* Eugène, *I see love. With Sean, I see love and a cumfortable Irish family. I need a family*, Étienne. C'est *you*, Violette et Angélique, *maybe*[47] ? »

Étienne sut alors qu'elle le voulait, avec sa famille. S'il était décontenancé par son approche et son propos sans détour, il résistait difficilement à l'envie

---

46. Ferme ta belle petite bouche, Étienne. Cet homme semble fort poli. C'est ce que j'appelle un gentleman. Je dois partir. J'avoue que je me sens extrêmement fatiguée.
47. Entre Angélique et Eugène, je vois de l'amour. Avec Sean, je vois de l'amour et une bonne famille irlandaise. J'ai besoin d'une famille, Étienne. C'est toi, Violette et Angélique, peut-être ?

de l'embrasser jusqu'à avaler ses lèvres, ses joues et sa langue ; jusqu'à lui user le cou par ses caresses. Il devinait ses seins doux, mais se mourait de savoir si ses mamelons, comme ceux des femmes qu'il avait connues, seraient petits ou gros, roses ou bruns. Il se refusait de penser à ses cuisses et à son ventre et...

« Viens dormir, Marguerite. Je pars travailler et Violette est certainement réveillée. Je ne te toucherai pas. »

Ils entrèrent dans la chambre au moment où Violette mettait une couverture sur Gérald Ménard.

« Violette !

— Chut ! Il a dormi ici en t'attendant.

— Qu'est-ce que les gens vont penser, Violette ? Angélique et Eugène qu'on vient de croiser, et maintenant toi.

— Mais moi, Étienne, c'est rien du tout.

— Pourquoi est-ce que je te croirais ?

— Parce que je suis ta sœur. »

depuis qu'elle s'activait autour du fournil. Quelque chose venait de se passer dans sa vie, dont elle prenait à peine conscience tant ce qu'Eugène lui avait appris avait ressemblé aux moments d'extase connus au couvent. À ces instants où son âme s'envolait pour regarder son corps, à plat ventre sur le plancher froid. L'état de grâce ! Avec Eugène, couchée sur le dos, bras en croix, le drap comme le saint suaire des images saintes. Si elle avait eu un peu mal, jamais elle n'avait eu peur. Eugène lui avait tout raconté et tout enseigné. La nature de son corps à elle et ses endroits secrets, nichés dans son ventre. La nature de son corps à lui et cet impressionnant désir qu'elle avait pu voir s'emparer de ce sexe qu'il avait appelé « phallus » la première fois, « pénis » la deuxième et « verge » la troisième. Jamais elle n'avait entendu ces mots. Sa mère avait parlé d'une « petite affaire » et les religieuses avaient dit « ça » ou « ce péché que traîne l'homme depuis son expulsion du paradis terrestre ». Eugène lui avait dit que le désir de l'homme était un hommage à la beauté de la femme, et le parfum du nid, la réponse de la femme qui se disait prête à l'accueillir.

Angélique avait tout compris. Compris que le plaisir venu du bas de son corps deviendrait meilleur au fur et à mesure qu'elle apprendrait tous ses secrets. Compris que le plaisir du haut de son corps, celui de sa tête et de sa poitrine, s'apparentait à une chanson que l'on a envie de chanter et de chanter, comme elle le faisait ce matin. Elle avait doublé sa ration de biscuits pour qu'Eugène puisse en apporter à ses collègues et à cette petite Joséphine qui était encore hospitalisée, et dont la beauté était tout ce que la vie lui avait laissé, lui avait-il confié.

« Je me dis qu'un jour les médecins sauront faire de nouvelles peaux. Pauvre petite... Si tu la voyais, Angélique.

— J'irai la voir si tu veux. »

Il l'avait embrassée mais n'avait rien répondu. Angélique en déduisit que, comme elle n'était ni médecin ni aide-soignante, elle ne pouvait s'approcher des patients.

Le soleil était bien accroché et elle ouvrit au moment où M. Sainte-Marie entrait par la porte de la cour.

« Bonjour, monsieur Hector. Comment vont Mme Josephte et Aldéric ?

— Eux vont bien. Moi, je me demande quand je vais pouvoir dormir.

— Dans à peu près six mois », répondit-elle en riant.

Hector, visiblement, n'avait pas le cœur à rire. Angélique étouffa le sien.

« Je vois pas ce qu'il y a de drôle là-dedans.

— C'est que c'est normal.

— Normal ? Que la femme dorme pas, ça, c'est normal. Que l'homme dorme pas, sans pouvoir la servir... »

Angélique ne répondit rien, mal à l'aise. Elle n'avait pas envie de parler d'intimité alors que le plaisir qu'Eugène avait versé lui sortait maintenant du ventre dans un délicieux goutte-à-goutte. Elle passa à l'avant de la boulangerie, dont la clochette venait de tinter. Les amateurs de biscuits de l'Université McGill étaient déjà là et Angélique retrouva sa bonne humeur, malgré la présence d'un petit nuage près du four. Lorsqu'elle revint à l'arrière, Hector lui demanda si elle accepterait du faire du pain.

« J'en fais toujours...

— Du tien.

— Du mien ? J'ai pas les ingrédients qu'il faut ici.

— Apporte-les demain. »

Angélique lui sourit ouvertement.

« Vous demandez ça parce que vous êtes de mauvaise humeur, parce que vous avez envie d'en manger ou parce que vous n'avez pas été aimable ?

— Parce que, hier, j'en ai volé une petite bouchée dans ta collation. Plus qu'une sorte de pain, ce serait pas si mal. »

Angélique croyait rêver.

« Je connais d'autres recettes aussi...

— On va commencer par une. »

La clochette sonna de nouveau, rappelant Angélique à l'avant de la boutique. Elle leva les yeux sur son Eugène au visage rougi et par la chaleur et par la course qu'il avait apparemment faite pour venir jusque-là. Le cœur lui chatouilla la poitrine. Elle l'aimait comme elle avait aimé chanter les louanges du Christ quand elle n'avait vu son avenir qu'avec Lui. Hector Sainte-Marie choisit cet instant pour aller au petit coin.

« J'ai préparé des biscuits pour toi et tous tes amis.

— Et moi, j'ai juste eu le temps de venir te porter ça. Ouvre. »

Il lui tendit un sac aux couleurs du grand magasin Morgan, dans lequel elle vit une robe de coton jaune très pâle avec d'énormes rayures vertes. Elle la sortit, vit le col de dentelle, les boutons de nacre, et presque un faux cul. La larme à l'œil, elle la remit dans le sac.

« Si je comprends bien, Eugène de la Durantaye, t'as honte de moi.

— Mais non, qu'est-ce que tu vas penser là ? Je t'aime, Angélique, je t'aime et tu occupes mes pensées même quand je suis endormi.

— C'est bien dit, ça, mon amour, tu parles bien. Moi, j'aurais dit que je rêve à toi.

— Angélique…

— Merci, Eugène, elle est très jolie. Un jour, je m'en achèterai des belles comme ça. En attendant, tu me regarderas toute nue, comme cette nuit. Pas eu besoin de robe pour t'aimer, pas vrai ? »

Devant un Eugène médusé, elle remballa précautionneusement la robe et posa le tout sur le comptoir. Elle se dirigea ensuite au fournil, où elle s'appuya contre le mur. Hector, rentré, se demanda ce qui avait bien pu se passer pour que les yeux de la jeune femme soient en train de se noyer.

Angélique entendit la sonnette de la porte puis le bruit qu'elle faisait quand on la fermait doucement. Il était parti, et elle ne le reverrait plus jamais, elle le savait. Ils étaient trop différents, lui, si beau et riche, elle, un petit rien aux yeux bleu pâle. Elle retourna au comptoir en s'essuyant les yeux et sursauta en voyant Eugène, debout devant elle.

« Si la femme que j'aime veut venir à l'hôpital voir Joséphine, il va falloir qu'elle porte une robe du dimanche. C'est rien de plus, Angélique. Une robe du dimanche.

— C'est que je la trouve tellement belle que je ne vois pas comment je pourrais reporter mes guenilles. Tu ne comprends pas ça, Eugène ?

— C'est exactement ça que je comprends. Porte-la dimanche et je viens te chercher. On assiste à la grand-messe, à Notre-Dame, et on partira de là pour l'hôpital voir Joséphine. »

Il lui remit l'emballage dans les mains et lui posa un silencieux baiser sur les lèvres après y avoir laissé glisser une langue sensuelle.

« À dimanche, mon amour.

— C'est que…

— À dimanche. »

Quand Hector la rejoignit à l'avant de la boulangerie, Angélique était encore là, les yeux fixant la porte, mais cette fois un sourire aux lèvres.

Violette n'avait jamais touché

à une aussi jolie robe de sa vie. Elle l'avait retournée pour en admirer la confection.

« T'as vu ? Des points minuscules... extraordinaires. C'est fait à la machine, avec de la petite finition à la main.

— Est-ce que tu serais capable de faire ça, toi ? l'interrogea Angélique.

— Moi ? »

Violette regarda tout : les manches, le col, les dentelles, le faux cul, les boutonnières, les boutons, tout.

« Peut-être pas du premier coup, mais je pense que oui, même si c'est un peu prétentieux de ma part de dire ça. Sais-tu que tout ça me donne envie d'aller me promener chez Dupuis Frères, moi ?

— Vraiment ? »

Violette partit presque immédiatement. Elle mit plus d'une heure à se rendre, mais le déplacement valut le coup. Il y avait des robes partout. Elle examina, une par une et sous toutes les coutures, celles de tous les jours comme les robes de soirée de même que les robes de mariée. Quand elle eut faim, elle s'aperçut qu'il était près de l'heure de fermeture du magasin. Elle franchit les portes, habitée par le désir de devenir couturière pour ces dames malhabiles qui avaient des soirées mondaines, des réceptions, des bals ou autres événements, et pour les mariées. Un seul problème : pour obtenir une machine à coudre, il lui faudrait retourner à l'atelier de M. Philémon Croteau, et elle risquait d'y rencontrer Gustave. Sur le chemin du retour, elle fit un détour par l'atelier. Rien n'avait changé. Les carreaux du bâtiment, toujours aussi crasseux, empêchaient certainement encore la lumière de pénétrer.

Elle passa la nuit à imaginer son atelier : il y aurait une fenêtre, propre, et une grande table de coupe. Un meuble rempli de tiroirs pour les bobines et les navettes, les dentelles et les boutons, les agrafes et les rubans y serait installé, et elle disposerait aussi de mannequins ! Son atelier serait tellement bien organisé qu'elle pourrait bientôt embaucher quelques couturières pour l'aider. Elle saurait reproduire tout ce qu'elle voyait, elle en était convaincue. Mais elle devrait d'abord parler à M. Croteau. La simple idée de le voir ailleurs qu'à l'église répugnait à Violette. Elle se leva quand même, déterminée à lui faire face. Il pleuvait, et elle savait qu'elle aurait les pieds mouillés. Elle détestait avoir les pieds mouillés, mais penser pouvoir se procurer des chaussures neuves grâce au salaire qu'elle gagnerait en faisant des robes la réjouit suffisamment pour qu'elle quitte la maison d'un pas rapide.

M. Croteau lui fit un sourire narquois.

« Je le savais, que tu reviendrais. T'as oublié que je t'avais dit de jamais remettre les p-pieds ici ?

— Non. Est-ce que je pourrais vous voir dans votre bureau ?

— M-mademoiselle se p-prend pour qui ?

— Pour Violette Leblanc. J'ai une bonne affaire à vous proposer.

— Une affaire ! Quelle sorte d'affaire ? »

Son cœur battait à tout rompre. Elle croisa néanmoins les bras, en indiquant de la tête la porte du bureau. M. Croteau regarda l'heure sur la montre à chaîne qui traînait dans sa poche.

« Vas-y, rentre, mais j'ai p-pas deux chaises. »

Violette en prit une dans l'immense salle de couture, en souriant à ses anciennes collègues, et revint vers le bureau. M. Croteau fut irrité par son aplomb et par son effronterie quand elle ferma la porte.

« J'ai entendu dire que vous vouliez être marguillier.

— Moi ? M-marguillier ? Qui a dit ça ?

— Du monde qui fricote dans le coin de la paroisse.

— P-pis ?

— Pas sûre que le curé aimerait ça apprendre que Gustave nous passe la main entre les cuisses, puis que les vôtres nous tombent souvent… vous savez où.

— M-ma p-petite maudite, toi. C'est écœurant, dire des affaires de même.

— C'est encore pire de les faire, monsieur Croteau. Pis j'ai pas parlé de Gustave qui nous étampe des *black eyes* pis qui nous envoie dans le monde des chandelles. Vraiment pas sûre que le curé… »

Philémon Croteau se laissa tomber sur sa chaise. Une colère blanche lui avait coupé les jambes et la parole, et décoloré le visage. Il ne cessait de la fixer, incrédule, mais Violette ne cilla pas. Jamais il n'aurait pu imaginer la malveillance d'une femme qui... d'une femme que...

« Pis, qu'est-ce que tu vas faire ? Parler au curé ? Tu pourras même pas passer la porte...

— Du confessionnal, certainement.

— Le curé te croira jamais.

— Moi, non. Le Dr Eugène de la Durantaye, oui. À moins que vous m'achetiez une machine à coudre pour me partir. »

Il s'était attendu à ce qu'elle pleure, à ce qu'elle le supplie de la réembaucher, à des excuses, à des regrets, mais pas à ça ! Il éclata d'un rire si puissant que les pédaliers des machines s'interrompirent pendant quelques secondes, et le rose recolora ses joues.

« Rien que ça ! T'as du front tout le tour de la tête, toi ! Pourquoi tu veux ça ?

— Pour coudre ici, dans la petite salle du fond qui sert à remiser des vieux tissus. »

Elle reprit son souffle et pensa au courage et à la détermination d'Angélique.

« Je travaille les avant-midi pour vous et les après-midi pour moi.

— Puis je te nourris ?

— Non. Je vous donne dix pour cent de tout ce que je recevrai de mes clientes, tant et aussi longtemps que je vais coudre ici. »

M. Croteau fut trop saisi pour réagir immédiatement. Il ferma les yeux pendant un bon moment, minutes éternelles pour Violette, qui serait sortie en courant tant elle avait peur.

« Ça marche p-pas com-me ça, les affaires. Tu travailles p-pour moi sans salaire tous les m-matins et tu m-me donnes vingt-cinq pour cent de ce que tu reçois de ta clientèle.

— Avant de décider, je veux aller avec vous dans la pièce. »

Elle tremblait tellement qu'elle trébucha et feignit d'avoir marché sur l'ourlet de sa robe. Ils entrèrent dans la pièce, qui était dans un état tel qu'elle hésita à poursuivre la discussion. Puis elle remarqua que là où elle avait souvenir d'avoir aperçu une fenêtre, il y en avait bel et bien une, mais c'était la fenêtre d'une porte. Elle s'y dirigea.

« Mes clientes pourraient faire leurs essayages en entrant par ici ?

— Si tu veux m-mon avis, Violette, je p-pense que t'es tombée sur la tête.

— Je veux pas vraiment votre avis, monsieur Croteau. Est-ce que mes clientes pourraient entrer par là ?

— Si tu répares quelques-unes des m-marches de l'escalier et qu'elles ont p-pas peur de p-piler sur des rats.

— Mes clientes vont venir en calèche ou en carriole. Je pense qu'elles verront même pas les rats.

— P-peut-être que je te dem-manderais aussi un petit dédommagement…

— Non. »

Le mot était sorti si à pic qu'elle s'attendit presque à recevoir une gifle.

« Non. Si c'est correct, je suis ici demain matin et vous me donnez la clé tout de suite. »

M. Croteau était ravi d'apprendre qu'elle était prête à revenir, même s'il avait juré de ne plus la reprendre. C'était de loin sa meilleure couturière. Il savait fort bien que jamais ce projet ne pourrait fonctionner, d'autant qu'elle était trop jeune pour assumer autant de responsabilités. Encore une semaine ou deux et elle rentrerait à l'atelier, sur les genoux.

« Quoi encore ?

— Ma machine à coudre. »

M. Croteau alla vers une autre pièce et y pénétra. Il y avait là de vieilles machines toutes plus abîmées les unes que les autres. Violette refoula sa tristesse. Elle se sentait petite, insignifiante et méprisée, petit poucet face à l'ogre. Elle regrettait d'être venue et s'avança vers la porte. M. Croteau lui demanda deux fois ce qu'elle faisait. La troisième fois, il lui dit qu'il l'attendrait le lendemain. Elle se tourna vers lui.

« P-pas nécessaire. Je ne viendrai p-pas, m-monsieur Croteau. »

Elle allait franchir la porte lorsqu'il l'apostropha.

« Viens dem-main, je t'en choisis une pas pire dans l'atelier puis je dem-mande à Gustave de la réparer.

— Non, merci.

— Tu pourras pas dire que j'ai pas essayé de t'aider. Tu t'en vas où, là ?

— Parler au Dr de la Durantaye.

— Donne-toi pas cette peine-là, Violette. J'ai pas l'intention de devenir marguillier. »

Elle passa le seuil et s'écroula le long du mur. Ses jambes tremblaient. Pourquoi étaient-ils tous du petit peuple ? Elle aurait tant aimé, à l'instar d'Angélique, frayer avec les de la Durantaye de ce monde et gagner sa vie, à leur service, peut-être, mais gagner sa vie.

À LA RECHERCHE D'UNE CHAMBRE, MARGUERITE

s'était égarée et se demandait s'il était pensable qu'une Irlandaise de bientôt dix-huit ans se mette à pleurer dans la rue, au vu et au su de tous ! Elle retint ses larmes et marcha droit devant pour tomber nez à nez avec Violette, qui elle-même refoulait les siennes. Marguerite se précipita dans ses bras, l'orgueil noyé. Voyant ça, Violette éclata en sanglots. Leur émoi ne dura que quelques instants, qui suffirent pourtant à les consoler. Ce fut Marguerite qui se mit à rire la première.

« *My* maman dit que... que... *I have to be very tired to*... pleurer *like*... un *baby*.

— Je sais pas à quoi j'ai pensé. Je suis allée voir le méchant ogre du petit poucet...

— *What ?*

— L'ogre du petit poucet. Une histoire que ma mère nous lisait.

— *Your* mère ? »

Les deux filles se regardèrent et recommencèrent à sangloter. Cette fois, c'étaient leurs cœurs d'orphelines qui pleuraient à l'unisson leur mal-être.

« *Life is so difficult,* la vie, *difficult* ? Non ?

— Oui. Difficile. J'ai besoin d'une machine à coudre. Ma mère en avait une. Disparue dans le feu et j'en ai besoin. Maintenant.

— *I don't understand what you are talking about,* Violette. *Is it bad news*[48] ? »

Violette haussa les épaules et prit Marguerite par le bras. Elles marchèrent jusqu'à la rue Duke, où elles entrèrent dans la chambre du sous-sol. Angélique arriva au même moment qu'elles.

« Ah, les filles, j'ai tellement de travail qu'il arrive que j'oublie de penser à Eugène pendant au moins trois à cinq minutes. »

Angélique éclata de rire avant de remarquer les yeux rougis de ses amies.

« *Hello,* Angélique.

— Ah, Marguerite, pardonne-moi. »

Angélique s'approcha d'elle, l'étreignit et lui embrassa les mains.

« Quel plaisir de te voir. Qu'est-ce qui se passe ? »

Tout en servant une limonade à Marguerite et à Angélique, Violette leur parla de son projet, de sa visite à M. Croteau, « le m-maudit », fit-elle en l'imitant, et de sa décision de claquer la porte définitivement.

« Est-ce que tu sais coudre, Marguerite ? »

Violette avait mimé les doigts qui tiennent et piquent une aiguille.

« *No ! My God,* non. Pas. *I play the violin. My Mammy,* coudre, oui.

---

48. Je ne comprends pas ce que tu dis, Violette. Des mauvaises nouvelles ?

— Je suis certaine que les filles de riches savent même pas à quoi sert le dé à coudre !

— Moi, je les ai vues, les filles de riches. En fait, les riches tout court.

— La sœur de ton Eugène qu'on a vue devant l'église ?

— Et ses amies.

— Penses-tu que ces filles-là savent coudre ?

— Je ne sais pas. »

Des coups sur la porte, forts et insistants, firent sursauter les filles. Violette ouvrit pour se retrouver devant un Gérald défait. Elle lui offrit ses bras et il s'y réfugia en pleurant. Angélique et Marguerite s'éclipsèrent vers la chambre d'Angélique.

« Il est fou, sonné. Ma mère... »

Violette ne saisit pas grand-chose à ce qu'il racontait à travers ses sanglots, mais suffisamment pour aller chercher Angélique.

« Si j'ai bien compris, sa mère est à l'hôpital. Son père l'a encore frappée. »

Décontenancées, les trois filles accompagnèrent Gérald, Violette pour être à ses côtés, Angélique pour trouver Eugène et Marguerite pour soutenir Violette.

Angélique trouvait que le trajet, bien qu'il fût éclairé par le soleil, était d'un lugubre qui lui faisait penser à la passion du Christ. Gérald agonisait de chagrin, elle-même était une Marie-Madeleine – sans remords, il était vrai –, sa Violette était la Vierge et Marguerite, une pleureuse. Elle agrippa le bras de cette dernière et l'invita à prier avec elle.

« Prier ? Non. *No more.* »

Angélique n'insista pas et se recueillit quelques secondes, se demandant quand sa vie de religieuse cesserait de déteindre sur elle, comme un bas noir oublié dans la cuve des draps blancs. Elle hocha la tête. Même si elle se doutait que Dieu ne l'écoutait pas toujours, la prière lui faisait du bien. Ce qui l'agaçait, c'est qu'elle priait par cœur. Elle aurait aimé inventer des prières, faire des confidences et prononcer de nouvelles paroles, mais elle n'avait que l'*Ave Maria*, le *Pater Noster* et les *Actes* en tête. Tout le temps. Une ritournelle à la bonne odeur de cierge ou de lumignon que l'on vient de souffler. Elle réclamait toujours aide ou faveur de Dieu, maintenant qu'elle ne s'offrait plus à lui. Aujourd'hui, elle se permettait d'ajouter des mots au *Notre Père* en l'implorant de laisser sa mère à Gérald.

Que votre volonté de guérir la mère de Gérald soit faite... Angélique ignorait ce qu'elle offrirait en échange. Hormis la mortification, elle ne pouvait que lui remettre l'amour immense qu'elle éprouvait pour Eugène, et ce sacrifice, elle ne le ferait jamais. *Et si vous la guérissez, je reparlerai à ma mère*. À cette pensée, les jambes lui ramollirent, et elle savait qu'elle le ferait, certes, mais pas aujourd'hui. Pas encore. Elle serra le bras de Marguerite, qui la regarda en grimaçant. Voyant le trouble d'Angélique, elle ne dit pas un mot et posa sa main sur la sienne.

Le silence de l'hôpital n'était dérangé que par les pas précipités des religieuses qui vaquaient à leurs tâches, occupées à seconder les médecins, à tourner les patients dans leur lit et à courir au chevet de la personne qui criait tantôt de peur, tantôt de douleur, ou qui hurlait d'agonie.

Les quatre amis étaient assis sur des chaises droites, tout près de l'entrée de l'hôpital, dans une pièce qui entendait toutes les histoires d'horreur des personnes hospitalisées. Gérald avait demandé à voir sa mère, mais on lui avait répondu qu'il n'était pas encore l'heure des visites. Angélique, avec son ton poli de religieuse, insista pour voir le Dr de la Durantaye.

« C'est votre médecin ?

— Non, une connaissance.

— Il est occupé.

— Alors, faites-lui savoir qu'Angélique Garnier, du couvent des sœurs de l'Espérance, est ici. S'il vous plaît. »

La religieuse la toisa, hocha la tête et dit un « oui » si sec et sourd qu'Angélique l'entendit à peine.

« Je ne bougerai pas d'ici, ma sœur. Nous l'attendrons. Merci. »

Elle retourna s'asseoir et se pencha à l'oreille de Marguerite pour lui dire qu'elle aurait mieux fait de porter une robe du dimanche. Marguerite ne comprit rien mais lui sourit.

Gérald faisait de grands efforts pour ne pas s'effondrer. Finalement, il raconta à ses amies que sa mère, qui dormait toujours dans la chambre des enfants, s'était retrouvée seule avec son mari. Pas longtemps, non. Le temps que Gérard s'occupe de ferrer un cheval dans la forge ; le temps que lui sorte avec les jeunes pour aller à l'épicerie de M. Fabre, question de voir ce qu'il pourrait y acheter, mais aussi afin de permettre aux jeunes de faire une promenade. Il avait cru Gérard dans la maison, alors que Gérard, lui, avait pensé que son jumeau y était.

« Ni l'un ni l'autre pour la protéger. »

Violette lui passait la main sur le front puis lui essuyait les larmes, que son orgueil ne parvenait pas à retenir, comme elle essuyait les siennes, que son mouchoir ne réussissait plus à absorber.

« Qu'est-ce qu'on va devenir si elle meurt ?

— Des orphelins, comme Marguerite, comme Étienne puis comme moi. On vous aiderait, tu le sais.

— Je sais, mais les petits ont besoin d'une mère. »

Que votre volonté de la laisser à ses enfants soit faite, priait Angélique en silence. *Que votre volonté de faire disparaître ce fou soit faite. Que votre volonté de le précipiter en enfer soit faite. Que votre volonté de m'entendre soit faite. Immédiatement !*

Angélique tressaillit. Jamais elle n'avait osé prendre ce ton pour parler au Créateur. Mais, aujourd'hui, elle doutait de l'amour de ce dernier pour cette pauvre Dolorès Vernier qui avait épousé son bourreau de Paul-Aimé Ménard. À peine remise de sa surprise, elle aperçut Eugène entrer dans cette minuscule salle des pas perdus. Il se dirigea vers elle en souriant, puis il remarqua ses compagnons.

« Qu'est-ce qui se passe ? Je pensais que tu étais ici pour voir Joséphine.

— Oui, tout à l'heure, si tu veux, mais on est ici pour la mère de Gérald, que son père a… on pourrait dire, un peu frappée.

— Pas un peu. Assommée, il l'a assommée. Avec du sang qui lui coulait de la bouche, puis un œil qui pouvait plus fermer parce que sa paupière a été fendue de bord en bord... »

Eugène était attentif à Gérald. Il avait posé une main sur son épaule et acquiesçait d'un signe de tête pour l'encourager. Angélique pouvait l'observer à l'œuvre pour la deuxième fois. Elle aurait vu une auréole au-dessus de sa tête qu'elle n'aurait pas été surprise.

« Une minute, une minute, Gérald, où est-elle ?

— Ici. Gérard l'a emmenée ici. Il a été obligé de la porter dans ses bras parce qu'il avait peur qu'elle meure avant qu'il ait fini d'atteler. »

Eugène sortit de la pièce à la course, sans avoir eu le temps de frôler ne fût-ce que la main d'Angélique. Ils se rassirent tous les quatre, et Gérald agita sans cesse la jambe droite, qui semblait incontrôlable. Violette posa la main sur sa cuisse et il se calma.

« Il est fou, je vous le dis, fou à lier. À le voir, comme ça, on penserait pas, mais je vous jure, c'est un fou furieux. »

Marguerite sortit pour prendre l'air, tandis qu'Angélique trouvait refuge dans la chapelle. Violette caressait la main que Gérald lui avait finalement confiée.

Vous avez bien commencé, mon Dieu. Maintenant, il vous reste à la remettre sur pied, soliloquait Angélique. Elle s'était agenouillée et, les fesses appuyées contre le banc, avait posé la tête sur ses mains. *Je ne verrai pas ma mère avant que Mme Ménard soit rentrée chez elle avec ses enfants, ça, c'est certain.*

Pour sa part, Marguerite s'était assise sur les marches de l'entrée. Il y avait quelque chose d'insupportable dans l'hôpital. Les sons, les pas, les chuchotements de mauvaises nouvelles qui lui rappelaient le ton que prenait le Dr Monty Lambert quand il reconnaissait les limites de sa puissance. « *Mammy, since you are now a saint, I am asking you, no, praying to you to help my friend*, mon ami, *Ma*, Gérald Ménard. Tu vas trouver vite. Il est un… *twin. Almost* deux pareils[49]. »

Les pensées des deux amies s'enchevêtrèrent avec celles de Violette, qui se disait qu'une mère souffrante était cent fois mieux que la photo d'une mère dont le souvenir pâlissait. Mais une mère frappée par un père que Gérald qualifiait de fou était une mère pareille à ses enfants : fragile et sans défense. Elle se pencha vers Gérald pour lui chuchoter qu'elle l'aimait puis posa doucement les lèvres sur son oreille. Gérald se tourna vers elle, et elle lui sécha les larmes de son souffle.

Gérard et les autres enfants de la famille Ménard arrivèrent dans la même salle qu'eux. Les jumeaux s'étreignirent, et la plus jeune de leurs sœurs, Simone, les tint par le pantalon, tandis que la plus âgée, Agathe, le petit Nazaire dans les bras, vint vers Violette.

« Gérald, qu'est-ce qu'on fait ?

— On attend Eugène… Eugène qui, au fait ?

— Eugène de la Durantaye. C'est le soupirant d'Angélique.

---

49. Maman, maintenant que vous êtes une sainte, je vous demande, non, je vous prie d'aider mon ami […].

— Docteur, en plus de ça ! »

Angélique et Marguerite revinrent presque aussitôt. Marguerite occupa les enfants en leur chantant des airs irlandais auxquels ils ne comprirent rien si ce n'est qu'ils étaient joyeux. Eugène de la Durantaye les rejoignit enfin et demanda aux jumeaux de le suivre.

« Votre mère… votre mère va aussi bien que possible, compte tenu qu'elle a un bras cassé, et je soupçonne qu'elle a des côtes très douloureuses. Quant à son visage, c'est sûr qu'elle va avoir une grosse cicatrice sur l'œil. Ses dents…

— On sait ça…

— Et je pense que non seulement son nez est fracturé, mais l'os de sa joue, ici, aussi. »

Il avait indiqué sa joue, tout près de l'œil, en allant vers la tempe. Plus il parlait, plus les jumeaux se désespéraient. Ils avaient tous les deux échoué à protéger leur mère.

« Je veux la garder ici jusqu'à ce que sa convalescence soit presque terminée.

— Oui, on veut ça aussi.

— Mais je me demande comment vous allez vous organiser avec le bébé et les deux autres jeunes. »

Les jumeaux se regardèrent au même moment, mus, aurait-on cru, par un seul muscle.

« Vous avez de la famille ?

— Oui et non. À la campagne. Loin.

— Votre père n'a pas des sœurs ici ?

— Oui. »

Les frères fixèrent le plancher. Eugène devina qu'ils refusaient de parler de leurs tantes.

« Je pourrais placer les enfants en orphelinat le temps que votre mère rentre à la maison.

— On veut pas ça. Notre père va nous tuer si vous faites ça, répondit Gérald.

— Faudrait pas croire qu'il est pas capable de s'en occuper, enchaîna Gérard.

— On peut dire qu'il veut pas que le voisinage pense qu'il est pas capable de s'en occuper. C'est un ratoureux. »

Eugène leur donna à chacun une tape d'encouragement, leur annonça qu'ils pourraient monter à la chambre à l'heure des visites, mais pas les enfants. Ils se résignèrent.

Angélique marchait un pas derrière Eugène

comme elle avait appris à le faire en se promenant dans la cour du couvent avec ses coreligionnaires. Si elle savait qu'il s'agissait alors d'une marque de respect, elle le faisait cette fois pour éviter que sa présence ne gêne ou n'indispose Eugène. Le personnel de l'hôpital le saluait avec déférence. Certaines religieuses allaient jusqu'à lui céder le passage dans le couloir. Si seulement elle avait porté sa robe du dimanche, elle était certaine qu'on l'aurait saluée, elle aussi. Elle se repentit aussitôt de cette pensée orgueilleuse en se marquant la paume de la main gauche d'une petite croix. La générosité des sentiments d'Eugène ne cessait de l'émouvoir. Il l'aimait et elle comprenait qu'en ce moment même il ralentissait la cadence pour la sentir plus près de lui. Elle accéléra discrètement la sienne et lui frôla la main. Il se retourna et lui sourit de ses yeux verts et complices. Angélique trébucha tant il la troublait.

En moins de deux, ils furent au chevet de Joséphine. Angélique observa son petit corps qui ressemblait à la pâte à pain mise à gonfler sur la paneterie, avec ses étirements, ses inégalités, ses trous et ses crevasses. Elle lui sourit pourtant et regarda Eugène qui, déjà, parlait à la fillette, en tenant la menotte qu'elle lui avait complètement abandonnée.

« Où en étions-nous ?

— Elle avait désobéi à sa mère et le gros méchant loup la surveillait à travers les branches.

— Je me souviens, mais c'est parce qu'il voyait qu'elle avait un petit panier rempli de nourriture et il avait très faim, comme son cousin, le loup des bois. Je te l'ai racontée, cette histoire-là ?

— Non.

— Le loup des bois était très maigre, lui aussi. Moi, je pense que c'est parce que c'était un mauvais chasseur. Il y a toujours à manger dans le bois. Je pense que je me trompe d'histoire. »

Angélique l'interrompit en riant, le suppliant de terminer au moins une histoire.

« Je n'ai pas le temps, c'est donc toi qui le feras, mademoiselle Angélique, répliqua Eugène. Joséphine, voici Mlle Angélique. Je compte sur toi pour bien prendre soin d'elle », ajouta-t-il à l'intention de sa jeune patiente.

Il baisa le bout des doigts de la petite et caressa la joue d'Angélique du dos de son majeur. Celle-ci le regarda partir, habitée d'une admiration sans borne. Chaque fois qu'elle le voyait, quelque chose lui disait qu'il lui était destiné, mais elle était sûre que jamais ils ne pourraient être mari et femme.

« Alors le loup surveillait le panier qu'elle tenait comme ça, sous son bras, en se léchant les babines.

Moi, je sais que, si le Petit Chaperon rouge avait été attentive, elle l'aurait entendu saper, parce qu'il n'avait pas de bonnes manières. Je te jure qu'elle l'aurait entendu. »

Angélique imita grossièrement le son d'une personne qui avale bruyamment, ce qui fit rire Joséphine.

« Mademoiselle Angélique, ça me fait mal quand je ris. »

Angélique se tut immédiatement.

« Oh, mon beau petit pain d'épice, pardonne-moi ! J'arrête, je ne veux pas que tu aies mal. »

Joséphine sourit et ferma les yeux. Angélique chantonna alors toutes les chansons et tous les cantiques qu'elle connaissait. Joséphine chercha sa main et s'endormit. Tous les autres patients cessèrent de parler, de pleurer ou de geindre. Angélique comprit à cet instant combien Eugène de la Durantaye était et serait toujours un bienfait pour elle, comme elle l'avait été pour les malades durant ce bref moment. Elle passa une heure, longue et silencieuse, au chevet de Joséphine, la main de celle-ci dans la sienne. Elle déposa un baiser sur ses doigts, comme elle avait vu Eugène le faire, et sortit sur la pointe des pieds, en faisant des au revoir de la main aux autres patients.

Eugène l'attendait près de la porte de sortie, un autre sac dans les mains.

« Eugène ! Je n'ai pas encore porté la première robe.

— Tu auras le choix.

— Ce n'est pas raisonnable ! »

— Je n'ai pas l'intention de l'être, Angélique. Jamais. Je t'ai dit que ce serait ta robe du dimanche. Jusqu'à nouvel ordre, il y en a cinquante-deux par année…

— Je ne veux pas de cinquante-deux robes ! C'est… c'est effrayant quand on y pense… et je n'ai même pas de place pour les suspendre !

— On en trouvera ou tu les donneras, mon amour. C'est dimanche que tu rencontres ma famille et je veux qu'ils te voient aussi belle que je te vois. C'est simple. »

Mais non, mon chéri, pensait-elle, *rien ne sera jamais simple pour nous, je le sais.* Elle espérait qu'il ne puisse lire ce doute inscrit dans son regard.

Violette et Marguerite étaient venues

pour l'événement et avaient chauffé l'eau pour le bain d'Angélique. Lavée, séchée et parfumée, celle-ci fut même coiffée comme ces dames qui ressemblaient à des images saintes tant elles étaient belles.

« C'est fou, les filles, mais je me dis que vous m'avez arrangée trop belle. C'est pas à ça que je ressemble. J'ai l'air d'une péteuse de la haute qui manque d'humilité.

— C'est ça, nous, on pense que tu vas devenir une péteuse de la haute. Cesse de faire ton humble puis de te coucher par terre, les bras en croix, tu sais que tu es belle.

— Non, je suis une boulangère qui a été pieuse et religieuse.

— C'est ça. Cesse de bouger et laisse-nous faire.

— *You are very* belle, Angélique. *Very...* très belle. »

Lorsque Étienne eut la permission de revenir dans la chambre, il regarda sa cousine et la mandibule lui décrocha.

« Les filles, je viens de comprendre qu'Angélique se fera pas aimer. Elle est la plus belle personne que j'aie vue de ma vie, après ma fleur, évidemment.

— Tu penses qu'Eugène ne va pas m'aimer ?

— Voyons, Angélique. T'es sa blonde. Mais si tu veux mon avis de gars, il va jamais te marier.

— Pas besoin d'être un gars pour avoir cet avis-là. »

Mine de rien, Étienne, Violette et Marguerite se promenèrent devant l'église, tout en ne perdant pas des yeux Angélique, qui faisait les cent pas, une ombrelle à la main. Elle était si belle que les gens lui cédaient le pas, ne remarquant pas ses chaussures, heureusement cachées par la robe. Violette se disait que la beauté impressionnait toujours. Elle savait qu'elle était la moins jolie des trois – quoique sa peau blanche lui donnât un petit air de madone, comme le lui avait déjà affirmé une religieuse –, mais elle considérait que, sa beauté, elle la tenait de ses yeux aux cils si longs que la poussière s'y déposait constamment lorsqu'elle travaillait dans l'atelier de couture.

Angélique se figea, et Violette, Étienne et Marguerite tournèrent la tête. Les de la Durantaye s'approchaient de l'escalier. Eugène fut près de sa bien-aimée aussi rapidement qu'un pigeon peut voler la même distance. Le conseil de famille, c'est-à-dire Étienne et Marguerite, Eugène et Angélique, et finalement Violette sans Gérald, avait décidé qu'il serait préférable qu'Angélique leur apparaisse dans toute sa splendeur – elle avait rageusement nié ce terme – plutôt qu'assise et morte de timidité dans la voiture. Les trois compagnons virent les présentations. Angélique fit une petite révérence devant le père et la mère, mais ne broncha pas devant le frère et la Isabelle, qui ne cessa de tourner son ombrelle avant de la fermer d'un geste brusque. Angélique fit de même avec la sienne. Les de la Durantaye pénétrèrent dans l'église, et les trois amis les imitèrent, mais ils furent contraints de rester à l'arrière, les gens bien, justifiés par le montant de la dîme qu'ils versaient, s'appropriant les bancs du devant. Cependant, ils purent tout observer.

Angélique était au supplice. Personne de la famille, sauf M. de la Durantaye, ne lui avait souri et personne ne lui avait permis de se glisser sur le banc. Eugène la fit enfin passer devant lui en jetant un regard courroucé à ses parents. Habituellement, il y avait son père, sa mère, lui, Isabelle et Edgar, le plus jeune. Aujourd'hui, il eût fallu qu'Isabelle cédât sa place, ce qu'elle n'avait pas fait. Eugène était devenu cramoisi, assez pour que Violette et Marguerite voient l'importance de son mécontentement.

« Oh ! *I think* il est *angry*. Choqué.

— En colère, oui.

— Taisez-vous, les filles. »

Angélique, qui avait une connaissance approfondie du rituel, fut attentive lorsqu'elle était assise, droite lorsque debout, et humble lorsque agenouillée, le front baissé, les mains jointes. Violette se dit qu'il n'était pas étonnant que l'enfant de chœur qu'avait été Eugène fût tombé amoureux d'une personne aussi douce, toute promise à Dieu fût-elle. Angélique frôlait la perfection, pensait-elle. Le seul péché qu'elle lui connaissait était son manquement au quatrième commandement, l'incitant à honorer son père et sa mère.

Résonna enfin l'*Ite missa est* ! Les amis d'Angélique regardèrent passer les de la Durantaye, puis les Ménard, sans Mme Ménard, les Croteau et, finalement, M. Fabre, qui leur fit un clin d'œil en s'embrassant l'ongle du pouce. Ils surent qu'il avait compris ce qui se jouait sur les bancs du devant. Pour regagner le parvis, ils préférèrent une porte latérale à la porte principale, devant laquelle se tenaient les de la Durantaye et leurs connaissances.

« J'aurais dû apporter mon écuelle.

— Violette, tais-toi.

— C'était pour rire.

— Il y a pas de quoi rire. J'aurais cessé de te parler. »

Eugène faisait les présentations à tous, et Angélique se comportait comme une dame de la haute.

« On dirait qu'elle a fait ça toute sa vie.

— Moins fort, Violette.

— *Very classy,* très belle. »

Puis arriva la douche froide. Ils entendirent Isabelle déclarer que, à bien y penser, elle n'irait pas pique-niquer à l'île Sainte-Hélène. Edgar haussa une épaule en signe d'assentiment. M. de la Durantaye demanda à sa femme ce qu'elle souhaitait faire et, après une courte hésitation, elle répondit qu'elle avait un de ces maux de tête, là, à droite, au-dessus de l'œil.

« Et toi, Eugène ?

— J'irai seul avec Angélique. Nous vous reconduirons à la maison et nous filerons à l'île Sainte-Hélène, après quoi nous passerons à l'hôpital voir une petite patiente et nous serons là pour le souper ! Tous les deux.

— Je n'ai rien pour souper, Eugène, je ne pensais pas... »

Prenant Angélique par le bras, Eugène fit poliment passer ses parents devant lui, puis leur emboîta le pas en souriant à tous ces visages intrigués. En voyant Violette, il désigna sa montre du doigt et ouvrit quatre fois la main, puis montra le trottoir. Violette acquiesça discrètement. La voiture se fondit aux autres.

« On s'en va pique-niquer ! s'exclama Violette.

— Pas moi, répondit Étienne. Ils me font chier, excusez-moi, les filles, mais j'ai pas d'autres mots.

— Étienne, *please*. Un *picnic* !

— Ils seront pas là, plaida Violette. Dis oui ! Un pique-nique... »

Étienne vit les regards implorants des filles et ne put résister.

« C'est bon. Faisons comme si nous étions eux et que nous avions des activités dominicales, comme il se doit.

— Oui, Étienne ! se réjouissait Violette. Soyons eux !

— Pourquoi *you say* qu'ils sont des œufs ? »

ANGÉLIQUE VOULAIT MOURIR

maintenant, directement sur les pavés, les bras en croix, piétinée par les chevaux. Ces gens n'étaient pas de bonnes personnes. Aucune d'elles n'était charitable. Elle avait bien placé la jupe de sa robe pour ne pas la froisser, mais Isabelle s'était assise dessus, sans égards, et Angélique ne pouvait plus bouger pour cacher ses chaussures sans risquer de découdre une couture ou, pire, de déchirer sa robe. Eugène était installé devant elle et son visage était devenu un masque. Elle cherchait à lire ses pensées et ne devinait rien. Elle voulait voir un éclat d'amour dans ses yeux, mais ceux-ci semblaient éteints. Elle lui aurait souri pour trouver du réconfort, mais il cachait son sourire derrière un rictus amer. M. de la Durantaye avait tenté de détendre l'atmosphère, toutefois ses questions ou ses remarques étaient tombées à plat. Au grand désespoir d'Angélique, il s'intéressa à elle.

« Alors, mademoiselle Angélique, c'est bien vrai qu'Eugène a fait votre connaissance au couvent des sœurs de l'Espérance ? »

Elle approuva d'un petit coup de tête.

« Vous y travailliez, si j'ai bien compris ? »

Elle chercha les yeux d'Eugène, qui avait le regard rivé aux édifices.

« Oui et non, monsieur.

— Non ? Vous n'y travailliez pas ?

— Oui, monsieur. Je travaillais aux cuisines de la communauté. Je suis boulangère et pâtissière. »

Les de la Durantaye l'examinèrent, quitte à tourner la tête pour mieux la toiser, comme ce fut le cas de madame et d'Isabelle.

« Pour tout vous dire, papa, Angélique était religieuse. »

Les de la Durantaye furent interdits et s'agitèrent comme pour enlever la poussière de la mauvaise nouvelle qui venait de leur tomber sur les épaules. Les chevaux furent les seuls à sentir les secousses de la voiture.

« Elle fait le meilleur pain de la ville de Montréal à la boulangerie des Sainte-Marie, tout près de l'université. Maintenant vous savez tout. Si vous avez des questions, posez-les-moi. »

Isabelle, faisant fi de cette remarque, parla directement à Angélique.

« Est-ce vrai que les sœurs ont toutes les cheveux rasés sous leur voile ?

— Non, nous portons nos cheveux courts, et encore, pas toutes. Comme vous pouvez le voir, je n'ai jamais coupé les miens. J'avais un filet pour les retenir.

— Est-ce que c'est vrai que les sœurs dorment sur des petits lits de fer ?

« — Non, notre lit est de bois, des planches posées sur quatre pattes.

— Vous dormez directement sur les planches ? »

Angélique hésita. Elle aurait voulu répondre que seules les religieuses mortes dormaient sur les planches, mais elle ne le fit pas.

« Cela se fait à la discrétion de chacune… »

Tandis qu'Eugène était avide d'en apprendre davantage sur ce qu'elle racontait, Angélique ferma les yeux quelques instants. Elle se revoyait couchée à même la planche, dont certaines échardes lui entraient dans la peau ou la lui écorchaient. Il lui était arrivé de voir des taches de sang sur sa chemise de nuit, et lorsque cela se produisait, elle se sentait bénie d'avoir pu comprendre le martyre du Christ, qui avait dû porter la couronne d'épines. Elle n'avait jamais osé se coucher nue, mais c'est ce qu'elle aurait toujours souhaité. Nue sur les aspérités du bois, comme le Christ sur la croix.

« Notre matelas n'est plus une paillasse, mais il est très mince. Le Seigneur dormait à même le sol quand il allait prier dans le désert, n'est-ce pas ? » avait-elle enchaîné.

Les de la Durantaye étaient soudain mal à l'aise devant cette jeune fille aux convictions d'une profondeur qu'ils n'avaient jamais connue. Cette foi leur semblait excessive, à tout le moins à madame et à monsieur, qui se demandait où il était écrit qu'il fallût faire souffrir d'aussi jolies et désirables jeunes femmes. Avait-il omis de lire un passage de la Bible ou des Évangiles ? Ce fut Isabelle qui se ressaisit la première.

« Ma mère, qui est une dame patronnesse, nous a dit que les cellules étaient plus petites que notre garde-manger. »

Angélique ne savait plus qu'ajouter dans ses suppliques à Dieu pour que cesse cet interrogatoire qui mettait sa foi au supplice.

« Je ne pourrais pas dire, je n'ai jamais vu votre garde-manger. »

Les yeux d'Eugène, maintenant allumés, lui dirent sa fierté et lui répétèrent qu'il l'aimait. M. de la Durantaye éclata de rire.

« Elle n'a pas vu notre garde-manger ! Mais il faut venir le voir, ma chère Angélique !

— Pâtissière, susurra Isabelle, j'imagine que ça veut dire que vous faites des pets-de-sœur ! »

Angélique sourit et baissa le front, tandis qu'Eugène fouetta sa réponse.

« J'ai honte d'avoir une sœur comme toi, Isabelle. »

Les de la Durantaye descendirent de voiture pendant que le personnel s'affairait à y porter le pique-nique, sans poser de questions. Angélique se demandait si elle devait les aider, leur sourire ou les ignorer. Elle opta pour le sourire, de beaucoup plus charitable.

« Ne leur souris pas, Angélique.

— Mais… pourquoi ?

— Elles peuvent penser que tu les nargues. »

Angélique cassa son sourire et fixa son regard droit devant elle. Elle trouvait dérangeant ce monde où toute parole, tout geste pouvait dire une chose ou son contraire.

Ils quittèrent finalement la maison et allaient se diriger vers l'église Notre-Dame lorsque M. de la Durantaye se plaça devant l'attelage, à l'intersection.

« Papa ?

— Oui. Moi, je n'ai pas mal à la tête et je suis d'excellente humeur. Si vous n'y voyez pas d'objection, j'adorerais un bon pique-nique, bien arrosé. »

Il leur montra les deux bouteilles de vin qu'il avait cachées dans son dos. Eugène fit signe à Angélique de lui laisser un peu de place. Il la vit alors pâlir au point d'inquiéter le médecin qu'il était.

« Ça va, Angélique ?

— Je ne sais pas, Eugène. Je ne sais pas. Tout va tellement vite. »

En moins de vingt minutes, ils furent de retour à l'église. Il y avait, sur le trottoir, non seulement Violette, Marguerite et Étienne, mais également les jumeaux Ménard et les trois autres enfants de la famille.

« Ce sont des amis, Eugène, ou des patients ?

— Des amis, papa. De très bons amis. »

M. de la Durantaye observa son fils et constata qu'il n'était plus certain de le connaître. Il ne put cependant déterminer si cela était heureux ou malheureux. Puis il jaugea Angélique et comprit que son fils lui avait procuré la jolie robe pour les présentations et qu'il était certainement plus que nerveux et soucieux. Il remarqua les chaussures d'Angélique et plissa la bouche. Edmond de la Durantaye repensa à son père à lui, qui l'avait surpris dans la couche d'une bonniche et l'avait sermonné de verte façon.

M. de la Durantaye sourit au souvenir des propos tenus par son père, qui avait conclu sa harangue en lui chuchotant qu'il pouvait coucher avec qui il voulait, ce qui était souhaitable pour un jeune homme rempli de vigueur, mais qu'il était de son devoir d'épouser une femme de sa classe ou d'une classe supérieure, qui parle sa langue et pratique la même religion.

Si la jeunesse avait fait croire à Edmond de la Durantaye qu'il était facile de montrer le savoir-vivre à une subalterne, l'expérience lui avait appris le contraire. Mais cette Angélique était un pur-sang, il le voyait, et son passage chez les religieuses lui avait donné ce vernis. Peut-être réussirait-elle à séduire Carmen, mais Edmond en doutait. Il y avait toujours une perfidie chez les femmes, qui leur faisait souhaiter une bru à leur image. M. de la Durantaye haussa les épaules et songea méchamment que ni son épouse ni même sa fille ne pourraient avoir la classe d'Angélique. De tout cœur, il plaignit son Eugène, qui s'était mis dans de beaux draps… *le chanceux*, ne put-il s'interdire de penser !

Les filles montèrent et aidèrent les trois plus jeunes à se caler sur les banquettes. Étienne hésita en apercevant M. de la Durantaye, mais devant les regards suppliants d'Angélique et de Violette, il emboîta le pas aux jumeaux, qui avaient décidé de marcher jusqu'au traversier. Rendez-vous fut pris au quai de l'île… Les deux jeunes sœurs Ménard et le bébé furent ravis d'être en voiture. M. de la Durantaye fronça les sourcils en s'attardant à leurs vêtements de laine élimés, beaucoup trop chauds pour la saison. Il lui faudrait en parler à Carmen.

Si course il y avait eu, les chevaux auraient perdu, les trois jeunes hommes arrivant, en nage, il est vrai, les premiers à l'embarcadère. La traversée fut rapide et, en moins d'une heure, tout le monde se trouva assis sur la nappe à fleurs, à regarder le pique-nique posé dans des assiettes de porcelaine et M. de la Durantaye verser le vin dans des verres à vin ou des tasses. Il offrit les verres à Angélique, Violette et Marguerite, qui partagea le sien avec Étienne, tandis que les jumeaux, Eugène et lui-même burent dans trois tasses, père et fils se servant de la même, au grand étonnement des jumeaux, qui avaient été prêts à le faire. Quant aux jeunes, ils purent étancher leur soif avec un bon jus d'orange, qu'ils avalèrent à même le pichet. À leur vive déception, le pichet ne se remplit plus.

Personne ne dédaigna le pique-nique, même si les invités n'avaient jamais mangé d'œufs farcis décorés de fleurs, de tomates coupées en ric-rac sur lesquelles était posé du persil, de cochon de lait, de tranches de rôti de bœuf sur pain de seigle et de cailles farcies. Malgré l'ajout de convives, les portions étaient plus que suffisantes, mais les de la Durantaye se privèrent de dessert, dont la quantité était limitée.

Marguerite sortit son violon, que les jeunes examinèrent avec fascination, puis elle joua des airs de son pays qui les fit sautiller ou taper dans les mains, et d'autres, classiques, empruntés au répertoire de son frère Patrick. Edmond de la Durantaye était chaviré.

Il comprenait, en les voyant s'étreindre pour danser et s'embrasser à la fin des pièces pour exprimer leur bonheur, que ces gens étaient des gens de cœur, comme ceux qu'il connaissait, ou presque. Il leur manquait certes un peu de raffinement et d'instruction, d'argent également, mais pour ce qui était de leurs âmes, elles étaient plus qu'apparentées. Son fils Eugène exultait en leur présence. Jamais il ne l'avait vu aussi heureux.

Edmond de la Durantaye se leva et participa avec Étienne au jeu de fers contre les frères Ménard, qui enfilèrent pratiquement tous leurs fers autour du tuyau, au grand désarroi de l'équipe adverse. Gérald était imbattable, chacun de ses lancers faisant mouche. Gérard pinçait les lèvres.

« On sait que c'est pas juste, on joue tous les jours dans la cour à cause de la forge, mais on a été chanceux. Pour ça, vous pouvez nous croire.

— On a été chanceux. On les met pas tout le temps autour du tuyau.

— Montre-leur, Gérald, ce que tu peux faire avec les fers. »

Gérald refusa, puis finit par accepter devant l'insistance de tous, surtout celle de Violette. Il prit un fer, les fit reculer et, désignant une branche, leur dit qu'il allait l'arracher. Sitôt dit, sitôt fait. La branche cassa. Puis il visa une immense pierre trop éloignée, pensèrent-ils tous, pour qu'il l'atteigne. Foin de leur incrédulité ! Le fer bondit en faisant des étincelles.

Edmond de la Durantaye était renversé par la dextérité de Gérald. On lui présenta tantôt une banane, que le fer aplatit – ce qui fit éclater en sanglots Simone, qui voulait la manger –, tantôt une des petites boîtes métalliques du pique-nique. M. de la Durantaye s'ébaudissait. Il posa une bouteille de vin vide à une bonne distance et revint à la course prendre sa place. La bouteille vola en éclats. N'en pouvant plus d'admiration, il prit sa pipe, s'éloigna et la tint au bout de son bras. Ils poussèrent tous les hauts cris, Eugène le premier.

« Papa, quand même, c'est imprudent.

— Pas du tout. S'il y a un problème, mon fils est médecin. Allez, Guillaume Tell du fer à cheval, cassez ma pipe ! »

Gérald voulut refuser, mais il se savait capable à tout le moins de la lui arracher.

« Ne bougez pas ! » cria-t-il à M. de la Durantaye, qui étendait de nouveau la main en souriant. La pipe se brisa en faisant un petit « toc ». Tout le monde applaudit sauf Edmond de la Durantaye, qui appela son fils en riant.

« Viens donc voir, Eugène, si c'est la pipe ou mon pouce qui a fait toc. »

Eugène, suivi de près par Gérald, se précipita. Le pouce de M. de la Durantaye enflait à vue d'œil.

« Monsieur de la Durantaye, je vous ai fait mal ! Mon Dieu, j'aurais dû refuser.

— Et alors, docteur ?

— Vous pouvez le bouger ?

— Je pense, oui. Le pouce a tourné sous l'effet du choc. Quelle adresse, mon cher ! Quel est le plus beau coup que vous ayez fait de votre vie ?

— Mon frère puis moi ?

« — Oui, et vous seul.

— C'est un peu gênant à dire, parce que j'en suis pas trop fier, mais j'ai tué un moineau en plein vol. Il venait de s'empiffrer de grains dans les pommes de route. Il a jamais eu le temps d'avoir mal. »

Eugène diagnostiqua une belle foulure, dont M. de la Durantaye fut fier comme d'un trophée. Pour amuser un peu les plus jeunes, il demanda à tous de former un cercle, enleva sa lavallière et leur proposa de jouer au mouchoir. Son tour venu, Violette courut en rond, le bébé hurlant de rire dans ses bras.

Les quatre heures approchant, les pique-niqueurs ramassèrent verres, tasses et nappe et se dirigèrent vers le traversier. Eugène cachait son admiration pour ce père qui, malgré l'âge vénérable de quarante-deux ans, s'était amusé comme un enfant. Le groupe se sépara sur Common Street. Eugène et son père repartirent en direction de la rue de l'Esplanade. M. de la Durantaye était intarissable sur le plaisir qu'il avait eu, sur le fait que les petits étaient trop habillés, sur la beauté des jeunes dames, puis il se mit finalement à épiloguer sur Angélique.

« Es-tu amoureux d'elle ou est-elle ta dame de compagnie, si tu me permets l'expression ?

— Je suis amoureux d'elle depuis longtemps, papa, et je l'ai attendue pendant plus d'un an.

— Tu veux dire qu'elle est sortie de communauté à cause de toi ? »

Edmond de la Durantaye ressentit un brin d'envie. Quel homme n'a pas rêvé d'une femme qui quitterait tout pour lui ?

« Non, papa. Elle est sortie de communauté non pas à cause de moi, mais pour moi. »

M. de la Durantaye leva les sourcils et comprit qu'il lui serait impossible de parfaire l'éducation de son fils aîné, qui, il le craignait, n'en ferait qu'à sa tête ou, plutôt, qu'à son cœur. Il eut immédiatement l'occasion de le vérifier lorsque Eugène le déposa devant la maison sans intention aucune de l'y suivre.

« Mais les restes du pique-nique ?

— Ce sont des restes…

— Mais mon pouce…

— Mets-le dans de la glace ou demande à maman de le sucer…

— Oh, quelle insolence ! Eugène…

— … rentrera avant le jour. Bonne nuit, papa.

— Il serait préférable que… »

Bonne nuit, pensa M. de la Durantaye, en souriant à cette merveilleuse fougue de la jeunesse, craignant toutefois que les problèmes ne fassent que commencer.

Violette était catastrophée

devant un Gérald buté. Elle voulait l'aider avec les enfants, et il refusait son offre avec un tel entêtement qu'aucun argument ne pouvait le faire changer d'avis.

« Je n'ai pas encore recommencé à travailler. J'ai tout mon temps pour t'aider, Gérald.

— J'ai dit non. C'est pas difficile à comprendre, ça, Violette Leblanc. Non, merci. »

Elle était devenue inconditionnellement amoureuse de Gérald, mais depuis ce soir où, inquiet pour sa mère, il avait frappé à sa porte, Violette avait senti que cette main lui avait saisi le cœur.

Mme Ménard devait rentrer à la maison avant le lundi ou le mardi suivant, et les jumeaux faisaient de leur mieux pour travailler et prendre soin des jeunes. Eugène était allé les visiter pour s'assurer qu'ils n'avaient besoin de rien. Violette, dont les frères et sœurs lui avaient toujours manqué, se plaisait à s'imaginer en train de jouer avec les petits Ménard, de les laver et de les habiller, de cuisiner, bref, de permettre à Mme Ménard de se reposer.

M. Ménard, lui avait raconté Gérald, était allé voir sa femme à l'hôpital. Gérald expliqua que les religieuses s'étaient organisées pour que jamais il ne soit seul avec elle. Personne ne pensait qu'il la frapperait, mais tous avaient soupçonné que Mme Ménard ne voudrait pas le recevoir, ce qui s'était avéré.

C'était Gérard qui était présent lors de cette visite et il avait succinctement résumé à son jumeau que leur père s'était agenouillé pour demander pardon à sa femme, avait promis de ne jamais recommencer, de toujours l'aimer et de s'occuper d'elle. Il avait ajouté s'être confessé et avoir reçu l'absolution.

« Le crois-tu, Gérald ? » demanda Violette.

Gérald hocha la tête et enchaîna.

« C'est pas tout. Gérard m'a raconté que papa lui disait : "Dolorès, il faut que tu comprennes que si j'ai eu l'absolution, c'est parce que mon péché était pas grave. À partir de l'instant où tu m'obéis pas, je fais pas de péché. Ça, tu l'avais promis au pied de l'autel." »

Gérald avait la voix de plus en plus sourde.

« Plus chien sale que ça, c'est difficile.

— Gérald. »

Gérard avait ensuite dit que leur mère, toute faible fût-elle, avait tourné la tête pour regarder son mari et lui avait craché au visage. Leur père avait sauté sur ses pieds et levé la main, mais le « Monsieur Ménard ! » sec et sans pardon de la religieuse qui était entrée dans la chambre lui avait coupé son élan.

« Pendant combien de temps, Violette, est-ce qu'il va pouvoir résister à son vice ?…

— C'est pour ça que c'est bien que je sois chez vous.

— C'est pour ça que moi, je veux pas que tu y sois. »

Ils s'étaient quittés sans vraiment s'embrasser, ce qui avait troublé Violette. Ils avaient l'habitude de se donner au moins un baiser, mais Gérald était parti en la saluant de la main, sans plus. Tandis qu'elle tentait de comprendre pourquoi il était si muet, Eugène était arrivé et parti dare-dare rejoindre Angélique dans sa chambre.

Ils dormaient à trois dans le lit, Étienne à une extrémité du matelas, elle à l'autre et Marguerite entre les deux, tête-bêche. Ils songeaient maintenant à trouver une nouvelle maison qui aurait deux, peut-être même trois chambres à coucher.

Comme tous les matins qui suivaient leurs douces nuits – elle avait mis la main sur la bouche d'Eugène pour étouffer son cri d'homme et ainsi éviter de scandaliser ses cousins –, Angélique se leva tôt et Eugène la conduisit à la boulangerie avant de rentrer chez ses parents pour s'y doucher rapidement et filer à l'hôpital. Le personnel de maison se levait pour chauffer la chaudière d'eau tous les jours. Chez les de la Durantaye, on se douchait deux fois par semaine, mais Eugène, lui, le faisait les lundis, mercredis, vendredis et samedis, au grand désespoir de sa mère, qui était convaincue qu'il fragilisait sa peau et s'exposait à la petite vérole.

Angélique se faisait minuscule dans la voiture, en souhaitant que, à la faveur de l'aube, personne ne puisse la voir étreindre et embrasser son homme. Ils se quittèrent, l'âme déchirée de devoir se séparer, et elle regarda filer la voiture jusqu'à ce qu'elle la perde de vue et n'entende plus les sabots des chevaux. Eugène et elle s'étaient fondus l'un dans l'autre, et Angélique avait la certitude d'avoir rencontré son âme sœur.

Angélique commença la journée comme toutes celles qu'elle qualifiait de « jours bénis », où les parfums du corps d'Eugène lui collaient à la peau, et où la vie qu'il lui laissait dans le ventre continuait à lui chatouiller ce qu'elle n'appelait plus « ici, en bas » ou tout simplement « là », mais bien « les organes ».

Elle chantonnait en pensant à la journée qui l'attendait : le pain, les biscuits, les étudiants, Eugène qui viendrait l'embrasser à la sauvette et qui se procurerait des provisions à apporter à l'hôpital et à offrir à la petite Joséphine.

Ce matin, toutefois, ce fut Josephte qui pénétra par la porte arrière.

« Madame Josephte ! Quelle belle apparition ! Aldéric dort encore ?

— Rendormi. Il boit comme un trou, régurgite, rote puis au dodo. Déjà un vrai homme... tu vas voir. »

Elle éclata de rire alors qu'Angélique souriait.

« Mes mains avaient le goût de pétrir la pâte à matin. J'ai dit à Hector de dormir puis que je remonterais. Ça fait plaisir de changer un peu. Ça me remettra dans le moule pour la fin de la quarantaine. »

Elle pouffa à nouveau après lui avoir lancé un coquin clin d'œil. Si Angélique était heureuse de la voir, elle ne savait plus trop où devait s'insérer Josephte dans ses habitudes. Celle-ci ouvrit une armoire pour y prendre un plat qu'Angélique avait déplacé.

« Excusez-moi, madame Josephte. Il est ici, maintenant.

— T'as pas d'affaire à changer les choses de place, Angélique. C'est chez nous, ici.

— Je sais ça, madame Josephte. Mais comme je suis plus grande que vous, je l'ai simplement rangé plus haut sur les tablettes. Je suis ici pour aider.

— Nous aider, ça veut dire de pas nous nuire. C'est à toi de te baisser, pas à moi de grimper sur le bout des pieds.

— C'est vrai. Je vais tout replacer comme c'était, pardonnez-moi. »

Josephte donna un coup de coude, et Angélique s'éloigna, mortifiée. Elle n'avait pas pensé au retour de la patronne et craignait maintenant que le fournil ne fût peut-être trop petit pour trois boulangers.

Étienne avait pris son croûton

et regardait dormir les deux filles. Il était convenu que Marguerite habiterait avec eux, le temps de trouver une chambre. Étienne l'aimait autant qu'il avait aimé sa mère et qu'il aimait sa sœur, mais avec une tendresse qui lui était inconnue : une envie de la protéger de tous les dangers et des mauvais jours. Elle faisait souvent des cauchemars. Ces nuits-là, elle pleurait et criait, appelait sa mère et se rendormait, agitée, pendant que Violette lui mettait une petite couverture et lui tenait la main pour la rassurer. Étienne espérait bien lui tenir la main un jour. Elle avait presque cessé de parler de son ami Sean McBride, bien qu'Étienne sût qu'ils se voyaient fréquemment. Sean venait l'écouter jouer, Common Street. Étienne ne trouvait pas les mots pour exprimer ce qu'il ressentait, mais il se disait que c'était peut-être « jalousie » et aussi « peur ». Il ne se sentait pas de taille à devenir un rival de ce McBride, qui était bel homme, irlandais et, apparemment, beau parleur. Lui, Étienne Leblanc, n'avait vraiment pas grand-chose à offrir à Marguerite : pas de famille, pas de maison, pas d'argent, peu de connaissances sauf celle du langage du fleuve et des voiliers, qui arrivaient pour s'assoupir quelques jours avant de repartir, voiles hissées haut, la cale remplie de pelleterie.

Marguerite avait posé son violon dans un coin, à l'abri des accidents. Étienne s'approcha d'elle et lui passa délicatement la main dans les cheveux, qui allongeaient de jour en jour. S'il avait eu du courage, il l'aurait éveillée et lui aurait demandé à son tour de l'épouser. Mais il préférait attendre de voir ce qu'elle ferait de Sean. Peut-être choisirait-elle d'épouser un Irlandais qui avait connu la vie qu'elle avait menée, qui savait danser quasiment sur la pointe des pieds, sautant haut en pivotant sur lui-même. Un homme qui pouvait en plus – ce que lui, Étienne Leblanc, ne saurait jamais faire – lui parler d'amour et faire ses promesses en anglais.

Il sortit sans faire de bruit, prit la direction du port, curieux de découvrir ce que lui réservait ce jour d'août déjà si chaud que l'on aurait facilement pu le confondre avec les canicules de juillet, tant le soleil matinal brûlait sans merci.

Sean McBride était là, l'air maussade, et dès qu'il aperçut Étienne il vint vers lui d'un pas décidé, certes, mais que son ébriété rendait chancelant. Étienne ralentit mais n'en continua pas moins d'avancer.

« Stephen… Étienne Leblanc, *I want to talk to you*[50].

— C'est ça, parle-moi. *Talk*.

— *I will marry Margaret as soon as she is ready*[51].

---

50. Étienne Leblanc, je veux te parler.
51. Je vais épouser Margaret aussitôt qu'elle sera prête.

— *Marry ?* Est-ce que ça veut dire marier, ça ? »

Étienne posa l'index droit sur son annulaire gauche.

« *Yes, marry.* »

Étienne accusa le coup sans sourciller et voulut passer son chemin, mais Sean l'agrippa par le bras.

« *I don't like you, lad. Actually, I loathe you*[52].

— Je sais pas ce que tu dis, mais je peux le deviner. Si tu veux me faire comprendre que tu m'aimes pas, c'est pas un problème. Je t'aime pas non plus. »

Il le repoussa et poursuivit sa route mais reçut une taloche derrière la tête. Il se retourna au moment au Sean tombait à la renverse. Il hésita, voulut l'aider à se relever puis décida de le laisser là où il était et se dirigea vers le quai où baignait le voilier qu'il avait à décharger.

---

52. Je ne t'aime pas. À vrai dire, je te méprise.

Marguerite et Violette entrèrent

dans l'épicerie où M. Fabre plaçait les produits fraîchement livrés.

« Si c'est pas la belle jeunesse à matin !

— Vous allez bien ?

— Je vais aller bien quand Mme Ménard sera
mieux. Maudit Ménard à marde. »

Violette leva les sourcils. M. Fabre se montrait
toujours très avenant avec Mme Ménard et il était
notoire qu'il ne tenait pas M. Ménard en odeur de
sainteté. Elle lui raconta qu'elle s'était offerte pour
aider celle-ci, mais que Gérald le lui avait interdit.
Sa mère était sortie de l'hôpital.

« C'est bien, ça, de vouloir aider. Est-ce que tu sais
pourquoi il t'a dit non ?

— Je voudrais pas dire de calomnie, mais je pense
que c'est à cause de son père.

— C'est pas une calomnie, ça, ma belle. C'est
une petite médisance de rien. Pis toi, tu veux des
abats ?

— Oui, tous. *Kidneys*... rognons ?

— Oui, rognons.

— Je vais… faire un *kidney pie even if it's summer*[53]. Oh ! Quoi, ça ? »

Marguerite indiquait une viande rouge et maigre.

« Ça, mademoiselle, c'est de la vache maigre. C'est écrit. Le monde aime pas trop ça parce qu'il y a pas assez de gras dedans. Est-ce que je t'en sers un peu quand même ?

— Oui, *please*. Pas cher…

— Non. C'est moins cher parce qu'elle fait pas le poids… à cause du gras qu'il y a pas. Tu me diras ce que tu en penses. »

Les filles finirent leurs emplettes et, au moment où elles allaient sortir, M. Fabre demanda à Violette si elle voudrait l'accompagner quand il irait livrer la commande chez les Ménard.

« J'ai pensé aller lui porter des provisions. Elle va être obligée de se reposer.

— Avec plaisir, monsieur Fabre, avec plaisir. »

Le plaisir lui fut offert l'après-midi même. M. Fabre avait fait parvenir un message à Violette par un de ses voisins, également client de l'épicerie.

« Patoche aimerait ça que tu le rejoignes vers cinq heures. »

Violette y fut quinze minutes avant l'heure.

« Te voilà. Passe à travers les allées avec une poche de sucre puis mets dedans tout ce qui peut pas se perdre, tu sais, les savons, la farine, le sucre, la mélasse, le riz, les pois… peut-être des patates, des

---

53. […] un pâté aux rognons même si on est en été.

porreaux, des carottes, des betteraves... Oublie pas qu'elle a six bouches à nourrir...

— Sept.

— Oh non ! J'espère que je vas pas nourrir ce maudit Ménard à marde à la sueur de mon front.

— Excusez-moi, j'ai parlé sans réfléchir. »

Il grimaça et continua à préparer un peu de viande de bœuf et de porc, de la saucisse, et mit un chapon, gâterie des gâteries. Puis, craignant que ce fût Paul-Aimé qui le mange, il le retira en se promettant de l'offrir pour une autre occasion et le remplaça par cinq belles tranches de mortadelle.

« Est-ce que le bébé a des dents ?

— Oui. »

Il rajouta une sixième tranche.

« Pas de vache maigre ?

— Pas de vache maigre. J'attends vos commentaires... parce que c'est du nouveau sur le marché. »

Ils montèrent les sacs et deux cageots de légumes dans la voiture. La dernière semaine d'août, comme toujours, était généreuse en légumes et en pommes. Seul le chapon aurait été une vraie fête, mais Violette n'osait discuter du geste de M. Fabre, qui était déjà assez prévenant pour une famille avec laquelle il n'avait aucun lien de parenté.

Lorsqu'ils arrivèrent, M. Fabre descendit lentement de sa voiture, mauvaise jambe oblige. Violette remerciait secrètement sa mère de l'avoir aidée à entrer dans la maison des Ménard. Ils venaient de frapper, et c'est Agathe, l'aînée des filles, qui vint répondre en pleurant.

M. Fabre et Violette se jetèrent un coup d'œil.

« J'avais trop d'affaires dans mon magasin, ma grande, à cause des récoltes que les habitants apportent au marché. Je me suis demandé si ça pouvait vous être utile… »

Agathe regarda de côté.

« Depuis quand est-ce que ma famille a besoin de charité, Rosaire Fabre ? »

La voix de Paul-Aimé Ménard arrivait du couloir menant aux deux chambres. Rosaire Fabre ne se gêna pas pour entrer dans la maison.

« Ça, c'est pas de la charité, Paul-Aimé, c'est de l'entraide. Ta femme en aurait besoin et j'ai pas souvenir que tu sois un bien bon cuisinier.

— Rapporte ça dans ton magasin. De toute façon, j'achète plus chez vous.

— Ça, c'est vrai. Ton truc est pas mal bon. Quand tu dois de l'argent à quelqu'un… tu vas ailleurs.

— Papa, regardez, il y des pommes, des porreaux…

— Puis je peux te dire, ma belle Agathe, qu'il y a des *chops* de porc puis de la saucisse. Tu vas quand même pas les priver de ça, Paul-Aimé ?

— On en a plein la glacière. »

Violette était terrorisée. Comment son beau Gérald pouvait-il vivre dans cette maison ? Et Agathe, la petite Simone et Nazaire, le bébé ?… Elle voulait fuir, mais M. Fabre était déterminé. La voix de Dolorès Ménard, faible mais claire, leur parvint.

« Mets ça sur la paneterie, Rosaire. Je passerai te payer aussitôt que je serai sur pied ou j'enverrai un des jumeaux. Merci. »

Rosaire prit un sac et se dirigea vers la cuisine, sans égards pour Paul-Aimé qui se tenait debout devant la porte. Rendu à sa hauteur, celui-ci lui fit un croche-pied qui lui fit perdre l'équilibre. M. Fabre se retint au mur, alors qu'Agathe et Simone avaient déjà repéré la mélasse et fixaient leur père, en quête d'une permission.

Violette, dont le souvenir de sa famille était tout en bleu ciel, se retrouvait, elle le craignait, dans le rouge de l'enfer. Malgré tout, elle aida M. Fabre à se redresser, se pencha, ramassa le sac et se rendit dans la cuisine. M. Ménard lui hurla de ne pas entrer. Elle continua.

« Un instant, Violette. Tu te prends pour qui, toi ?

— Pour… pour la blonde de Gérald. Je suis venue aider Mme Ménard, parce que c'est quasiment comme des relevailles quand on sort de l'hôpital…

— De Gérald ? Depuis quand est-ce qu'il a une blonde, lui ?

— Depuis pas très longtemps. »

M. Fabre, profitant de la diversion, apporta un autre sac.

« Tu iras chercher les cageots, Violette. Avec ma patte, c'est plus difficile. »

La tension montait de minute en minute, et Paul-Aimé Ménard, loin de se demander comment sauver son honneur, cherchait à les expulser de sa maison.

« Il y a un client dans la forge, papa. »

Gérard était monté et s'était placé entre son père et les visiteurs. Ceux-ci transportèrent tous les sacs et les deux cageots. M. Ménard disparut sans dire un mot, ce qui ne l'empêcha pas de montrer le poing à M. Fabre et de le lever vers la chambre à coucher où se reposait sa femme. L'épicier eut si peur qu'il en eut les jambes coupées et tomba assis sur une chaise. Violette, durant ce temps, rangeait la nourriture dans la glacière pratiquement vide et sur les rares étagères. Ils vivaient comme des pauvres, et pourtant on disait que M. Ménard était riche, certes pas comme les de la Durantaye, mais riche comme un maréchal-ferrant qui a un banc attitré à l'avant de l'église.

Les provisions entrées dans la maison, Violette annonça qu'elle allait faire le souper pour la famille Ménard. M. Fabre le lui déconseilla fortement, mais Violette lui promit qu'elle retournerait chez elle sitôt qu'ils auraient mangé. M. Fabre partit à contrecœur, et Violette prépara une omelette géante avec les bons légumes qu'ils avaient apportés. Elle frappa à la porte de la chambre de Mme Ménard, entendit un faible « Oui ? » et poussa la porte en tenant l'assiette. Elle retint son étonnement en voyant Gérard assis sur une chaise, les bras croisés, gardien de sa mère.

« C'est pour vous, madame Ménard. Je t'en apporte une tout de suite, Gérard. »

Quand elle revint, Mme Ménard avait fini de manger son omelette et sa tranche de mortadelle.

« Tu peux aller dans la cuisine, Gérard. Je reste avec ta mère. »

Gérard ressortit après avoir libéré sa mère de son assiette. Violette prit sa place sur la chaise et Mme Ménard lui sourit de son sourire ébréché.

« T'es une bien bonne fille. Ta mère aurait été fière de toi. Est-ce que vous mangez à votre faim, au moins ?

— Toujours. M. Fabre y voit, et on se débrouille bien. Étienne a ses deux jobs, puis moi, j'avais la mienne jusqu'à ce que ça fasse des flammèches avec les Croteau.

— Philémon, c'est Philémon. Puis Gustave, ben, je suis contente de pas être sa mère. Il faut que tu travailles, Violette.

— Je sais, je sais, je pense avoir trouvé. Reposez-vous donc, madame Ménard. On reparlera de ça un autre tantôt. »

Dès que la femme eut fermé les yeux, Violette étouffa ses remords quant à leur habitude de chiper un peu de farine ou du sucre à M. Fabre. Toutefois, depuis l'arrivée d'Angélique, ils avaient cessé de prendre d'autre farine que la farine de sarrasin pour les crêpes, leur cousine leur en fournissant. Étienne et sa sœur parlaient souvent de mettre fin à leurs petits vols, mais malgré les abats que l'épicier leur donnait, ils avaient continué à le faire, ne fût-ce que pour ne pas perdre la main. Étienne avait la peur au ventre qu'il arrive quelque chose de fâcheux à M. Fabre qui l'empêcherait de s'occuper de son épicerie. Ils se promettaient alors, comme toujours, d'avoir un jour une épicerie à eux et de manger à en vomir.

« Il y a pas meilleur homme sur terre que Rosaire Fabre. »

Violette sursauta. Mme Ménard avait rouvert les yeux et pris le train de ses pensées.

« Pourquoi est-ce que vous me dites ça, madame Ménard ?

— La jeunesse nous fait faire des bêtises, des grosses bêtises. »

Violette se demandait si elle avait pu lire dans son esprit ou, pire, connaître leurs méfaits. Elle regarda autour d'elle et elle ouvrit grands les yeux : là, près de la fenêtre, sous des piles de vêtements, il y avait, à moins qu'elle ne fît erreur, une machine à coudre. Elle s'y rendit sur la pointe des pieds, souleva les vêtements et la vit. Une machine à coudre Williams, apparemment neuve, comme elle avait elle-même suggéré à M. Croteau de lui acheter. Une machine, reine de toutes les machines, qu'elle rêvait de posséder depuis qu'elle l'avait découverte dans la salle de vente de la rue Notre-Dame. Jamais au grand jamais elle n'avait pensé pouvoir en utiliser une. Dolorès Ménard tourna la tête et aperçut Violette près de la machine.

« Paul-Aimé veut pas que je m'en serve. Il a peur que je la brise. Je couds encore à la main.

— Il l'a achetée pourquoi, d'abord ?

— Il l'a pas achetée. Il l'a eue en échange de services.

— Ah ! »

Violette, le cœur serré, remit la housse faite à la main par Mme Ménard et les vêtements à repriser ou à réparer qui la recouvraient. Elle allait se rasseoir lorsque Gérard vint la relayer. Elle retourna à la cuisine et pensait rentrer chez elle mais décida de faire une soupe à l'orge avec les beaux os à moelle que M. Fabre avait ajoutés aux provisions.

Elle s'y mit immédiatement avec Agathe, qui entreprit de couper ce qu'il restait d'oignons et de carottes ramollis dans la glacière. En moins de deux, la soupe sentit bon et la vaisselle fut faite, celle du repas et celle du déjeuner. Violette mettait les torchons à sécher lorsque Gérald pénétra dans la maison. Elle lui sourit, alors que lui, saisi de la voir, en fut incapable.

« Qu'est-ce que tu fais ici, Violette Leblanc ? »

Quand il l'appelait Violette Leblanc, elle avait le sentiment qu'il mettait la clé dans la serrure fragile de leurs amours. Elle était toutefois certaine qu'il l'aimait autant qu'elle l'aimait.

« J'ai fait une omelette. Il en reste encore pour toi, mais il va falloir que je la réchauffe, avec une belle tranche de mortadelle. »

Gérald se dirigea vers la chambre, ouvrit pour saluer sa mère et son frère, et revint s'asseoir. En un rien de temps, Violette l'avait servi, Agathe et Simone s'étaient installées avec eux à table, tandis que Nazaire dormait à même un petit tapis de catalogne aux contours usés. Gérard vint les retrouver, leur dit que leur mère s'était assoupie, et les enfants se demandèrent quand leur père monterait de la forge. Violette comprit que tous voulaient qu'elle parte. Elle se donna une tape sur les cuisses et, d'une humeur plus joyeuse qu'une humeur de fête, annonça qu'elle devait partir. Gérald, la bouche encore pleine, bondit de sa chaise et l'accompagna jusqu'à la porte. Il jeta un coup d'œil à son frère, qui acquiesça. Il la suivit donc dans l'escalier.

« Je t'ai dit non, Violette.

— Je le sais, mais je suis venue avec M. Fabre porter des provisions. Tant qu'à être ici, j'ai fait le souper.

— Je veux pas de ça.

— Ça m'a fait plaisir, Gérald. »

Violette était fière d'elle-même. Elle souriait alors qu'elle avait une de ces envies de pleurer, de lui tomber dans les bras et de lui dire qu'elle pensait qu'ils étaient des malheureux, tous ; de lui dire aussi de cesser de l'appeler Violette Leblanc.

« Bon, on se voit quand, Gérald ? Ce soir ? Demain ?

— Je sais pas. »

Aucunement rassurée, elle fit volte-face et emprunta le trottoir de la rue Mill en sautillant. Elle vit la silhouette de M. Ménard par la fenêtre de la forge. Elle s'arrêta, lança un coup d'œil à Gérald et y pénétra en tremblant de peur.

« Monsieur Ménard, excusez-moi de vous déranger, mais qu'est-ce que vous diriez si, pendant que Mme Ménard reprend des forces, je venais réparer les vêtements qui sont sur la machine à coudre ? J'en ai vu une pile. Mme Ménard va pas fournir, avec toute sa tâche. »

Elle n'avait plus de salive et sa bouche était sèche, de nervosité ou à cause de la chaleur du feu, elle n'aurait su le dire. M. Ménard, assis sur son tabouret, deux clous dans la bouche, une patte de cheval sur la cuisse, la dévisagea sans broncher. Il termina son travail, se releva, mena le cheval dans un box et revint vers elle. Elle craignit de s'évanouir tant il l'effrayait, mais elle continua de sourire.

« Dolorès aimerait pas ça.

— Si vous le dites. Bon, bonne soirée. Je m'en vais. »

Elle franchit la porte et, la main encore sur la poignée, se retourna pour lui dire qu'une bonne soupe l'attendrait au souper, puis referma. Gérald était encore là, l'œil inquiet.

« Pourquoi t'as fait ça ? T'es correcte ?

— Oui. Je lui ai dit qu'il y avait de la soupe.

— Comprends-tu pourquoi je veux pas que tu viennes ? J'ai assez de m'inquiéter pour les autres.

— Je lui ai dit aussi, tantôt, que j'étais ta blonde.

— T'es folle ! Tu sais pas ce que t'as fait. »

Avant de remonter, il soupira et haussa les épaules. Il la regarda une dernière fois, en marmonnant « Violette de Violette » d'une voix étranglée.

ANGÉLIQUE PASSA À LA MAISON

deux minutes mais prit quand même le temps de montrer à ses cousins et à Marguerite les chaussures que
lui avait offertes Eugène.

« Je viens me changer. Imaginez-vous donc
qu'Eugène m'emmène souper au restaurant avec des
amis à lui. Penses-tu, Violette, que je devrais porter
la robe jaune et verte que j'avais pour le pique-nique,
ou la bleu pâl...

— Angélique Garnier, écoute-toi un peu ! Tu
parles de toi comme si t'étais juste une patère, avec
rien dans la tête puis dans le cœur. Mets la robe que
tu veux puis énerve-nous pas avec ça. Ça sera pas
long que tu vas l'être, la péteuse.

— Voyons... »

Angélique, le regard incrédule et l'œil noyé, posa
le pain et les biscuits qu'elle leur avait apportés et
courut à sa chambre.

« *Calm down*, Violette, es-tu jalouse ?

— Jalouse de quoi ?

— *Nice* chaussures, *nice dress*...

— Je suis capable d'en faire des pareilles.

— Justement, je voulais t'en parler, intervint son frère. Il est temps que tu recommences à travailler, Violette, parce que depuis que les Croteau t'ont mise à la porte…

— C'est moi qui suis partie, tu sauras, deux fois, à part ça.

— Je m'en fous, Violette. Moi, je te dis de faire ta part, ici.

— Marguerite non plus travaille pas…

— Oh… Violette. *I put all* mes sous que je gagne avec mon *fiddle*. Étienne…

— Viens pas te mettre entre mon frère puis moi.

— *But…* »

À son tour, Violette sortit de la pièce et ils entendirent grincer la porte de la cour. Marguerite s'assit par terre, tout près d'Étienne, et posa sa tête sur la cuisse de ce dernier. Il lui caressa les cheveux, qui, à eux seuls, le faisaient mourir de bonheur.

« Marguerite, pourquoi est-ce qu'on se marie pas ?

— *What are you talking about*[54]? Non. *I don't* parler français.

— Tu commences à te débrouiller, Margaret ! »

Étienne lui souriait de toutes ses dents tant il l'aimait. Elle leva la tête et le regarda.

« Encore !

— Est-ce que tu penses qu'on pourrait se marier ?…

— *No…*

— Non ?

---

54. Mais de quoi parles-tu ?…

— Juste dire « Margaret » !

— Juste « Margaret » ?

— *Music to my ears*, Étienne.

— T'as pas répondu à ma question.

— Non, Étienne. *It would be hard to marry you. Eventhough I am Catholic too, I simply don't speak* français *and the priest will certainly refuse to marry us, my dearest, dearest* Étienne. Et[55]…

— Et il y a ton Sean, non ? Je parle pas anglais, moi, mais je peux dire *I love you*, puis j'aurais pu dire *yes* quand le prêtre m'aurait demandé si je te voulais pour femme. Ça aurait pas été compliqué.

— Étienne, *my mind is made up*[56]… »

Il lui souleva la tête, toujours posée sur sa cuisse, se leva et sortit en claquant la porte.

Violette, lasse de se promener sans but, lasse de se faire approcher et harceler par les marins, fut la première à rentrer à la maison. Elle était épuisée de sa journée et avait le douloureux sentiment que Gérald Ménard ne voudrait plus la voir de sa vie. Elle alluma les bougies, se fit rapidement à manger et s'allongea. Il y avait des jours de sa vie qu'elle trouvait si difficiles à vivre qu'elle avait l'impression que c'était le seul héritage que lui avaient laissé ses parents. La vie. Toute nue. Sans amour, sans aide, sans maison, sans rien, la peur collée au ventre et sans possibilité

---

55. Non, Étienne. Ça nous serait difficile de nous marier. Même si je suis catholique, je ne parle pas français et le prêtre ne voudra pas bénir notre mariage, mon cher, cher Étienne et…

56. […] mon choix est fait…

de pouvoir y changer quoi que ce soit. Elle ne savait même plus si elle avait le droit de rêver à autre chose sans faire un sacrilège au souvenir de ses parents. Elle ne savait même plus si elle avait le droit de vouloir en changer.

Elle décida de se coucher, maintenant que le soleil l'avait fait. Si elle avait su comment, elle aurait pleuré, mais elle avait oublié comment faire. Jamais elle n'avait été aussi désespérée depuis la mort de sa famille. Elle n'était pas encore endormie qu'Étienne rentra dans la chambre avec Eugène.

« Qu'est-ce qui se passe ?

— On cherche Angélique.

— Elle s'en allait souper avec toi au restaurant, non ?

— Elle n'est jamais venue. »

Étienne et Violette se regardèrent. Elle enfila une chemisette et, avec son frère, frappa à la porte d'Angélique devant l'air interrogateur d'Eugène.

« Elle ne peut pas être encore ici ? »

Étienne et Violette se jetèrent un nouveau coup d'œil et firent tous deux « oui » de la tête, avant de tenter d'ouvrir. La porte était fermée à clé.

« Angélique, ouvre. Ton Eugène est ici. »

Aucune réponse ne leur parvint. Ils agitèrent la poignée et frappèrent à plusieurs reprises. Eugène, de plus en plus énervé, fit sauter la serrure d'un coup de pied. Éclairée par la bougie de Violette, Angélique était allongée sur le ventre, nue, les bras en croix.

Eugène la couvrit, par pudeur, le plancher n'étant heureusement pas froid. Violette explosa.

« Je me suis toujours demandé pourquoi tu faisais ça, Angélique. »

Mon Dieu, pensa Angélique, *faites qu'elle me dise que je suis sa famille, et je reverrai ma mère.*

« Maintenant, je le sais. Quand il y a quelque chose qui fait pas ton affaire, envoye, à plat ventre ! »

Mon Dieu, faites qu'elle me dise que je suis comme sa sœur, et je revois ma mère cette semaine.

« Il te reste de la maladie de sœur dans la tête. »

Mon Dieu, faites qu'elle me dise qu'elle m'aime encore, et j'y vais demain, demain.

« Violette, je t'en prie.

— C'est pas la première fois qu'elle fait ça, Eugène.

— Mais... elle est peut-être un peu exaltée...

— Il y a pas de "mais". Moi, je retourne me coucher. Bonne nuit. »

Les deux hommes restèrent là, incertains de ce qu'ils devaient faire, Étienne, un peu énervé, Eugène, mort d'inquiétude. Finalement, Étienne invita Eugène à le suivre, mais ce dernier refusa, demeurant assis sur le lit. Étienne referma la porte, les laissant dans le noir. Le médecin en Eugène était sur le qui-vive, mais il ne broncha pas. À moins qu'elle n'entende sa respiration, Angélique ne pouvait savoir qu'il était encore là. Puis commença une mélopée venue presque des entrailles de la terre.

« Mon Dieu, je me présente à vous dans ma nudité, méprisez les mouvements d'orgueil qui s'élèvent en mon âme. Faites que Violette me pardonne ma vanité. Mon Dieu, je me présente à vous dans ma nudité... »

Angélique tira sur la couverture et la lança près de la porte. Eugène put la voir reprendre la position du Christ en croix. C'est cette position qu'elle avait prise, sur le dos cette fois, dans la douce offrande de sa virginité. Eugène vit le mal qu'elle avait pu se faire à se mortifier pendant les mois où elle avait ignoré ses sentiments pour lui ou refusé d'être amoureuse de lui. Sœur Marie-Saint-Cœur lui avait parlé des mortifications d'Angélique, de ses privations, de ses jeûnes, de ses difficultés à se raccrocher à la foi. Elle avait surtout parlé de la profondeur de l'amour qu'elle lui portait, à lui, son enfant de chœur. Eugène hochait la tête. Pour lui. À cause de lui, cette femme pour laquelle il aurait parcouru le monde afin de lui rapporter une goutte du Jourdain, pour la désaltérer et pour étancher son mal, était prête à mourir pour être aimée.

« Il y a quelqu'un ? »

Angélique avait entendu un soupir et un reniflement.

« Eugène ? Je sais que c'est toi, Eugène. Tu pleures ? »

Il chercha et trouva la bougie qu'il avait aperçue et l'alluma. Angélique se retourna et il lui tendit son veston pour la couvrir. Elle l'enfila, se releva et vint le rejoindre.

« Je t'ai attendue toute la soirée, Angélique.

— Je suis devenue orgueilleuse et vaniteuse, Eugène. J'aime les robes que tu m'as offertes et les chaussures aussi. Je les aime tellement que ma cousine… »

Eugène voulut lui dire que ces robes n'avaient aucune valeur comparées à celle de la chasuble de l'aumônier du couvent, mais il se tut, certain qu'il lui aurait infligé un coup de dague au cœur. Pour toute réponse, il l'étreignit.

« Jure-moi, Angélique, que tu ne feras plus jamais ça.

— Jure-moi, Eugène, que la vie ne me fera jamais plus mal. »

Eugène dormit avec elle et ils firent l'amour comme jamais ils auraient cru possible, Angélique n'étant qu'offrande, Eugène n'étant que don. Maintenant qu'il avait appris les mystères du corps de la femme, qu'il en connaissait la douceur du nid, maintenant que le parfum de celui-ci l'enivrait, Eugène n'avait qu'une envie : s'y enfouir pour en entendre et en sentir le plaisir.

Marguerite s'était certainement mal exprimée

le soir du claquage de portes. Sean avait noyé, jour après jour, tout ce qu'il avait appris depuis son départ d'Irlande, au point où il préparait son retour pour y réapprendre l'indépendance, la fierté de ses ancêtres, le maniement des armes, tout ce qui ferait de lui un Irlandais dans toute sa superbe. Le fait que le Canada vénère et chérisse la reine Victoria le conforta dans son reniement. Marguerite ne le suivait plus.

Marguerite avait à peine hésité entre lui et son nouveau pays, même si elle était consciente que la vie n'était pas plus facile ici qu'ailleurs. Elle avait bien fléchi pour Sean, le temps de la Grosse-Île, le temps du voyage et de ses vagues, le temps de sa quête d'une famille. Puis, à cause des premiers bras qui lui avaient été tendus sur la passerelle du bateau, son amour pour Sean avait vacillé jusqu'à s'éteindre, englouti dans toutes les bières qu'il avait bues pour réveiller ses rêves. Étienne Leblanc n'avait qu'un pays et une petite famille à lui offrir, mais elle les avait aimés, tous, immédiatement.

Donc, depuis ce soir du claquage de portes, elle ne l'avait plus regardé ni cherché des yeux lorsqu'elle arrivait sur Common Street. Étienne, lui, avait demandé de travailler en cale et avait également cessé de la chercher. À la mi-septembre, elle s'était trouvé du travail ainsi qu'une chambre sur la rue Prince, tout près de la rue Duke, où elle avait emménagé la veille du départ de Sean. Celui-ci s'était finalement décidé à rembarquer pour l'Europe à bord d'un des derniers bâtiments qui allaient affronter le froid avant l'hiver.

Il avait réduit ses ambitions au simple désir de trouver une terre pour s'y établir, comme l'avaient fait son père et son grand-père et les autres pères avant eux, et à travailler avec les groupes de catholiques à la reconnaissance de l'Irlande, sans armes, avait-il promis à Marguerite. Le jour de son départ, il l'étreignit, l'œil humide, et Marguerite souhaita que son refus de l'épouser n'eût donné un coup de pied à son âme d'aventurier. Tous deux pleurèrent ensuite à chaudes larmes, sous le regard d'Étienne, qui fumait nerveusement une cigarette sur le pont du voilier qui allait emporter Sean. Étienne s'était caché pour éviter d'être vu de ce dernier ou de Marguerite, mais son cœur venait de rougir tant il avait pompé en les apercevant. Il débarqua au moment où Sean saluait toute sa famille.

« *How are your eyes, Margaret Hogan?*
— *Very good, why, Sean McBride?*
— *I will be waving until I lose sight of you.*
— *Then, so will I*[57]. »

---

57. Comment vont tes yeux, Margaret Hogan ? — Très bien, Sean McBride, pourquoi ?
— Je vais t'envoyer la main jusqu'à ce que je te perde de vue. — Je ferai de même.

Étienne vit l'Irlandais prendre son sac et embrasser Marguerite une dernière fois. Puis celle-ci lui dit :

« *You are going to be a great man, Sean McBride, you are, believe me. If not you, your sons. Trust me. Farewell, dearest Sean*[58]. »

Le voilier mit du temps à s'éloigner du quai à cause de la faiblesse des vents. Près de la pointe est de l'île Sainte-Hélène, l'équipage hissa d'autres voiles et le navire disparut enfin. Étienne continua à observer Marguerite, qui n'avait pas quitté le voilier des yeux et agitait encore la main occasionnellement.

Puis la famille de Sean l'entoura, comme si elle était sa veuve, et se sépara d'elle peu après. Il les vit ensuite attendre une voiture de transport tandis que Marguerite partait vers l'ouest, à pied. Étienne ne fit ni une ni deux et la suivit jusqu'à la rue Prince, où elle tourna à droite. Il n'y avait personne d'autre dans la rue, aussi demeura-t-il sur Common Street en jetant un regard rapide toutes les minutes. En quelques secondes, pas plus, il en était certain, elle s'était éclipsée. Il savait à peu près où elle était.

Marguerite était entrée chez elle pour se laisser tomber sur le matelas posé à même le sol. Depuis le soir du claquage de portes, elle avait perdu sa famille, le sommeil, son ami Sean et presque tous ses rêves. Elle avait trouvé du travail dans les cuisines de l'hôtel Nelson, près de la place Jacques-Cartier, où elle irait se noyer les mains dans l'eau de vaisselle, de onze

---

58. Tu seras un grand homme, Sean McBride, crois-moi. Toi ou tes fils. Fais-moi confiance. Adieu, mon cher Sean.

heures du matin jusqu'à la fermeture de la salle à manger. Elle allait ainsi gagner suffisamment d'argent pour subvenir à ses besoins, mais ne pourrait égayer les gens avec son violon plus qu'une ou deux fois par semaine. Cela serait le prix à payer pour son apprentissage, parce qu'elle voyait l'hôtel comme une école. Elle avait remarqué qu'il n'y avait pas beaucoup d'*Irish pubs* à Montréal, et il lui semblait tout naturel d'en ouvrir un. Tout simplement. Si Étienne et Violette l'avaient entendue rêvasser ainsi, elle était certaine qu'ils auraient essayé de l'en dissuader. Mais elle n'avait apparemment plus à se préoccuper d'eux.

Marguerite se releva, tourna en rond dans sa pièce qui rapetissait de minute en minute et, le chagrin à la commissure des yeux, elle sortit pour voir Angélique et prendre des nouvelles, comme ça, en passant. Ils lui manquaient, tous les trois, beaucoup trop pour son bonheur.

Angélique n'était pas au comptoir. C'était Mme Josephte qui y était, *pas tellement souriante*, pensa Marguerite. Néanmoins, elle poussa la porte et fut réconfortée d'en entendre la clochette.

« *Good afternoon*, madame Sainte-Marie. Vous allez bien ? *And the baby ?*

— Bonjour, Marguerite. Veux-tu quelque chose ?

— Oui, pain *and see*… voir… Angélique.

— Angélique est en haut, justement avec Aldéric.

— Oh… pour… longtemps ?

— Pour le temps de son somme.

— Oh… un heure ?

— Une heure… ou plus. Maintenant que j'ai repris le travail, Angélique est ici tous les matins jusqu'à ce qu'elle ait fini la pâte à pain en début d'après-midi. Moi, je descends aussitôt que le petit a fini son boire. »

Marguerite était si déçue de ne pas voir Angélique qu'elle dit « Merci » et sortit en oubliant de se prendre un pain. Josephte comprit son malaise mais ne fit rien pour la retenir. Angélique était sans cesse sollicitée par les étudiants, par son Dr de la Durantaye, auquel Josephte vouait quand même le plus grand des respects. Elle était également sollicitée par sa cousine, Violette Leblanc, parfois par Étienne et maintenant par cette Marguerite, qu'elle n'avait pas vue depuis au moins deux semaines.

« C'était qui ?

— L'Irlandaise.

— Tu aurais dû lui dire de monter.

— J'y ai pas pensé, Hector.

— La prochaine fois, Josephte, tu le feras.

— Pour quoi faire ? »

Angélique descendit au moment où Hector expliquait, devant le regard dubitatif de sa femme, combien Angélique était seule. Elle avait un Aldéric pleurnichard dans les bras, qu'elle tendit à sa mère.

« Qu'est-ce que tu lui as fait, Angélique ?

— Rien, il s'est levé comme ça. Je pense que c'est parce que vous n'étiez pas là.

— C'est ça. Fais-moi comprendre que je devrais pas être dans la boulangerie !

— T'es bien à pique, Josephte. Angélique travaille ici, monte t'aider, puis c'est comme ça que tu la remercies ?

— J'ai pas à la remercier. Laisse-moi te dire qu'elle fait une bonne affaire avec la boulangerie.

— Nous autres aussi, Josephte…

— Bon. »

Josephte enleva son tablier, prit le bébé et monta sans rien ajouter.

« Pensez-vous que si je vous donnais ma recette de pain au lieu de toujours la faire en secret le matin, ça la mettrait de meilleure humeur ? »

Angélique ne savait plus que dire ni que faire. Mme Sainte-Marie était de plus en plus acariâtre. Angélique ne trouvait pas d'autre mot.

« Non, je pense pas. »

Hector Sainte-Marie tournait maintenant en rond, hochait la tête, regardait Angélique, se grattait la tête et, finalement, se décida à lui parler.

« J'ai l'impression qu'elle est pas aussi contente que ça que la quarantaine soit finie. Mais ça, c'est des affaires de femmes. Les affaires d'hommes, c'est que, nous autres, on est contents que ce soit fini ! Mais je devrais pas parler de ça à une ancienne sœur. »

Angélique leva la main pour lui faire entendre qu'elle n'était en rien offensée. Elle prit son chapeau, enfila une capeline et sortit en emportant son sac, qu'elle remplissait encore tous les jours de ses ingrédients.

« À demain, d'abord.

— Oh, j'allais oublier. Ton amie Marguerite est passée.

— Marguerite est venue ! Ça fait plus de deux semaines qu'on est sans nouvelles. Pourquoi est-ce que vous n'êtes pas venus me chercher ? J'étais pas loin.

— Josephte y a pas pensé.

— Josephte... »

Angélique se retrouva sur le trottoir, déçue. Il y avait Josephte qui mettait du temps à remonter la pente et qui lui compliquait un peu la vie, et maintenant Marguerite qui serait enfin revenue.

Elle marchait du pas lent de sa fatigue de tous les jours, le sac à main et le sac à provisions sur le bras.

« *Hello*, ma belle. Pas la robe blanche et *yellow* ?

— Marguerite !

— Blanche et *yellow*, *like a daisy*. Un *margueurite*.

— Oui, une... marguerite ! Blanche et jaune. »

Elles se regardèrent comme si elles ne s'étaient pas vues depuis des lustres, se sourirent pour finalement s'étreindre.

« Ça me fait *happy* de te voir, Angélique. Et Mme Ménard ?

— À la maison. En convalescence. »

Angélique mit Marguerite au parfum des touts et des riens de leur vie. Marguerite lui fit écho, parla du départ de Sean, de son nouveau travail et de sa nouvelle chambre.

« Nouveau robe ?

— Oui, nou... velle robe. J'ai demandé à mon Eugène de cesser de me faire glisser sur la pente de la vanité.

— Ha ha ha ! *Vanity*.

— Quoi ? Qu'est-ce qu'il y a de drôle ?

— *Vanity*... c'est un meuble. Petit. Te faire glisser sur un meuble petit... *Sorry. Go on...*

— Sur la pente de l'orgueil... Il veut m'offrir cinquante-deux robes du dimanche. Je lui ai dit : "Alors, des robes de messes basses et pas toujours des robes de grand-messe."

— Ha ha ha ! *Mess !*

— Quoi ?

— *Go on...* »

Marguerite était tellement heureuse de revoir Angélique qu'elle ne savait plus écouter. Elle ne savait que rire son plaisir. Elle arriva enfin au cœur de son trouble.

« Étienne ?

— Étienne va bien...

— Oui ? »

Angélique regarda le voile couvrir les beaux yeux verts de Marguerite.

« Non, Étienne ressemble à un clocher qui aurait perdu ses cloches, ou à une cloche qui a perdu son bourdon. Plus de carillon, plus d'appel à la fête.

— Oui ! »

Marguerite était ravie d'entendre cette nouvelle qui se voulait mauvaise.

« Parle-moi de lui, Angélique. *Please.* »

Alors Angélique parla de son cousin en prenant conscience qu'elle l'avait peu vu depuis que Marguerite était disparue. Elle lui raconta combien il était ambitieux, que lui et Violette rêvaient d'être propriétaires d'une épicerie et qu'Étienne s'était juré d'avoir une maison près du fleuve, pour les loger tous et s'occuper de Violette et d'elle-même.

« Je dirais qu'il t'y faisait dormir dans son lit.

— Oh, non. *Not if we are not married*[59]. »

Angélique sourit devant les manifestations de l'amour qu'elle reconnaissait chez Marguerite. Depuis qu'elle avait offert sa virginité à Eugène pour une communion solennelle, elle ne savait plus que penser. Elle avait compris que l'âme, le corps et les croyances n'allaient pas forcément de pair. Eugène lui avait appris que l'âme pouvait être heureuse dans un corps heureux et malheureuse dans un corps malheureux, mais rarement heureuse dans un corps malheureux. Elle se disait maintenant que les préceptes du Christ étaient d'aimer, d'aider et de ne pas faire de mal.

Marguerite attendait la suite de leur conversation, le visage et les yeux lumineux.

« Je sais pas comment te dire, Marguerite… Aime-le donc et laisse-toi donc aimer. Complètement…

— *What? Without being married? Don't tell me you're a harlot*[60]*?!* »

Angélique regarda au ciel. Que Marguerite ne parle qu'anglais était le signe clair d'un coup d'émotion. Elle sentait que le propos de cette dernière était celui d'une femme outrée et qu'il était peu flatteur. Elle lui prit le bras en souriant et ne répondit rien, ne trouvant pas les mots pour la calmer.

Sans se consulter, elles arrivèrent devant la porte de la rue Duke. Marguerite recula comme si elle avait eu peur d'être happée par la cave. Angélique ne la retint pas. Son amie lui donna son adresse et

---

59. Dormir avec lui ? Oh non. Pas si nous ne sommes pas mariés.
60. Quoi ? Sans être mariée ? Tu n'es pas une femme de mauvaise vie, quand même ?

la quitta aussitôt, la laissant perplexe, incapable de comprendre son refus de rentrer.

Angélique descendit l'escalier en sautillant de plaisir. Il lui tardait d'annoncer la bonne nouvelle à la famille. Elle frappa à la porte de ses cousins et entra pour y découvrir et Étienne et Violette, la mine joyeuse. Étienne et elle dirent en même temps :

« J'ai vu Marguerite ! »

GÉRALD AVAIT FERRÉ LE CHEVAL

et le conduisait maintenant à l'hippodrome, presque voisin de la forge, au sud du carrefour des rues Mill et Saint-Étienne. Il rencontra M. Fabre, qui le salua en souriant de ce sourire complice et quasi amical.

« Comment va ta mère ?

— Elle se lève un peu, ces derniers temps.

— Besoin de rien ? »

Gérald leva les sourcils, s'interrogeant sur la façon de répondre à cette question. Il aurait pu dire que sa mère avait besoin de dents, de vêtements pour elle et les enfants, d'un mari qui s'occupe d'elle, qui lui donne à manger, d'un mari qui… aurait été un bon mari. Il répliqua finalement après avoir tiré sur la bride du cheval pour l'arrêter :

« Non, merci, de rien. J'espère juste que Nazaire est le dernier de la famille. »

Il omit de confier à M. Fabre que le cœur de sa mère était rempli à ras bord d'amour et de haine, de tristesse et de résignation, sans parler de son corps qui ne savait plus où avoir mal.

« Moi puis mon frère, on est plus les anges gardiens de notre mère que ses fils. »

M. Fabre le pria de ralentir le pas. Sa jambe lui faisait très mal, précisa-t-il, parfaitement conscient que c'était en fait à sa révolte et à sa rancune qu'il avait mal depuis près de trente-cinq ans. Il pencha la tête, s'immobilisa complètement et feignit de reprendre son souffle. Rosaire Fabre avait eu le cœur en larmes depuis qu'il avait compris qu'il n'y avait pas de filles, puis de femmes pour un orphelin qui n'avait même pas pu être parfait. Il se releva enfin et sourit à Gérald. Lui et Gérard ressemblaient aux fils qu'il aurait souhaité avoir.

« As-tu vu des picouilles ?

— Oui, deux. Une ici, je vais vous la montrer, et une autre à la piste de la rue Mont-Royal, ce que j'aime moins. C'est mieux quand les chevaux passent par la forge. En tout cas, je fais ce que je peux. Je devrais être capable d'aller les chercher et de les abattre, un cette semaine et l'autre dans deux semaines, simplement pour dire que vous en avez assez, mais pas trop. Ma mère est contente.

— Tant mieux si elle est contente. Ça me fait plaisir de lui faire plaisir. »

Ils parièrent tous les deux. Gérald perdit, tandis que M. Fabre empocha quelques dollars en misant sur son cheval préféré, Divad, celui de Diogène Vadeboncœur, un David à l'envers, le cheval qui boitait et qui était souvent un *long shot*. Gérald lui demanda si les boiteux portaient bonheur.

« Pourquoi est-ce que tu me demandes ça, mon gars ? Penses-tu que moi, je pourrais porter bonheur parce que je boite ? En tout cas, je te prie de me croire, mon jeune, qu'à moi ça a pas porté bonheur. Pas une maudite miette. »

Il alla empocher son argent.

« Mon homme, je pense qu'on pourrait élargir un peu notre commerce de vache maigre en achetant un cheval avec nos profits de courses. Surtout en hiver, quand la glace manque pas », ajouta l'épicier.

Gérald n'écoutait plus. Il voulait se mordre la langue qu'il n'avait pas tournée sept fois. Ne sachant comment faire oublier sa bourde, il tapota et serra l'épaule de M. Fabre.

Violette vint les rejoindre, comme le lui avait réclamé Gérald, qui avait « une chose importante » à lui dire. Elle ignorait si elle devait s'en inquiéter ou s'en réjouir. En apercevant M. Fabre, elle comprit que la discussion n'aurait rien à voir avec sa situation amoureuse, à moins que ce dernier ne fût là par hasard. Si elle avait eu des doutes quant aux sentiments de Gérald à son égard, elle eut une réponse dès qu'il la vit. Son visage passa du sérieux au souriant en un instant ! Il confia la bride du cheval à M. Fabre et vint à sa rencontre. S'ils avaient été seuls, ils se seraient étreints et embrassés, elle en était certaine.

« Laisse-moi deviner, Gérald, tu veux que je vienne donner un coup de main à ta mère ?

— Non, pas ça, Violette. Sais-tu comment on fait pour sécher des peaux et coudre des sacoches puis des ceintures ? Penses-tu qu'il faudrait qu'on s'informe chez les Sauvages de Caughnawaga ou chez le cordonnier ? »

Pour être déconcertée, Violette le fut. Son sourire cassa au moment où apparurent des rides de questionnement sur son front laiteux.

« Tu me parles de quoi, Gérald ?

— De peaux de vaches. M. Fabre connaît un cultivateur qui sait pas quoi faire de ses peaux de vaches canadiennes. On pensait, comme ça, les acheter pour en faire quelque chose. Pourrais-tu ?

— Non, Gérald, je pourrais pas. J'imagine qu'il faut les faire sécher, les nettoyer, ce qui me lèverait le cœur, crois-moi, les couper, les coudre… Non, Gérald, demande-moi pas ça. Va voir le cordonnier.

— T'es sûre ?

— À cent pour cent sûre. »

Gérald fut très déçu mais n'en laissa rien paraître. Il lui sourit.

« Je te demandais ça comme ça, parce que je sais combien tu aimes coudre. »

Violette vit s'ouvrir une porte et mit le pied dedans.

« Tu sais ça, oui. Puis tu sais que je me cherche une machine, oui. Puis tu sais que ta mère en a une, même si elle peut pas coudre, oui. Je te demande simplement, Gérald Ménard, de me laisser venir un jour par semaine chez vous, pour faire le reprisage, le réparage puis peut-être pour habiller les enfants en neuf une fois de temps en temps.

— Veux-tu me dire, Violette Leblanc, comment on a fait pour passer des peaux de vaches à la machine de ma mère ?

« — Non, je peux pas. T'es assez grand pour le trouver tout seul. »

Elle tourna les talons, bondit sur M. Fabre, l'évita sans le regarder et rentra dare-dare chez elle sans comprendre ce qui venait de se passer.

Edmond de la Durantaye demeurait calme

malgré son énervement. Carmen avait le don de l'irriter par ses entêtements sans fondement. Depuis le mois d'août, il ne cessait de lui demander de préparer des paniers pour les jeunes enfants Ménard, ce qu'elle lui refusait, prétextant que leur père pouvait très facilement subvenir à leurs besoins.

« Edmond... il a une forge et des chevaux de course. La famille Ménard n'est pas une famille nécessiteuse, je t'assure. Il y en a bien d'autres dans une misère beaucoup plus noire.

— Carmen, ce n'est pas la mer à boire que de leur préparer un panier, juste un, pour Agathe, Simone et Nazaire. Ils ont besoin de chaussures, de vêtements, de manteaux d'hiver, de bottes, de...

— Edmond... l'expérience me dit qu'il n'est jamais bon de connaître nos pauvres...

— Et moi, Carmen, l'expérience me dit qu'il n'est jamais bon, pour une société, de voir l'indigence de ses enfants... Bon, ne laisse pas tomber ton os, Carmen, je vais m'en occuper.

— Tu vas en parler au maire ?

— Non, Carmen, j'irai chez Dupuis Frères… avec Eugène et, pourquoi pas, Angélique.

— Edmond… Il faut qu'on parle de cette Angélique. Cette passade s'éternise. Je sais qu'un jeune homme a besoin d'une femme comme elle, je veux dire de bas étage, pour connaître ce que tu sais. Edmond… il faut le protéger, notre fils est encore aux études et…

— Au revoir, ma chère.

— Edmond… je t'ai dit que… »

Edmond de la Durantaye s'était présenté à la salle à manger avec sa figure des mauvais jours. Sa femme ne ressemblait plus du tout à celle qu'il avait adorée lorsqu'elle était jeune et aguichante sous des airs candides. Dans moins d'une semaine, elle aurait quarante ans, et il avait envie pour la première fois de sa vie de passer outre à son anniversaire. Elle l'irritait, elle l'irritait et elle l'irritait. Il avait néanmoins expédié de son bureau les invitations par les jeunes coursiers à vélo, pour lui réserver une surprise qui n'en serait pas une puisqu'elle ne cessait d'en parler depuis au moins deux mois. Il devinait qu'elle souhaitait un fla-fla à esbroufer parents et amis, ce dont il n'avait jamais compris la nécessité dans l'intimité des proches. Eugène était attablé et sirotait déjà son deuxième café lorsque son père entra d'un pas décidé.

« J'espère que tu ne songes pas à épouser Angélique. »

Eugène posa la tasse délicatement, malgré le sursaut que son cœur venait d'avoir.

« Pour quelle raison, papa, abordez-vous ce sujet ce matin ?

— Parce que je ne crois pas que ta mère l'accepterait.

— Et alors ?

— Alors, ça me compliquerait encore la vie, et ce matin ta mère m'a un peu énervé à ce propos, je ne te le cache pas. Épargne-nous et ne l'épouse jamais, même si elle possède toutes les qualités qu'un homme puisse souhaiter. »

Eugène avait redouté cet instant depuis le pique-nique, depuis qu'il avait vu la fierté de son père devant son choix.

« Vous préféreriez que j'épouse Madeleine Cournoyer, par exemple, et que je sois malheureux jusqu'à la fin de mes jours ?

— Oui... non... Ce serait bien que tu l'épouses, certes, parce que nos familles...

— Papa ! Vous entendez-vous ? Vous parlez comme maman...

— Non, ta mère dirait : "Eugène, mon petit, tu ne peux pas élever une femme, que dis-je, une fille au-dessus de son rang. Que deviendrions-nous ? Tu es trop jeune pour comprendre ce que diraient les gens et pourquoi ils le diraient. Ton père et moi savons que ce serait d'une méchanceté..." »

Eugène aurait aimé s'amuser de l'imitation qu'avait faite son père de la voix et du maniérisme de son épouse, mais il n'en eut pas le cœur. Il repoussa la tasse de café et posa le front dans ses mains. Le moment était venu de régler le sort d'Angélique

Garnier. Edmond de la Durantaye l'entendit chuchoter ou plutôt exhaler un « Je l'aime » qui lui tordit les boyaux. M. de la Durantaye se frotta les tempes pour s'éclaircir les idées.

« En bon catholique, mon fils, il me torture de te dire d'épouser Madeleine Cournoyer – ne lève pas la main et laisse-moi terminer – et d'installer confortablement ton Angélique. Madeleine pour la lignée, Angélique pour la vie et ses plaisirs.

— Pour la vie, oui, c'est-à-dire pour toujours, papa, et pour la vie parce que c'est elle que je veux pour mère de mes enfants. Bonne journée… »

Eugène s'excusa, le cœur à l'étroit dans sa cage, et s'apprêtait à sortir de la pièce quand il s'arrêta et se tourna vers son père. Celui-ci avait les lèvres pincées et la tête de côté, comme il en était de son habitude lorsqu'il était en réflexion.

« Père… »

Eugène passa par la cuisine, salua le personnel, enfila un manteau court de laine bouillie et se dirigea vers l'université, préférant la marche à l'attelage qui l'attendait. Les moineaux se réchauffaient en mangeant le grain dans les excréments des chevaux, qui dégageaient de la vapeur et faisaient fondre les petites plaques de glace luisant au soleil frileux et discret de la fin du mois d'octobre. Il ne put voir sa mère essuyer des postillons de reproches lorsqu'elle entra prendre son thé et ses tartines de beurre.

Quand Angélique le vit passer la porte de la boulangerie, elle lui sourit de ce sourire qui l'avait toujours désarçonné. Il lui dit qu'ils devaient se parler de toute urgence, ce qui effraya la jeune femme, qui avait demandé « Est-ce que le moment du châtiment est arrivé ? » en se signant. Eugène l'avait calmée et avait confirmé qu'il l'attendrait à l'hôpital dans la petite salle des pas perdus à cinq heures. Elle acquiesça en souriant, mais Eugène était conscient que ce sourire, à ce moment-là, était aussi faux que le sien.

Angélique entendit sonner l'Angélus et son inquiétude allait en grandissant de minute en minute. Elle avait couru pour être à l'heure au rendez-vous et elle était là, assise sur une chaise droite à attendre depuis, elle le savait maintenant, une heure. Eugène arriva finalement un peu plus tard, désolé, portant trois sacs de chez Ogilvy. Il s'assit près d'elle, le visage souriant et le regard aqueux, qu'Angélique préféra ne pas déchiffrer.

« Pas encore une robe du dimanche, Eugène ?

— Dimanche prochain, nous célébrerons le quarantième anniversaire de ma mère, et il n'est pas question que nous n'y soyons pas.

— Nous ? Tu veux dire toi et moi ?

— Oui, mon ange, nous, c'est toi et moi. »

Angélique s'appuya enfin au dossier et ne sut quelle attitude adopter. Elle comprit qu'Eugène avait en fait un regard enfiévré par l'excitation de l'anniversaire de sa mère.

Encore une fois, Violette et Marguerite, entrée en catimini, l'aidèrent à enfiler ses cache-corset, jupon, robe, bas et chaussures neuves, avant de lui farder les joues et de lui coller des mèches en forme de six sur le front. Elles lui passèrent ensuite le manteau de velours, neuf également, qui lui découpait joliment la taille. Angélique avait fermé les yeux durant toute l'opération, feignant de rechercher la surprise alors que, en silence, elle récitait ses prières pour étouffer et sa nervosité et son plaisir vaniteux.

Violette sortit pour attendre la voiture et, à peine dehors, elle la vit tourner le coin. Eugène immobilisa les chevaux, bondit sur le trottoir comme une bonne nouvelle et la pria d'informer sa compagne qu'il l'attendait. Violette descendit à la course et retrouva ses amies. Angélique était si resplendissante que même sa cousine en fut estomaquée.

« Tu représentes la famille, Angélique. Tu seras polie...

— Oui...

— Tu dis, *enchanted, pleased to meet you,* plaisir...

— Tu te poudres le nez immédiatement après le dessert... juste avant de répéter que tout était absolument délicieux. »

Les filles se turent enfin et l'escortèrent devant la maison après avoir croisé, dans l'escalier, deux colocataires à la mandibule décrochée, qui se décoiffèrent en cédant le passage à Angélique.

Eugène ne s'attendait pas à tant de beauté. Il alla à sa rencontre mais, intimidé, ne put l'embrasser. Il lui tint le coude pour l'aider à monter et se hâta de s'asseoir à ses côtés.

Ils ne furent pas les derniers arrivés, mais presque. Parce qu'ils étaient polis, les gens ne se turent pas tous, mais presque. Eugène salua une tante et présenta Angélique. Ce faisant, il vit sa sœur monter l'escalier à la hâte en pleurant, mais ce rapide coup d'œil fut suffisant pour qu'il devine qu'elle portait une robe identique à celle d'Angélique, avec moins d'élégance, il allait sans dire.

Ils se dirigèrent vers la jubilaire, qui leur sourit de toutes ses dents, qui semblèrent si acérées qu'Angélique en eut peur. Elle lui fit une discrète révérence.

« Madame de la Durantaye, joyeux anniversaire. Je ne savais pas qu'on pouvait être si élégante à quarante ans. Mes anciennes sœurs quadragénaires avaient un teint blanc de carême et me disaient que, à force de prier, leurs genoux étaient certainement cagneux et remplis de corne. »

Eugène éclata de rire devant la maladresse de son Angélique et lui serra le bras pour qu'elle sente bien sa présence.

« Vous avez acheté votre robe chez Ogilvy, mademoiselle ?

— Non, madame. Ma cousine, qui est une extraordinaire couturière, l'a copiée pour moi. Vous croyez qu'elle a pris le modèle chez Ogilvy ? Elle est incroyable ! »

Eugène lui pinça presque le bras tant sa surprise fut grande, mais il ne perdit pas contenance.

« Votre cousine ?

— Oui, Mlle Violette Leblanc. Elle a une très grande clientèle déjà. Eugène se ferait un plaisir de l'emmener ici si elle avait encore de la place et du temps pour d'autres clientes. »

M. de la Durantaye n'avait pas perdu un seul mot, pas un seul regard de la scène qui se déroulait près de lui. Malgré sa timidité, cette Angélique avait assez d'aplomb pour mentir en souriant. Il doutait que sa robe fût une copie mais trouva la situation cocasse. Il jeta un coup d'œil autour du salon et il ne lui fallut pas beaucoup de perspicacité pour comprendre qu'Angélique en était le centre d'attention. Toutefois, Madeleine Cournoyer, elle-même fort jolie, quoique moins racée, s'était assise et avait légèrement tourné le dos pour être moins visible. Il aurait à la rassurer quant aux intentions de son fils, même si ce dernier lui compliquait la vie. Quel homme se contenterait d'un cheval canadien, tout magnifique et travaillant fût-il, après avoir monté un alezan ? Lui-même était heureux de ne pas être confronté à un tel dilemme parce qu'il ferait ce que son fils allait faire : épouser la famille et entretenir la flamme ailleurs. S'il avait eu quelque dix ans de moins, peut-être aurait-il proposé à cette Angélique de rêve, ou à une autre Angélique, un arrangement de cet ordre. Il baissa la tête, honteux de la pensée qui lui avait vrillé le cœur pendant un instant. Non, s'il avait eu dix ans de moins, il n'aurait jamais remarqué Angélique au couvent ou tendre la main sur le parvis de l'église Notre-Dame, ce qu'Isabelle n'avait cessé de leur répéter.

« Père. »

Il détestait se faire appeler « père », ce que faisait Eugène depuis qu'il lui avait indiqué son bon vouloir. Angélique était devant lui, le regard confiant et l'épaule légèrement retombée. Elle n'avait plus à s'efforcer de faire bonne impression.

« Enchantée de vous revoir, monsieur de la Durantaye. »

Elle se pencha pour lui demander comment allait son pouce.

« À la suggestion de mon fils, je l'ai sucé comme un bébé. Il est complètement guéri depuis des semaines maintenant. Eugène, ton amie est ravissante.

— J'avais remarqué, père.

— Arrête de m'appeler "père", tu m'énerves à la fin. "Papa" me convient.

— Mais quand on dit "père", on dit également "que votre volonté soit faite", non ?

— Oui... » répondit Angélique avec candeur.

M. de la Durantaye fut déstabilisé. Eugène lui annonçait-il qu'il se pliait à sa demande ou sous-entendait-il qu'il avait compris combien lui-même se serait battu pour une Angélique ? Il lui jeta un regard interrogateur mais ne lut aucune réponse dans celui de son fils.

Eugène s'excusa et entraîna Angélique vers Madeleine Cournoyer, qui sursauta en disant ne pas les avoir vus approcher. Elle se leva, tendit la joue à Eugène et une main molle à Angélique. Devant elle, Angélique en était certaine, se tenait la future épouse d'Eugène de la Durantaye. Elle courba l'échine et lui fit une révérence respectueuse. *Jésus, faites en sorte qu'elle ne me fasse pas souffrir. Elle est la Simon Pierre, pour bâtir la famille d'Eugène, et moi, sa Marie-Madeleine ! Aidez-moi même si je vous ai trahi.* Les présentations furent certes aimables et polies, mais Angélique fut prise d'un léger tournis. Eugène perçut un malaise chez sa dulcinée et la mena vers la serre, où il n'y avait personne.

« C'est elle, Eugène ? »

Il leva les sourcils en haussant les épaules.

« C'est à elle que tes parents veulent te fiancer ? »

Eugène acquiesça.

« Elle est assez jolie pour tes projets de famille. Mais jure-moi, Eugène, jure-moi que quand tu lui feras ton devoir c'est à moi que tu penseras. »

Il acquiesça à nouveau. Elle se pencha et lui chuchota dans l'oreille qu'elle allait l'aimer encore et encore, comme elle avait aimé le Christ, dont elle avait été la fiancée. Elle lui lécha le lobe et le pavillon de l'oreille et lui confia avoir toujours su qu'ils ne pourraient s'épouser et qu'elle devrait s'effacer devant une fille de son monde à lui. Elle prit place sur un fauteuil d'osier et n'ouvrit plus la bouche.

Eugène s'assit à ses côtés et ne cessa de lui caresser les doigts. Il l'avait écoutée avec admiration. L'abnégation de son Angélique le déchirait. Jamais, il le savait, il ne trouverait meilleure femme, meilleure amante. Elle avait tout quitté pour lui et il voulait tout faire pour elle. Il l'installerait dans une jolie maison, lui offrirait du personnel, lui achèterait même une boulangerie si tel était son désir. Comme si elle avait suivi ses pensées, elle se tourna vers lui. Eugène lui souriait aux larmes.

Marguerite avait les mains trempées

dans l'eau chaude de l'évier. Elle chantait, comme ça, sans raison autre que le besoin de se désennuyer, au rythme du frottement des assiettes. Elle entendit les sons d'un esclandre dans le petit bar jouxtant la salle à manger et passa la tête pour voir ce qui s'y passait. Elle aperçut MM. Fabre et Ménard, debout, l'air méchant, les poings prêts à s'affirmer.

« Mon maudit Ménard à marde, t'es pas tanné de te faire haïr par tout le monde ? »

Le premier coup partit, et M. Fabre fut déséquilibré. Puis celui-ci répliqua par un second et, quoique atteint, M. Ménard ne broncha pas. Marguerite était consciente que le bar n'était pas la place d'une femme comme elle, mais elle ne pouvait laisser ce cher M. Fabre se faire blesser. Les clients se levèrent, qui pour éviter de prendre parti, qui au contraire pour s'en mêler. Le barman demandait aux deux hommes de se calmer ou de sortir, mais la bière brune aidant, ni l'un ni l'autre ne semblait disposé à céder. Les têtes s'échauffèrent jusque dans la salle à manger. Marguerite s'y dirigea rapidement pour y fermer les portes.

Toute craintive fût-elle, elle reconnaissait les bruits et le tumulte de son Irlande et savait les rixes à l'abri du jugement et de l'intelligence, de la prudence et de la charité chrétienne.

Elle chercha un regard ami dans la salle, mais ne voyait qu'agacement, colère, indifférence ou encouragement. Elle entendit un bris de verre suivi d'un « Oh ! ». Elle vit M. Ménard, un goulot de bouteille dans la main, tandis que M. Fabre, lui, saisissait un couteau de table.

« Tu me forces à me défendre, Paul-Aimé, puis j'aime pas ça. Jette ta bouteille puis je jette mon couteau.

— Je ferais ça pourquoi ? »

Quelqu'un cria d'aller chercher les policiers, alors qu'on répondait qu'ils étaient certainement affairés dans le port, où il y avait encore un bateau rempli d'Irlandais qui avait accosté.

« Juste à côté d'un bateau de la flotte anglaise.

— Comment ça, encore deux bateaux ? Ils sont fous ! »

Ménard se lança sur Fabre en mugissant comme un bœuf. N'eût été de sa jambe, l'épicier l'aurait esquivé, mais la bouteille lui taillada chemise et bras. Les clients huèrent Ménard.

« Calme-toi ! Tu vois bien que c'est un infirme !

— C'est même à cause de sa famille que je suis infirme ! »

Personne n'entendit la réponse de M. Fabre parce que Étienne Leblanc, Gérald et Gérard Ménard venaient de faire leur apparition. Les jumeaux tentèrent désespérément d'immobiliser la furie de leur père, tandis qu'Étienne, lui, aidait M. Fabre à s'asseoir. Marguerite le regardait, tétanisée. Il était si beau et si généreux. Il aurait parlé anglais que toutes les Irlandaises, Anglaises ou Écossaises de Montréal l'auraient reluqué et courtisé. Il avait été amoureux d'elle, et elle de lui, et parce qu'elle s'exprimait mal, il la croyait perdue à jamais. Elle retourna à la cuisine. Si Étienne n'avait pas eu à prêter main-forte à M. Fabre, il n'aurait su que faire en la voyant. Éclater de rire et ouvrir les bras étaient les seules idées qui lui traversaient l'esprit. Le barman avait presque repris le contrôle lorsque Marguerite revint avec un plat d'eau chaude et un torchon humide pour laver l'épaule et le bras de M. Fabre. Celui-ci s'abandonna à ses soins et lui soupira sa reconnaissance, qu'elle n'avait jamais vue, même à la Grosse-Île. Étienne tint le bras du blessé pendant que Marguerite s'occupait de lui comme d'un père.

« Je pense que *we must go* à l'hôpital.

— Non. Chez moi, avec une bonne bouillotte.

— Mais vous êtes trop seul.

— Et je sais prendre soin de moi-même. »

Il les observa tous les deux et, bien que vieux garçon, il remarqua aussitôt que ces deux-là s'aimaient de cet amour bourré de retenue et de débordement.

« Si vous étiez assez aimables de me raccompagner, avec ma voiture… »

Marguerite lui étreignit doucement le bras et chercha le regard d'Étienne.

M. Fabre avait accepté qu'ils montent avec lui à la maison. À l'instar de l'épicerie, elle était très propre et organisée dans sa plus stricte expression : une table et quatre chaises dans un coin de la pièce principale, une pompe et un seau, des armoires de bois, patiné par le temps, et un joli poêle sans pont. Deux divans de velours brun, usés mais propres, une petite table et quelques lampes. Marguerite sourit devant les rideaux de la pièce, posés sur une tringle visiblement pas tout à fait de niveau. Ils passèrent à la principale des trois chambres, où elle s'empressa de préparer le lit, tapota l'oreiller pour lui donner du volume. Elle sortit de la pièce lorsque Étienne aida M. Fabre à enfiler sa chemise de nuit. Marguerite mit une bûche dans le poêle assoupi, qui reprit vie immédiatement. Étienne vint la rejoindre alors qu'elle sortait une tasse.

« Je vais lui faire un bon tisane. Un tisane avec un peu de miel.

— Peut-être aimerait-il du café.

— *I think it's better*, un tisane. »

Étienne s'éloigna après lui avoir doucement effleuré le dos. Marguerite ferma les yeux. « *Thank you, Mammy. You know how much I love him*[61]. » Elle frappa discrètement au cadre de porte de la chambre à coucher. N'obtenant aucune réponse, elle osa un regard à l'intérieur. M. Fabre s'était assoupi, les bras croisés devant lui, le bras droit retenant le bras blessé. Elle lui avait fait un semblant d'attelle, qui tenait bien. Marguerite lui trouva un air si fragile qu'elle ne put s'empêcher de pénétrer dans la chambre sur la pointe

---

61. Merci, maman. Vous savez combien je l'aime.

des pieds pour le couvrir de la courtepointe pliée au pied du lit. Il ne broncha pas, mais elle devina un confort si endormi qu'il avait à peine ourlé les lèvres.

« Il dort comme un *baby*. Je pense que je vais revenir demain matin.

— C'est une bonne idée. Mais ce n'est pas demain matin, Marguerite. C'est tout à l'heure. »

Ils quittèrent silencieusement les lieux sans pouvoir fermer la porte à clé. Ils reconduisirent le cheval, toujours attelé, dans le bâtiment. Ils firent rapidement ce qu'ils devaient faire, donnèrent un peu d'avoine à la bête et s'assurèrent qu'elle avait de l'eau.

« *Water*, Étienne. On a oublié de laisser de l'eau à M. Fabre. »

Ils rentrèrent, mirent de l'eau dans un cruchon et le placèrent, avec un verre, sur la table de chevet. M. Fabre n'eut connaissance de rien.

Étienne raccompagna Marguerite chez elle et la suivit à l'étage. Celle-ci ne dit rien lorsqu'il l'embrassa sur le pas de la porte, ne dit rien quand il l'aida à ouvrir celle de la chambre, ne dit rien quand il déboutonna sa robe, mais dit « *I love you*, Étienne » lorsqu'ils s'allongèrent, leurs désirs entrelacés.

Le matin était trop froid

pour la bonne humeur de Marguerite, qui se hâtait d'arriver chez M. Fabre avant de se rendre à l'hôtel pour s'y plonger les mains dans l'eau chaude. Elle s'y serait bien plongé aussi les pieds. Le trottoir et les pavés étaient si froids qu'il lui semblait que ses semelles en raidissaient.

Malgré ce premier jour de vrai froid, sa vie était bonne. Elle regardait les yeux des gens qu'elle croisait, craintive qu'ils arrivent à lire ses pensées. Elle avait eu une nuit à rougir de honte et de plaisir. Elle ne savait lequel des deux rouges était le plus criard, mais elle baissa soudain le front pour ne pas se trahir. Étienne avait été un homme timide et doux, un tantinet rieur, pour être fidèle à lui-même. Elle avait été terrorisée par le spectre de l'enfer, il est vrai, mais également par l'appréhension de la douleur. Elle avait eu mal et taché le drap, mais déjà, ce matin, elle l'avait mis à tremper dans sa cuve pour le détacher, comme elle effaçait les traces de sa féminité tous les mois avec de l'eau froide, une planche à laver, du savon de Marseille et une goutte d'eau de Javel. Il était impératif que personne ne pût reconnaître les traces, aussi les filles apprenaient-elles à les faire disparaître. Elle se demandait si elle avait rêvé ou si ses mamelons s'étaient durcis exactement comme ils le faisaient lorsqu'elle avait froid. Et son ventre s'était gonflé comme au premier matin de ses indispositions. Elle n'avait pas rêvé non plus les frissons qui lui avaient parcouru l'échine quand Étienne lui avait embrassé la nuque et grignoté les oreilles. Elle s'interrogeait toutefois sur le fait que la douleur aiguë n'avait duré que cinq minutes au plus et qu'ensuite, lorsque Étienne avait fait et refait son chemin pour, semblait-il, l'apprendre par cœur, elle l'avait accueilli assez facilement.

Marguerite rougit à nouveau en pensant à ce cri qu'il avait poussé et qu'elle avait tenté d'étouffer de sa main, non pas tant par crainte que les propriétaires l'aient entendu, mais davantage par peur que quelque chose de son ventre l'ait blessé. L'éclairage de la bougie lui avait montré un sourire de béatitude comme elle avait vu des gens en afficher à l'église. Elle s'était collée contre lui et l'avait bécoté dans les deux langues.

« *I love you*, Étienne, mais j'apprendrai tous les bons gestes.

— Moi aussi.

— Il faut apprendre beaucoup de choses, *no* ?

— Des milliers et j'en sais rien qu'une.

— Une ?

— Oui, ma belle. Je t'aime toujours plus et plus et plus et plus.

— *More and more and more. My heart is yours. I missed you so much*[62]. J'avais le cœur vide de toi et plein de larmes. *Tears*, toujours. »

Elle était enfin arrivée devant l'épicerie de M. Fabre. Elle ouvrit la porte et vit qu'il n'était pas descendu. Elle monta et aperçut ses pieds derrière le rideau qui cachait le coin des ablutions et le pot de chambre.

« Excusez-moi, monsieur Fabre. C'est *Margueurite*. Comment allez-vous ce matin ?

— Moi, ça va. Quant à mon bras, ça devrait aller d'ici deux ou trois jours. T'as fait du beau travail. As-tu mangé ?

— Oui, non. Je travaille tôt ce matin et je vais essayer de manger un ou deux tranches de pain. »

M. Fabre sortit de derrière le rideau. Marguerite le trouva pâle mais souriant.

« Attrape le pain au complet dans l'épicerie. Il m'en reste un d'Angélique. Prends-le. Gâte-toi.

— Oh, mais c'est à vous !

— Et c'est parce que c'est à moi que je peux te le donner.

— *You are so kind a man*[63].

— Parle-moi pour que je te comprenne, ma belle.

— Tant pis. *It was a compliment*[64]. Aujourd'hui, monsieur Fabre, vous restez dans le lit. *In bed*. Étienne va essayer de passer.

— Quand même pas pour me regarder grimacer !

---

62. Mon cœur ressent les mêmes choses. Tu m'as tellement manqué.
63. Vous êtes si gentil.
64. C'était un compliment.

— Peut-être pour vous aider dans l'épicerie si vous tenez à ouvrir. »

Marguerite le regardait. Elle aimait M. Fabre. Elle se sentait protégée quand il n'était pas loin. Aussi, sans réfléchir, elle lui effleura la joue d'une bise. M. Fabre recula d'au moins six pouces.

« Mais qu'est-ce que tu viens de faire là, toi ?

— *Kissed you. That's all.* Bonne journée. »

Elle descendit en courant. M. Fabre attendit de la voir sortir de l'épicerie. Elle apparut, le pain à la main. Elle regarda vers les fenêtres, lui fit un signe de la main qui tenait le pain et disparut.

M. Fabre retourna dans sa chambre, blême et essoufflé. Il s'allongea péniblement, la larme à l'œil. Il avait plus mal qu'il n'avait voulu l'admettre, tenta-t-il de se convaincre.

« J'ai trente-cinq ans, et c'est la première fois de ma vie que je suis *kissé*, moi. »

Il se moucha sans même prendre conscience que son émotion pleurait.

Violette inspira profondément

avant de frapper à la porte qui jouxtait celle de la forge. Elle était gelée, tout comme l'avait été Marguerite quelques heures avant elle. Elle appuya l'oreille et entendit le déclic de la serrure. Quelqu'un, à l'étage, avait tiré la chaîne, aussi tourna-t-elle la poignée et emprunta-t-elle l'escalier. Dolorès Ménard l'attendait et lui souriait de ce sourire tristement édenté.

« Ôte tes bottes, Violette, avant de monter. C'est pas l'ouvrage qui manque. »

Violette se félicita d'avoir enfilé des chaussettes sans trous et monta rapidement. Les deux femmes se dirigèrent aussitôt vers la chambre où se trouvait la machine à coudre. Simone et Nazaire les suivirent. Agathe était à l'école et les jumeaux, au travail. Gérard avait quitté son job aux *yards* pour seconder son père, mais ce changement n'était que prétexte pour avoir ce dernier à l'œil. La pile de vêtements fut déplacée vers le lit, et Violette retira quasi religieusement le protecteur pour enfin toucher le bois patiné de la machine, le métal de la tête et du pédalier.

Mme Ménard courut prendre une chaise dans la cuisine, tandis que Violette s'y rendait également et posait son sac sur la table. Elle en sortit tissu, fils, épingles, aiguilles, ciseaux, rubans, agrafes et croquis, dessinés en s'inspirant des robes d'Angélique, certes, mais qu'elle s'était permis de modifier.

« Que ce soit bien clair, Violette. Tu couds tes affaires puis tu raccommodes et couds les miennes. Une robe pour toi, un morceau pour les enfants et un rapiéçage ou un raccommodage. Correct, ça ?

— Plus que correct, madame Ménard.

— Des fois, on dit merci avec des mots, des fois, avec du fil. Ça fait que tu peux venir trois fois par semaine le matin, de... on va dire neuf heures à midi.

— Si vous voulez, madame Ménard, je peux faire le dîner aussi.

— Non, je suis capable de faire ça. Mon mari puis mon Gérard montent toujours à midi et demi. »

Elles n'ajoutèrent plus un mot, et Violette, après avoir nettoyé la table deux fois, posa son tissu et les morceaux de patron, qu'elle avait dessinés au crayon gras sur du papier presque aussi fin que du papier de soie. En deux temps trois mouvements, les morceaux furent épinglés au tissu, et Violette attaqua la coupe avec une assurance qui impressionna Mme Ménard.

« Ma foi du bon Dieu ! On dirait que t'as fait ça toute ta vie !

— On peut dire que j'en ai rêvé. J'ai passé mon temps à me pratiquer dans ma tête quand je travaillais à la *shop* des Croteau. J'ai quand même commencé à treize ans à avoir les mains dans le coton, le lin, puis à enfiler des aiguilles. »

Après une heure, Violette s'arrêta, plaça en ordre toutes les pièces taillées, les rangea dans son sac et passa à la chambre, où elle prit le premier morceau sur la pile. Elle s'assit, choisit le fil, prépara la bobine, inséra le vêtement, abaissa le pied-de-biche, regarda Mme Ménard, ferma les yeux et posa les pieds sur le pédalier. La machine ronronna aussitôt. Violette cousit et cousit plus qu'elle n'aurait dû. Elle rapiéça un pantalon troué, répara l'élastique de la jupe d'Agathe et changea deux boutons de braguette.

« C'est à Gérald ou à Gérard ?

— À ton Gérald. »

Violette sourit en pensant à combien elle l'aimait puis rougit en voyant où elle avait la main. Les enfants ne la dérangèrent pas, puisqu'elle leur avait confié de vieilles bobines et sa boîte remplie de boutons pour les amuser. Mme Ménard prépara le dîner et commençait à s'énerver quand Violette franchit la porte après avoir effacé les traces de son passage.

« J'aime mieux qu'il te voie pas. Avec lui, on sait jamais.

— J'ai compris ça. J'ai jamais eu autant de plaisir à coudre qu'aujourd'hui, madame Ménard… Votre machine est très bonne. Meilleure que celles de M. Croteau. Quelle est votre couleur préférée ?

— Euh… le vert, je pense. Pourquoi ?

— Pour savoir. »

Violette descendit sans faire de bruit, mit ses bottes et disparut d'un pas allègre.

Gérald ne comprit rien à sa maladresse

mais l'entaille à la main faite au ciseau à bois était assez sérieuse pour que le patron du chantier lui demande d'aller à l'hôpital après qu'il se fut presque évanoui. Chose demandée, chose faite. Gérald, ignorant de l'anglais, fut conduit par un des patrons, à qui il ne parla pas du trajet, et celui-ci, à peine plus familier avec le français, ne dit mot non plus. La présence de Marguerite leur aurait été bénéfique. Il ne cessait d'écraser la guenille dans sa main, mais le sang giclait toujours.

Lorsqu'ils furent enfin arrivés, Gérald comprit que le patron lui demandait, à grands gestes, s'il pouvait y aller seul. Il répondit « *Tanquiou* », et ce n'est qu'une fois dans l'hôpital qu'il s'évanouit. Eugène était à ses côtés lorsqu'il reprit conscience, et il en fut heureux.

« Je n'aime pas ça, Gérald. J'espère que tu n'as rien de sectionné. Il va falloir que je t'endorme pour aller voir, même si je doute de pouvoir intervenir. La médecine en a encore pas mal à apprendre.

— À ce moment-là, endors-moi pas.

— J'aimerais mieux, comme ça je pourrai faire des points de suture plus profonds que juste sur la peau. On commence quand même à savoir une ou deux choses.

— *Youre* de *boss.* »

Gérald avait ni la force ni l'envie de discuter. Il fut monté dans une salle qui l'inquiéta. Depuis que Gérard et lui y avaient conduit leur mère, il avait une sainte horreur de ce lieu, qu'il voyait davantage comme l'antichambre de la mort plutôt que comme un passage vers la maison.

Eugène travailla sur la main de Gérald du mieux qu'il le put. Il sut gré au destin de son ami de ne pas lui avoir sectionné d'artère, quoique le ciseau à bois lui avait effleuré les tendons de l'index et du pouce. Il espérait que Gérald puisse en retrouver l'usage à cent pour cent. Il avait recousu le muscle avec un seul long fil en laissant les deux extrémités sorties pour qu'il puisse le retirer. On commençait à procéder ainsi et les résultats étaient souvent heureux. Gérald se réveilla quasiment au moment de vomir. Eugène voulut le garder pour la nuit mais il refusa. Jamais il ne pourrait laisser sans mère sans surveillance.

« Mon frère avec les trois petits seraient pas de taille si mon père se soûle et s'en prend à elle.

— À vomir comme tu vomis, Gérald, tu ne lui seras pas d'une grande utilité. Puis tu vas t'endormir toute la journée, même si je n'ai pas mis trop d'éther sur la gaze.

— Au moins, je serai là. »

Eugène détestait ce visage de la médecine, celui de la misère qu'il ne pourrait jamais soulager. Il détestait avoir le sentiment de renvoyer les gens dans une maison dont seule l'absence de barreaux aux fenêtres la distinguait d'une prison. Il revint voir Gérald sur le coup de cinq heures. Celui-ci avait toujours le teint livide, somnolait encore son anesthésie, et Eugène ne sut que faire : laisser son patient se reposer ou raccompagner son ami chez lui. Gérald ouvrit les yeux et lui sourit.

« On y va ?

— Seulement si tu insistes, Gérald. Ton médecin préférerait que tu restes, mais ton ami irait te conduire.

— C'est mon ami qui est médecin, Eugène. »

Eugène se résigna, même s'il aurait préféré éviter ce dilemme. Il l'aida à se relever et à s'habiller. Ils clopinèrent tous les deux jusqu'à la voiture. Le cheval, protégé d'une couverture durant ses heures d'attente de novembre, les conduisit sans encombres.

« Je viendrai changer ton pansement demain.

— Je travaille, demain, Eugène.

— J'aimerais mieux pas.

— Je travaille demain.

— Tu pars à quelle heure ?

— À six heures et demie.

— Je serai ici à six.

— Non. Pas ici. Si tu insistes pour le pansement, viens aux bateaux. »

Eugène comprit la gêne de Gérald, qui ne voulait pas montrer la misère de sa famille.

« Je passe te prendre ici à six heures moins le quart.

— Je t'attendrai devant la forge. »

Gérald avait à peine mis les pieds dans la maison que Simone lui annonça avec joie qu'elle avait vu Violette une deuxième fois cette semaine. Il transpirait à grosses gouttes, et cette nouvelle le chavira.

« Regarde le pantalon qu'elle a fait à Nazaire... »

Nazaire, entendant son nom, sourit de ce sourire où manquaient encore beaucoup de dents.

« Maman, qu'est-ce que Violette faisait ici ?

— Venue m'aider avec la couture et le reprisage. Tu sais que je n'aime pas ça et elle, oui. Elle est serviable, la Violette.

— Je ne veux pas qu'elle vienne ici.

— À ta place, Gérald, je dirais rien parce que t'es pas censé savoir. Ta mère a besoin de cette aide-là. Oublie pas ça dans tes prières, mon gars. »

Gérald, sans réagir, tituba jusqu'à la chambre.

« Qu'est-ce qui t'est arrivé à la main, Gérald ?

— Rien de grave, Eugène s'en est occupé. »

Dès qu'il fut allongé, il plongea dans des cauchemars qui avaient tous le visage d'une Violette édentée, ensanglantée, martyrisée par son père.

Eugène était presque inquiet du retard de Gérald. Il avait stationné la voiture tout près de la forge depuis une quinzaine de minutes et Gérald n'apparaissait toujours pas. Il décida de monter le chercher et s'arrêta net dans l'escalier : la maisonnée était déjà assaillie de cris et de pleurs, avant même que le soleil ne se soit montré. Il recula. La voix de Dolorès Ménard glissait sur des étranglements tellement profonds qu'Eugène ignorait où elle les puisait. Les jeunes chuchotaient pour ne pas attirer l'attention de leur père, qui apparemment n'avait pas dessoûlé. Quant à Gérald et à Gérard, dont il peinait à différencier les voix, ils avaient le ton las et sec de ceux qui n'en peuvent plus de ne pas être entendus. Eugène préféra ne pas entrer dans cette géhenne maudite et redescendit en silence, contrit par sa lâcheté. Il avait honte de l'être humain qu'il était, misérable et couard sitôt confronté à des sentiments contraires au raisonnement et à la compréhension.

Il fit les cent pas et sa colère frappa le trottoir du talon. Puis il vit Gérald, blafard. Il l'aida à monter dans sa voiture. Gérald, sans entrain ni élan, se laissa choir sur le siège.

« Est-ce qu'on pourrait faire un détour et passer sur Common Street près de Dalhousie ?

— Chez Étienne et Violette ?

— Oui. »

Eugène regarda sa montre. Il savait qu'ils n'auraient pas beaucoup de temps mais, soupçonnant une urgence, il acquiesça. Ils descendirent à la cave et tandis que Gérald frappait discrètement à la porte des Leblanc, Eugène se dirigeait directement chez Angélique.

Violette sursauta et scruta le regard de Gérald afin de savoir si elle devait se réjouir ou non de sa présence. Voyant le pansement à sa main, elle cessa immédiatement ses tergiversations, la lui prit et l'embrassa par-dessus le bandage brun de sang séché.

« Violette, je ne veux pas que tu viennes aider ma mère, tu m'entends.

— Mais…

— Je sais, je sais qu'elle a besoin de toi et que ça te fait plaisir. Je sais que ça te permet de coudre pour toi aussi, mais je ne veux pas que tu viennes à la maison.

— Moi je veux le faire.

— Moi, pas. On est déjà dans la marde jusqu'au cou, Violette. Si mon père apprend que tu viens, ça va être pire. Crois-moi, les jeunes le savent. C'est eux qui m'ont dit que t'étais venue. On va s'arranger autrement, quitte à sortir le moulin à coudre de la maison et espérer que mon père le remarque pas. »

Gérald soupira et d'épuisement et d'inquiétude.

« Ce serait bête que ma mère se fasse tuer pour une machine à coudre. »

Étienne avait tenté de se taire, mais devant la situation dans laquelle s'était empêtrée sa sœur, il décida d'intervenir et demanda à Gérald ce qu'il pouvait faire pour l'aider.

« J'y ai pensé, Étienne. Ma mère se sert jamais du moulin et puis elle empile les choses dessus. On va mettre des boîtes de bois puis les cacher avec les vieilles nappes puis les autres affaires déjà là. Mon père le remarquera jamais. C'est juste pour écœurer un client qu'il a pris ce moulin-là. Pas pour ma mère, voyons. Il veut même pas qu'elle s'en serve. »

Angélique était allongée sur le dos, offerte à son plaisir et à celui de son Eugène. Elle lui avait ouvert craintivement et n'avait pu s'empêcher de mettre ses mains sur son cœur emballé afin de le retenir dans sa poitrine. Chaque fois qu'elle le voyait, elle ramollissait comme une pâte à pain en attente d'être pétrie. Ce matin, elle était si contente qu'elle en oublia sa crainte. Elle avait une question à lui poser depuis que les feuilles étaient tombées et que le vent énervait les girouettes en venant du nord.

« Qu'est-ce que tu fais ici, mon Eugène ?

— Je suis venu t'embrasser et, si j'avais eu le temps, je serais venu pour plus. »

Leurs baisers furent délicieux et leurs caresses, furtives, puisqu'ils étaient tous les deux vêtus.

« Je préfère ta peau à tes dentelles, tes boutons de rose à leurs boutons.

— Eugène, c'est une robe sans dentelle. Seules mes robes du dimanche ont de la dentelle.

— Alors, mes doigts s'en souviennent, mon ange. »

Elle ferma les yeux au plaisir de sentir sa langue lui dessiner les lèvres. Son Eugène était savant de tout, incluant le corps des femmes. Aussi est-ce presque sans crainte qu'elle osa enfin sa question.

« Eugène, comment est-ce que je vais le savoir, le jour où j'attendrai un bébé ? »

Eugène éclata d'un rire ému par tant d'innocence et de naïveté, et pourtant tout le corps d'Angélique agissait comme s'il avait toujours connu celui de l'homme et ses moindres secrets.

« Ton médecin préféré te dit que tu vas avoir une pause de guenilles.

— Une pause de guenilles ?

— Oui. Pendant neuf mois. »

Angélique ferma les yeux. Si elle avait été debout, elle se serait évanouie d'une espèce de bonheur horrible. Elle le savait. Elle l'avait su dès le premier jour où le Seigneur avait pris son corps pour qu'elle y couve un croyant. Elle était, d'une certaine façon, choisie elle aussi, un peu comme la Vierge Marie l'avait été, pour créer un chef-d'œuvre. Mais il était sûr que ni ses coreligionnaires, ni ses amis, encore moins sa famille n'allaient se réjouir.

« Mon ange, n'aie crainte, ça n'arrivera que le jour où je t'enlèverai l'éponge. »

Angélique fronça les sourcils. Elle avait bien pensé à cette éponge qu'Eugène lui avait installée, mais il l'avait installée après cette nuit où il avait déchiré le voile de son temple à elle.

« Eugène, j'attends un bébé. »

Ce fut au tour d'Eugène de prendre conscience que son cœur avait sauté plusieurs battements.

« Impossible.

— Oui, c'est possible. Miraculeux, peut-être, mais possible.

— Montre-moi tes seins, Angélique. »

Eugène avait quitté une Angélique en larmes. Il lui avait proposé d'aller chercher l'embryon tout minuscule qui était là. Il savait comment le faire. Angélique en avait eu les yeux exorbités et lui avait dit qu'elle préférait être une fille tombée qu'une âme déchue en enfer pour l'éternité. Eugène avait été chaviré par sa réaction. Alors ils s'étaient étreints pendant quelques éternelles minutes.

« Je t'aime, Eugène, mais m'enlever du corps ce petit innocent, c'est m'arracher l'âme et me condamner à l'enfer. Je ne te laisserai pas faire.

— Laisse-moi réfléchir, Angélique. Laisse-moi réfléchir.

— Réfléchir à quoi ? »

ÉTIENNE FRAPPA DOUCEMENT À LA PORTE

de chez M. Fabre. Il entendit un distant « Entrez » et monta rapidement à l'étage. M. Fabre était habillé et prêt à entreprendre sa journée de travail.

« Excusez-moi, monsieur Fabre, mais je n'ai pas pu venir hier.

— Pas de problème.

— Allez vous recoucher. J'imagine que les fantômes ont plus de couleurs que vous.

— Non, non. Il faut qu'un homme travaille, sans ça il dépérit.

— C'est que vous êtes déjà dépéri, monsieur Fabre. Couchez-vous. »

Étienne sut qu'il avait misé juste lorsqu'il vit l'homme enlever ses chaussures pour s'allonger de nouveau.

« Maudit Ménard à marde. Je suis tanné d'en baver à cause de lui. Trois jours, peut-être plus, sur le carreau. Quand je pense à ma pauvre Dolorès... »

Sans ajouter un mot, il s'endormit de ce sommeil qui ne sait attendre. Étienne redescendit dans l'épicerie et entreprit de retirer les légumes défraîchis des étalages. Il ne les jeta pas mais les mit dans un sac. Jamais il n'aurait osé les jeter, alors qu'il ne s'était jamais vraiment gêné pour en chaparder par le passé. Marguerite aimait tellement M. Fabre qu'il commençait lui-même à le voir un peu comme un membre de sa famille. Il avait l'impression que Marguerite l'avait choisi comme deuxième père. S'il apprenait à s'en réjouir, Étienne s'était d'abord senti privé d'un morceau de son amour. Il s'en était voulu, mais Marguerite était à lui. Elle mettait du soleil dans ses jours, de la musique dans ses soirées, du rêve dans ses pensées et, maintenant, de l'amour secret, rempli de soupirs et de suées. Il apprendrait à faire plaisir à son corps tavelé de taches de rousseur autrement que par ce que lui avaient montré les filles du port, et elle l'avait initié à l'habileté de ses doigts, habitués à caresser la musique par le violon. Il passa le balai, même si M. Fabre l'avait apparemment fait la veille, il y avait, ici et là, de petits tas de sciure et des crottes de souris. Il décida ensuite de replacer les pots sur les tablettes. C'est ce qu'il faisait lorsque la cloche s'agita et que Mme Ménard entra, Simone et Nazaire sur les talons.

« Je peux pas croire que Paul-Aimé a fait ça. En fait, oui, je peux le croire. Est-ce que je peux monter le voir ?

— Il dort.

— Je vas pas le réveiller, non, non. Je vas pas réveiller mon pauvre Rosaire. Ah, misère noire ! »

Elle monta et il entendit à peine craquer le plancher tant elle se faisait discrète. Il offrit une sucette de sucre d'orge à chacun des enfants qu'il paya à même son argent. Il les fit asseoir sur le banc tout près du poêle, branché au tuyau qui traversait la pièce et réchauffait l'épicerie tout entière avant d'aller cracher dehors.

« Pôpa est fâché.

— Contre qui ?

— Contre mon frère Gérald. Il dit qu'il a fait exprès.

— Un accident, c'est un accident, Simone.

— Pôpa croit pas à ça. Pôpa dit que les enfants puis leur mère, ça coûte cher en maudit à un homme. Pôpa dit qu'il aimerait mieux vivre dans une stalle avec ses chevals que dans la maison avec nous autres. Pôpa pense…

— Je veux pas savoir, Simone, ce que pense ton père.

— Ah… c'est que pôpa pense que Violette veut se faire engrosser par Gérald.

— Hein ? Sais-tu ce que tu viens de dire ?

— Oui. Ça veut dire qu'elle aimerait mieux que ce soit Gérald qui lui mette un polichinelle dans le four plutôt que d'avoir la visite des Sauvages. C'est ça que ça veut dire. »

Ni lui ni Simone n'avaient eu connaissance du retour de Mme Ménard, qui avait entendu la fin des propos de sa benjamine.

« Simone Ménard, ma bougrine à grands manches, as-tu tourné ta langue sept fois ?

— Plus.

— Ben recommence, puis passe-la dans l'eau de Javel en même temps. On dit pas des affaires de même.

— Aimez-vous mieux, maman, que je conte des menteries ? Parce que c'est vrai…

— Bon, on va partir. Peux-tu me servir, Étienne, ou veux-tu que je le fasse moi-même ?

— Je… »

Simone revint à son sucre d'orge en zieutant celui de son petit frère, qui était encore presque intact. Elle le lui arracha des mains, y prit deux mordées et le lui remit avant qu'il ne chiale.

« T'as vu, Nazaire ? Tu peux mordre et prendre des bouchées. Je te l'ai mis pareil comme le mien. »

Nazaire recommença à sucer le sien, sans réagir.

« Comment va M. Fabre ?

— Bien. Il s'est réveillé, je lui ai donné de l'eau, puis il s'est rendormi.

— Il devait être content de vous voir.

— Je sais pas. Il a pas dit un mot. »

Dolorès Ménard n'avait que légèrement menti. Elle avait décidé, même si cela la mettrait dans l'embarras pour ses revenus, de mettre fin au marché de la vache maigre pour quelque temps, le temps que Paul-Aimé se calme. Elle comprenait de moins en moins la fréquence de ses colères et de ses soûleries. Paul-Aimé était convaincu que tous les hommes de Montréal la reluquaient et lui collaient la main aux fesses. Il pensait que Gérald et Gérard voulaient le tuer. Il ne cessait de lui dire et redire que Rosaire Fabre n'avait jamais digéré le fait qu'il la lui avait chipée quand ils s'étaient mariés, vingt ans plus tôt. Elle et Rosaire s'étaient effectivement fréquentés, mais Paul-Aimé avait eu beaucoup de charme, celui qu'elle reconnaissait chez Gérald, un peu moins chez Gérard, et elle avait abandonné son soupirant pour choisir le mauvais étalon, elle le comprit dès le lendemain de ses noces. C'est pendant sa nuit de noces qu'elle avait eu peur pour la première fois, quand il lui avait serré le cou pour qu'elle répète qu'elle l'aimait et n'aimerait que lui. Elle avait répété à n'en plus pouvoir respirer, tant il avait resserré son étreinte chaque fois qu'elle le disait, et il lui ordonnait : « Répète, Dolorès, répète. » Rosaire avait bien eu une flamme de consolation auprès de Rina Ménard – nullement apparentée à Paul-Aimé –, qui, malheureusement, était entrée en communauté et se nommait maintenant sœur Marie-Saint-Cœur-du-Messie. Ils l'avaient tous regrettée parce qu'elle lisait dans les cartes et leur prédisait des avenirs qui ressemblaient aux avenirs des riches. La belle Angélique à Clorida la connaissait bien, à ce qu'on lui avait dit.

Étienne lui servit de la vache maigre et, ignorant de la combine, inscrivit la somme sur le carnet des Ménard.

« Il paraît qu'on va en trouver de moins en moins, de cette vache-là, dit Mme Ménard. C'est de valeur parce qu'elle était bien maigre. »

Une main devant la bouche, elle lui sourit pour le remercier et partit avec ses enfants aux joues de plus en plus collantes. Étienne la suivit, ferma la porte sans toutefois la verrouiller et se dirigea vers le port. Il détestait cette saison où les bateaux se faisaient rares, par crainte d'un hiver hâtif, et où ceux qui accostaient forçaient les débardeurs à travailler jour et nuit afin de pouvoir repartir dare-dare vers des eaux plus chaudes. Étienne savait que l'eau s'alourdirait bientôt et qu'il attendrait impatiemment qu'elle gèle et soit assez épaisse pour reprendre son travail de bonhomme de glace. Il n'aimait pas les entre-saisons, où les jours butaient les uns contre les autres, trop semblables pour promettre un changement. Étienne était tout étonné du plaisir qu'il avait eu dans l'épicerie, lui qui avait toujours refusé de travailler à l'intérieur. Il est vrai que, de chez M. Fabre, il avait vue sur le fleuve et ses saisons. Il lui arrivait parfois de se trouver un petit emploi sans trop de lendemains. S'il voyait un chantier à proximité du fleuve, il y offrait ses services, soit comme aide charpentier ou comme peintre, selon. Cela leur permettait, à lui et à Violette, d'avoir des rentrées d'argent. Marguerite n'avait plus besoin d'eux depuis qu'elle avait son job à l'hôtel. De plus, elle recevait presque tous les abats de M. Fabre et leur préparait, à eux, à Angélique, et parfois même à l'épicier, des mets que, s'ils n'appréciaient pas trop, ils n'auraient jamais osé refuser de manger. Ils avaient par contre interdit à Marguerite de leur rappeler qu'ils mangeaient le foie, le cœur, les rognons, surtout pas la cerv... non. Ça, aucun d'eux non seulement ne voulait l'entendre dire, mais ne pouvait le répéter. Quant à Violette, son frère s'interrogeait sur son avenir. Elle commençait à se faire une petite clientèle avec ces rares dames qui ne savaient coudre, mais ses amours avec Gérald et l'importance qu'avaient prise Mme Ménard et sa machine à coudre, il fallait quand même l'admettre, le mettaient mal à l'aise. Les jumeaux étaient des amis de toujours et Étienne se réjouissait à l'idée que Gérald puisse devenir son beau-frère, mais sa famille était un lourd héritage, et il avait grand-frayeur que M. Ménard s'en prenne à sa sœur et la passe à tabac. M. Fabre lui-même surveillait madame et les enfants, et Étienne se voyait mal être forcé d'intervenir entre Violette et sa belle-famille.

Étienne était inquiet cette année. Il était inquiet depuis que ses responsabilités grandissaient. Les trois femmes de sa vie, toutes les trois très débrouillardes, il le concédait, ne pouvaient quand même pas penser poursuivre cette vie encore longtemps. Elles étaient des femmes, et il leur faudrait se marier, mais il doutait qu'Eugène épouse Angélique, et que Gérald puisse quitter la maison paternelle sans mettre sa famille en danger. Pour leur part, lui et Marguerite souhaitaient tous deux vivement aller au pied de l'autel, mais il se demandait si un mariage célébré en anglais serait reconnu par l'évêché, puisqu'il n'en parlait pas un traître mot.

Il était inquiet. Toute leur vie avait changé de visage en moins d'un an, et ses parents, surtout son père, lui manquaient. Il aurait eu besoin d'un ou deux conseils, d'homme à homme. Pas pour ses nuits, non, là, il se sentait bien armé, mais pour ses « jour le jour », et surtout leurs lendemains.

Au port, un bateau anglais venait d'entrer, transportant des Irlandais embarqués à la Grosse-Île et des Anglais. Marguerite n'aurait pas aimé y être, ayant encore et toujours des difficultés avec les gens de ce royaume.

« C'est dans mon cœur et mon *blood*, Étienne. Dans mon cœur, il y a *full of love* pour tout le monde, mais dans mon *blood*...

— Ton sang...

— Oui, mon sang, il y a comme des *lumps*... euh, tu sais, des petites bosses dans la sauce...

— Des grumeaux...

— Peut-être, oui, des grumeaux. Les Anglais me donnent des grumeaux dans le sang. »

Étienne avait presque toujours estimé que l'amour était une invention de l'Évangile. S'il se rappelait le bonheur de ses parents, il n'avait aucun souvenir d'intimité entre eux, pas plus qu'entre eux et leur famille. Seule l'attention soutenue que leur mère avait portée à leur petite brebis égarée dans les limbes avait ressemblé à ce qui, pour lui, était de l'amour. Sa mère l'avait embrassée, bercée, caressée, mais aucun des autres enfants n'avait connu une telle mère. Étienne avait toujours pensé, cependant, que cet amour était celui du désespoir, aussi était-il parfois mal à l'aise de le voir entre lui et son adorable Marguerite. Jamais il ne voudrait reconnaître le désespoir dans ses sentiments. Peut-être était-ce la fin du siècle qui approchait et la crainte que cela suscitait qui donnaient aux gens un semblant de liberté, pour ne pas dire de permission, à s'aimer.

En transportant les caisses de la cale au quai, il crut entendre chanter le violon de Marguerite et se retourna, étonné. Elle n'était pas là. Étienne sourit à l'idée qu'il avait commencé à l'entendre vivre.

EUGÈNE FAISAIT LA NAVETTE

entre le bureau de son père et le couvent. Tantôt il voulait entendre un conseil paternel, tantôt il souhaitait connaître une sensibilité féminine. Depuis qu'il savait Angélique enceinte, depuis surtout qu'il risquait une rupture définitive s'il abordait encore une fois le sujet de l'avortement, il cherchait le bien dans cette situation qui se déclinait sur *malum*.

Comment avait-il pu être imprudent comme le plus ignare des puceaux ? Une fois, une merveilleuse fois, il était vrai, et il avait semé son éternité. Angélique pour mère de ses enfants, un rêve. Angélique pour épouse, une promesse qu'il s'était faite mais qui risquait d'empoisonner la vie de celle-ci jusqu'à la fin de ses jours.

Eugène décida finalement de frapper à la porte du bureau de son père, qui fut surpris de le voir.

« Ne me le dis pas, tu as une mauvaise nouvelle ? Tu as besoin d'argent ? Tu as échoué à l'université ou...

— Ne vous cassez pas la tête, papa, c'est une bizarre de nouvelle, à la fois très mauvaise et très bonne.

— Hum… »

Edmond de la Durantaye se renfrogna. Un morceau du ciel, il le sentait, allait lui tomber sur la tête. Eugène ne broncha pas mais ne pouvait empêcher son regard de fuir celui de son père, froncé et tristement interrogateur.

« Oui, papa, c'est ce que vous pensez. Je me désole de ne pouvoir m'en réjouir. La nature est pourtant si simple. Il n'y a que la société qui la complique !

— Tiens, voilà que tu pastiches Rousseau, mon fils. Essaies-tu de me dire que tu as fait un enfant naturellement à Angélique et que la société, c'est-à-dire moi et mes pairs, te compliquera la vie ? »

Eugène ne répondit rien. Il n'avait pas envie de fourbir des armes. Il avait toujours aimé et profondément respecté son père, surtout en raison de son ouverture d'esprit. Et voilà qu'il le voyait tomber dans le détestable qu'en-dira-t-on.

« Eugène… je ne peux croire. Personne ne t'a parlé des boyaux d'animaux prophylactiques ?

— Évidemment que je connais et les anneaux et les éponges. Je connais. Je vous en prie, papa, ne me méprisez pas. Ne me faites pas regretter de m'être confié.

— Que voudrais-tu que je fasse d'autre, te féliciter ?

— Oui, justement. J'aurais aimé être félicité. »

M. de la Durantaye se leva et alluma une cigarette. Il hochait la tête au rythme de l'horloge du bureau.

« Attention, papa, vous allez accoucher d'un coucou !

— Espèce d'idiot ! Comment peux-tu te permettre de rire d'un moment aussi tragique ? Tu viens de nous précipiter, toi, ta mère, ta famille et moi, dans une géhenne sans nom.

— Une géhenne ? Papa...

— Un enfer, mon fils, rouge et chaud. Qu'est-ce que nous avons fait pour...

— Rien, papa, rien. Vous n'avez rien fait. Comme maintenant, d'ailleurs. Vous vous agitez beaucoup, mais vous ne faites rien. Pardonnez-moi mon intrusion. »

Déçu, Eugène se leva d'un bond et sortit précipitamment du bureau pour y revenir aussitôt.

« Au cas où la chose vous aurait intéressé, papa, Angélique va bien. Vous pouvez compter sur moi, papa, je ne parlerai pas de la grossesse à ma mère. Elle risquerait de ne pas comprendre. »

Là-dessus, Eugène sortit pour de bon. Sitôt dehors, il renifla discrètement, feignit un éternuement pour s'essuyer les yeux et se dirigea vers l'hôpital, réfléchit et choisit plutôt d'aller vers le couvent, où il aurait dû se présenter dès le début.

Edmond de la Durantaye pouvait à peine respirer tant son fils avait manqué de discernement. Presque médecin et incapable de freiner son désir d'homme. Étalon. Il n'avait pas agi avec plus de savoir qu'un étalon de reproduction. Edmond de la Durantaye eut honte à l'idée qu'il était néanmoins soulagé que cette situation survienne dans la vie de son fils et non dans celle de son Isabelle de fille que, désormais, il se promettait d'avoir à l'œil. Eugène pourrait encore épouser Madeleine et subvenir aux besoins d'Angélique la magnifique – haaaa, quel magnifique enfant elle ferait, fera, faisait… Il ne savait même pas à quel temps décliner ses pensées.

Jamais beau-père n'avait vu vase mieux tourné pour semer son éternité. Quel dommage de penser qu'un autre beau-père, qu'une autre famille en verrait et élèverait le fruit. Il est certain qu'il s'assurerait que l'orphelinat ne le place pas chez des cultivateurs mais plutôt chez des gens bien, même s'ils étaient des Anglais. Il connaissait les Holt, les Molson ainsi que quelques-uns de leurs amis qu'il rencontrait occasionnellement au St. James Club, et il les tenait pour des gens de principes, protecteurs de valeurs chrétiennes – pas nécessairement catholiques, mais enfin – et artistiques, ce superbe Musée des beaux-arts de la rue Sherbrooke en faisant foi.

Son Eugène venait encore une fois de le jeter dans les tourments face à Carmen, à laquelle il tairait jusque dans la tombe l'avènement d'un petit-enfant hors du sentier de la légitimité. Dès aujourd'hui, son fils le forçait au mensonge. Son fils lui imprimait deux nouvelles rides au front. Jamais Carmen ne bénirait le mariage de ces tourtereaux. Les scènes qu'elle lui avait faites à la suite de la réception tenue pour son quarantième anniversaire étaient mémorables, par leur méchanceté, leur manque de jugement et leur mauvaise foi.

« Carmen, j'ai du mal à croire que ta mauvaise foi soit catholique.

— Quand même, Edmond, on ne parle pas de cette foi-là…

— On parlerait de laquelle, Carmen ? Dis-moi, de laquelle ? La foi du charbonnier ? Certes pas. La foi que tu ne veux pas mettre en ton fils ? La foi de l'Acte presque cousine de la charité ? Pensons-y bien, Carmen. Pensons-y.

— Edmond ! Tu as l'art de m'agacer.

— Toi également, ma chère. Toi également. »

Comment son Eugène pouvait-il, à son insu, l'obliger à remettre en question tous les principes inculqués par son père à lui, homme de foi et de probité ? Edmond pensait qu'il fallait ouvrir lorsqu'on frappait à la porte, même si c'était le malheur qui s'acharnait sur le heurtoir. S'il avait vécu en Afrique, il aurait ouvert les bras à son fils pour le féliciter. Edmond rejeta du revers de la main l'idée que ses valeurs n'étaient peut-être pas universelles. Il ne pouvait quand même pas se comparer aux païens ! Était-ce la pensée d'un impénitent que de se dire qu'il aurait aimé avoir une femme pour le seconder ailleurs que dans les armoires et les tiroirs, talc et falbalas, une amie avec laquelle partager ses réflexions ? Edmond n'avait jamais admis et n'admettrait jamais qu'il avait mal choisi, à preuve leurs enfants. Jamais. Chaque fois qu'au hasard des soirées il engageait une conversation avec une femme à l'intelligence éveillée, il se gavait de la couleur de sa pensée.

Il se leva lourdement et se dirigea vers la fenêtre où venaient d'apparaître les premiers flocons de la saison. Edmond de la Durantaye, malgré l'impossible mauvaise nouvelle, savait qu'il ne pourrait se priver de son fils et encore moins priver sa curiosité naturelle de voir cet enfant en devenir.

Josephte tournait autour d'Angélique

tandis qu'Hector la regardait de ces yeux tantôt suppliants, tantôt fuyants. Depuis la naissance d'Aldéric, sa femme avait changé. Maintenant qu'elle était mère, elle était si heureuse qu'elle voulait reprendre les rênes de la boulangerie. Angélique apportait bien sûr beaucoup de clientèle, mais Hector pensait que sa femme la trouvait peut-être un peu trop belle, trop bonne boulangère et pâtissière, un peu trop gentille, un peu trop chanceuse dans la vie. Naître pauvre comme Job et être courtisée par un futur médecin, un de la Durantaye de la rue de l'Esplanade, était la preuve que le paradis n'arrivait pas nécessairement à la fin des jours. En ce qui le concernait, Hector n'ignorait pas qu'Angélique lui avait beaucoup appris, sauf la recette de son mélange de farine. Il se doutait également que Josephte, une fois habituée à la routine de sa vie de mère, n'avait plus besoin des services de la jeune femme. À vrai dire, Hector était certain que Josephte était jalouse d'Angélique : de ses robes, des coups d'œil que lui lançaient les étudiants, de ses doigts de fée quand elle pétrissait le pain. L'homme en lui refusa de se poser la question de savoir si elle pétrissait les fesses de son médecin avec autant d'habileté. En fait, il ne reconnaissait plus sa Josephte, et si le départ d'Angélique la lui ramenait, alors la décision de demander à celle-ci de partir aurait été la bonne. Il craignait une erreur pour eux comme pour le commerce, aussi tentait-il d'accrocher son regard à celui de Josephte pour l'inciter à attendre un peu. Josephte ne regardait ni Hector ni Angélique lorsqu'elle résolut de mettre son plan à exécution.

« Angélique, mon mari puis moi, je veux dire moi puis mon Hector, on s'est dit que peut-être qu'on te demanderait de mettre fin à notre association d'affaires. »

Angélique ouvrit la bouche, mais pas un seul des mots méchants que sa pensée lui dictait ne fut prononcé.

« À partir de quand, madame Josephte ? Quand même pas ce soir ?

— Quand même pas, non. Ce midi, peut-être ? »

Hector laissa échapper son immense spatule de bois. Josephte y allait un peu fort.

« Moi… moi je dirais peut-être dans une semaine, Josephte. Il y a pas d'urgence.

— Ça dépend de la façon de voir ça. »

Angélique détacha et passa son tablier par-dessus sa tête. Elle se dirigea vers le vestiaire, enfila bottes et manteau et reprit ce qu'il lui restait de farine — heureusement peu —, sa cuillère de bois préférée, et noua les rubans de son chapeau de laine. Hector tournait en rond, lançait des regards de plus en plus

noirs à Josephte, de moins en moins assurés à Angélique. Se pourrait-il que Josephte ait eu peur qu'elle
lui fasse des propositions malhonnêtes ou, pire, que
ce soit lui qui en fasse ? Si Angélique Garnier était
de loin la plus belle femme qu'il eût rencontrée de
sa vie, il n'était quand même pas de sa classe, bien
qu'ils fussent tous deux boulangers.

Angélique ouvrit la porte, fit une révérence
qu'Hector trouva polie et Josephte, arrogante.

« Pourquoi pas ce matin ? » dit Angélique en
souriant.

Elle sortit et, pour la première fois de sa vie, ne
retint pas la porte de claquer.

N'OBTENANT PAS DE RÉPONSE, VIOLETTE SE PERMIT

d'ouvrir la porte de la chambre de sa cousine. Angélique était là, allongée sur le sol, les bras en croix, et psalmodiait ce que Violette interpréta comme un grand désespoir. Elle soupira.

« Si je faisais comme toi aussitôt que quelque chose fait pas mon affaire, je passerais mon temps les bras en croix. C'est pas une façon de faire, ça, Angélique Garnier. Prends sur toi ! »

Angélique ne broncha pas, ce qui irrita Violette.

« Toi, toi, toi, toi, toi, toi. Pendant ce temps-là, Étienne cherche une solution pour lui et Marguerite ; M. Ménard bat sa femme, ses enfants puis ses chevaux ; Gérald se prend pour le zouave de toute sa famille ; M. Fabre souffre de partout, puis toi, tu aurais les plus grandes peines du monde ! Sais-tu quoi, Angélique Garnier ? J'haïs ta perfection ! »

Violette était à peine sortie qu'elle entendit Angélique la rappeler. Elle s'était relevée mais demeurait à genoux.

« Eugène est parti réfléchir, puis moi, je me demande pourquoi Eugène se sent obligé de réfléchir. Je suis loin d'être une personne parfaite, Violette. À l'autre bout du monde de la perfection, crois-moi. »

Angélique s'agenouilla devant sa cousine. Cette dernière ne cessait de répéter :

« Voyons, qu'est-ce que tu fais ? Voyons ! Tu veux quand même pas me demander en mariage. Ha ha !

— Sotte. »

Angélique se ressaisit. Sa cousine ajouta :

« Écrase-toi pas de même devant le monde. Un peu de fierté. Voyons ! »

Angélique resta prostrée. Violette s'assit.

« T'es tellement compliquée, Angélique. Tu me parles de quoi ? »

Angélique releva la tête, les yeux encore une fois aqueux.

« Je parle de ta machine à coudre.

— Quoi ? Tu pleures pour une machine à coudre ?

— Oui, parce qu'il va falloir que tu me couses des robes et tout et tout.

— Je le fais déjà. Ça fait au moins trois robes que je te fais pour le travail. Puis tes tabliers aussi. Heureusement que Mme Ménard me laisse travailler sur sa machine…

— Ils m'ont demandé de partir, Violette. La Josephte a décidé de rester près de son mari. Je pense que c'est ça, la raison, j'en vois pas d'autres. »

Violette fut abasourdie.

« J'espère que c'est pas parce que des fois tu fournis directement M. Fabre. »

Angélique sans travail, sans pain à boulanger ! Elle allait mourir, c'était certain. Un voile se levait sur les raisons de son chagrin.

« C'est pas grave. Regarde-moi, je me débrouille.

— Je sais que je vais me trouver une autre boulangerie. »

Angélique sentit une montée de colère ou de déception, elle n'en était pas sûre, peut-être les deux, mais ce malaise ressemblait à s'y méprendre à une envie de vomir, qui n'avait rien à voir avec ses envies matinales. Une envie de mourir de peur. Eugène la rendait malade. Elle portait seule un morceau de leur avenir et elle ne l'avait pas revu depuis qu'il savait qu'il allait devenir père. Elle n'en dormait plus, souhaitant au plus profond de son être ne pas avoir été bernée dans ses amours. Impossible. Sœur Marie-Saint-Cœur-du-Messie lui avait dit qu'il était son valet de cœur.

« Violette, peux-tu me faire des tabliers pleins de poches, mais pas noirs ?

— Mais tu…

— J'en ai besoin, Violette, pour cacher ma honte. Je suis une fille tombée, Violette. »

Des mains, Violette se couvrit la bouche.

« Toi ? »

Elle n'ajouta rien. Elle regardait sa cousine comme si elle venait d'avoir une révélation. Ses pensées se bousculaient. Quel déshonneur ! Comment allaient-ils supporter l'opprobre ? Étienne voudrait-il qu'Angélique continue d'habiter la même maison qu'eux ? Violette avait la tête remplie de questions sans réponses, la tête pleine de peur. Et sa tante Clorida ! Angélique n'en finirait plus de recevoir des coups de torchon mouillé. Et les de la Durantaye ! Et Eugène ! Mon Dieu, Eugène… À quoi réfléchissait-il ? À son tour, elle tomba à genoux et éclata d'un rire à n'en pouvoir reprendre son souffle.

« Tu n'es quand même pas une immaculée conception ?

— Non, quand même pas. Le bébé a été fait le premier soir de tous. Avant qu'Eugène m'organise pour pas… pour pas…

— … que ça arrive. »

Le fou rire de Violette ne fut pas contagieux. Lorsqu'elle demanda quand ils attendaient le bébé, Angélique lui confia qu'elle n'avait aucune nouvelle d'Eugène depuis le jour où elle lui en avait parlé.

« "Nous" n'attendons pas le bébé, Violette. Je le fais seule.

— Eugène t'a laissé tomber ?

— Je ne sais pas. Peut-être que oui. Peut-être que non. Je te l'ai dit, il réfléchit.

— À quoi, ma pauvre, à quoi est-ce que ton Eugène réfléchit ?

— À l'organisation qu'il me proposera après son mariage avec Madeleine Cournoyer. »

Violette parut scandalisée. Elle avait appris trop de choses en trop peu de temps.

« Oui, même s'il se mariait, je resterais dans sa vie, c'est entendu entre lui et moi…

— Mais…

— Pas de "mais", ma cousine. Nous avons choisi l'enfer pour l'éternité et le paradis de notre vivant. »

MARGUERITE ATTENDAIT ÉTIENNE

sur Common Street tout près du marché Bonsecours. Ils s'étaient fixé cette heure de rencontre, agacés de se chercher et de guetter l'arrivée l'un de l'autre. Certains jours, elle en profitait pour remplir son sac à poignée de bois, qui lui servait de sac à provisions, soit lorsqu'elle allait chez M. Fabre, soit ici, à la fermeture du marché. Elle et combien d'autres trouvaient, dans les relents d'action, des provisions qui ne payaient pas de mine, mais qui pouvaient les réconforter. La saison en était aux dernières couleurs des pommes, des choux, des carottes, des oignons, des betteraves et des poireaux. Les cultivateurs allaient les chercher dans leurs caveaux gorgés pour les vendre. Il y aurait les boucheries de décembre, puis ils seraient tous forcés de patienter jusqu'aux récoltes de l'année suivante pour colorer le canevas blanc du printemps 1885.

Aujourd'hui, toutefois, Marguerite n'en pouvait plus d'attendre Étienne, impatiente de lui faire voir ce qui, elle en était certaine, allait changer leur vie. Elle l'aperçut enfin, le sourire pressé d'être auprès d'elle. Ils s'embrassèrent rapidement, leurs lèvres et leurs joues déjà fraîches du froid sombre d'une fin de journée de novembre.

Sans dire un mot, appuyée contre son bras, elle conduisit Étienne dans une ruelle, tout près de l'hôtel où elle travaillait. Il la suivait en riant, friand de surprises, et Marguerite en avait plein les idées. Ils se trouvèrent finalement face à une pancarte « À vendre », posée dans une fenêtre à la vitre étoilée, écrite sur un carton à l'encre déjà presque effacée par le temps.

« C'est à vendre.

— En quoi est-ce que ça me concerne ?…

— Je le veux…

— Mais…

— … mais avant, je veux qu'aujourd'hui on décide de la date de notre mariage, Étienne. »

Devant son Étienne complètement médusé, elle posa un genou par terre.

« Étienne Leblanc, *will you please, please marry me now*[65]?

— Oh, ma Marguerite, tu le sais que c'est oui ! Tu l'as toujours su. »

Il l'aida à se relever et, faisant fi du froid, ils s'étreignirent avec cette fougue propre aux jeunes avides de leur avenir.

Elle regarda par la fenêtre et aimait ce qu'elle y voyait. Étienne faisait de même, étonné par la dimension des pièces qu'il pouvait deviner, mais il ne réussissait pas à s'enthousiasmer.

---

65. Étienne Leblanc, peux-tu s'il te plaît, s'il te plaît, m'épouser ? Maintenant !

« Mon *love, this could be the bar and here, the dining room. And upstairs, we can imagine bedrooms for the visitors,* probablement les marins. *You know, an inn and pub*[66]. Tous les Irlandais rêvent de ça et je suis une Irlandaise amoureuse de son Canadien.

— Mais, Marguerite, quand tu me disais que tu voulais une auberge, je pensais que tu voudrais ça plus tard. Comment veux-tu que les banquiers de St James Street nous financent ? Deux orphelins qui n'ont pas encore leur majorité et n'auront jamais d'argent. C'est pas notre monde, Marguerite. Nos rêves sont plus petits. Nos rêves n'ont pas de chapeau haut de forme, Marguerite. Nos rêves portent des casquettes d'ouvrier.

— *So ?* C'est maintenant qu'on est jeunes. C'est maintenant, *now,* que nos rêves ont du temps.

— Si tu veux mon avis, ma belle picotée, nos rêves vont devoir se calmer, sans ça toute notre vie on va avoir l'impression d'avoir rien fait.

— *Shut up, my love*[67]. Mes parents sont partis trop tard, Étienne. S'ils avaient quitté l'Irlande plus tôt, mon père et mes frères seraient ici avec ma *mother* et moi. Mon *father* n'a même pas vu la couleur de ses *dreams* puis ma mère est mort en les avalant.

— Morte...

— ... morte.

— Tu peux pas inventer le passé, Marguerite.

---

66. Mon amour, ici, ce pourrait être le bar, et là, la salle à manger. À l'étage, on peut imaginer les chambres des visiteurs, probablement des marins. Tu sais, ce serait un pub auberge.
67. Tais-toi, mon amour.

— L'avenir, oui. *Oh yes, I can.* »

Étienne lui prit la main et l'attira vers l'extrémité de la ruelle. Marguerite le suivit à contrecœur, marmonnant son mécontentement. Étienne était chagriné de la décevoir, redoutant qu'elle aille retrouver ses amis irlandais aux goussets mieux garnis que les siens. Vivement le mariage et vivement un enfant pour qu'ils offrent des héritiers à leurs parents disparus.

« Angélique *is our solution.* »

Étienne fit non de la tête.

« Mais où vis-tu, Marguerite Hogan ? Ma sœur et ma cousine ont déjà demandé l'aumône le dimanche. Violette et moi vivons avec les rats. Tu es dans une petite chambre de rien du tout et tu laves la vaisselle dans un hôtel. Quant à Angélique, elle est boulangère.

— Oh, Étienne. On fait un trio magique. La fée du pain, qui pourrait devenir la marraine des fées de la cuisine, la fée de l'aiguille et moi, avec mon *fiddle* et ma connaissance d'un bar.

— Marguerite, personne ne t'a dit que les fées n'existent pas ?

— En Irlande, elles existent.

— Cesse de parler comme ça, je t'en prie, Marguerite, parce que moi je pense que je pourrai jamais te rendre heureuse. J'ai jamais vu de fées ou d'elfes, comme tu dis. Arrive en ville, Marguerite. Ouvre-toi les yeux. On est des riens. On est des casquettes. »

Carmen de la Durantaye essuyait

de petits sanglots qu'elle aurait préférés plus secs. Edmond l'avait informée qu'Eugène songeait à quitter la maison pour se rapprocher de l'hôpital, même s'il pouvait en franchir la distance à pied. Quoique son aîné tutoyât à peine la majorité, son mari n'avait pas l'intention de s'objecter à ce départ, reconnaissant là ce besoin d'affranchissement qui précédait l'obtention du diplôme. Carmen de la Durantaye ne discuta pas, s'en remettant à l'expérience d'homme de son mari. Même s'il affirmait être convaincu du retour de leur fils après ce désastreux mois d'apprentissage, Carmen – il le savait – pensait tout autrement. Cette fuite, parce qu'on parlait bien d'une fuite, elle en était persuadée, s'appelait Angélique, la sainte diablesse, son parfum, ses yeux, sa voix, ses bras et ses cuisses. Là-dessus, Dieu merci, elle n'avait aucune crainte. Son fils n'avait-il pas appris à sa propre mère l'utilisation de l'éponge ? Elle remarqua le tremblement des mains d'Edmond et son nez humide, qui trahissaient une entorse à la vérité. Mais elle se tairait. Elle préparait déjà les cartons de son fils, en remplissait un pour la

cuisine et l'autre pour la pièce principale. Il ne pous-
serait quand même pas l'odieux jusqu'à choisir plus
grand. Ils convinrent tous les deux qu'un départ en
janvier aurait le chic de leur laisser Eugène pour le
temps des fêtes et de marquer l'arrivée de la nouvelle
année par la nouvelle vie qu'il disait souhaiter.

« Explique-moi encore, Edmond, les raisons qu'il
a invoquées pour ne pas m'en parler ?

— Ton cœur de mère, Carmen. Ton cœur de mère,
toujours prêt à rater un battement pour le donner à
tes enfants. »

Carmen grimaça légèrement. Son cœur de mère
n'était quand même pas aussi généreux. Son Edmond
l'avait toujours idéalisée, heureusement, parce qu'il
aurait su qu'en ce moment son cœur de mère grondait
de colère et de rage et que c'étaient ces sentiments
qu'elle pleurait.

Elle avait déjà pris la résolution de ne pas adresser
la parole à Eugène tout le temps de l'Avent, déjà
commencé, et décidé également d'interdire la venue
d'Angélique aux célébrations. Elle était déterminée
à ne donner à son fils que le strict nécessaire. De la
Durantaye fils aurait à vivre avec un budget d'étu-
diant. Il voulait connaître la vie et faire fi du luxe ; il
ne voulait plus du confort qui lui était offert, qu'à cela
ne tienne ! Étaient-ils chrétiennement forcés de lui
fournir l'aisance qu'il rejetait ? Elle ne le croyait pas.
Il aurait une catalogne et pas de duvet, un couvre-lit
de chenille et non de velours, des draps de lin, pas
de coton importé d'Égypte, des poches à sucre pour
torchons et une planche à laver, rien d'autre. Ce serait

à lui de se procurer cette eau dont il s'aspergeait tous les matins et ce savon doux comme de l'huile dont il enduisait son blaireau.

Avec cette fin de siècle qui venait à grands pas, Carmen de la Durantaye se demandait si la fin du monde civilisé ne s'approchait pas un peu trop de la terre. Les jeunes étaient méconnaissables, et elle doutait qu'ils sachent relayer leurs pères aux commandes du pays. George-Étienne Cartier devait se retourner dans sa tombe. Quant à MM. Macdonald et Mackenzie, ils devaient se désespérer, tout comme elle. Seul Edmond demeurait un libre penseur optimiste. Comment faisait-il pour ignorer que leur fils était influençable ? Pour sa part, elle ne serait pas surprise de ne plus le voir à la messe un jour. Elle redoutait qu'il ait pu entendre les hommes, alors qu'ils étaient au fumoir, raconter, ô combien discrètement, mais raconter tout de même les frasques d'un certain M. Francœur, qu'ils recevaient occasionnellement à leur table avec son épouse et qui allait à New York, pour affaires, certes, mais qui y entretenait une dame de douce courtoisie, parfumée au péché mortel. Le monde, elle le voyait, avait le teint blafard et perdu ses couleurs célestes.

Carmen de la Durantaye ne cessait de geindre et de gémir, ce qui, elle le savait, agaçait son mari, mais il était de son devoir d'épouse de garder le cap des principes catholiques de foi, d'espérance et de charité.

Avec les transports rapides, ce chemin de fer qui se construisait et se rendrait peut-être un jour au bout du monde, ces tramways que les chevaux tiraient péniblement, avec ces bateaux de plus en plus gros qui baignaient dans le port et avec ce projet de métropolitain que des hommes avaient rapporté d'Europe, tous les péchés capitaux pourraient les envahir sans possibilité de rémission. Carmen de la Durantaye se demandait si elle avait bien fait de mettre des enfants au monde.

Eugène n'avait rien appris de ses principes, se désolait-elle, toute reconnaissante fût-elle d'avoir son éponge au ventre, cet accroc à la morale dont elle n'aurait jamais osé parler à Mgr Fabre, qui les honorait parfois de sa présence dans leur pas si humble demeure. Carmen de la Durantaye savait qu'il avait vécu à Paris et on racontait qu'à Paris il y avait des filles de joie qui dansaient le cancan, la poitrine offerte. Heureusement, Dieu l'avait fait naître de ce côté-ci des océans, lui évitant ainsi de telles horreurs.

« Carmen, ma bonne amie, je n'aime pas te voir larmoyante. Je me targue d'être un bon époux, mais tes larmes me contredisent.

— Mais non, mais non, je n'ai qu'une poussière dans l'œil.

— Si tu le dis.

— Je mens, mon ami. Je pensais à Eugène et à la vie difficile qu'il se prépare. »

Edmond de la Durantaye cilla. Se pourrait-il que sa femme fût au courant de la grossesse d'Angélique ? Il ne voulait pas de l'enfer qui s'ouvrirait sous ses pieds si tel était le cas. Eugène le ferait damner par la sensualité qu'il afficherait. Jamais il n'avait pensé que son fils puisse ne pas lui ressembler.

« Que t'a-t-il fait ? Que t'a-t-il dit ?

— Rien, mon ami, justement. Je pense que je ne ferai plus…

— Qu'est-ce que tu ne feras plus, Carmen ?

— Je disais que j'ai l'impression que je ne ferai plus partie de sa vie, si ce n'est déjà fait.

— Mais voyons, laisse passer le temps.

— Je crois que son temps n'est pas à la même heure que le mien ! »

Rassuré, Edmond de la Durantaye lui baisa la main, sans raison apparente, et sortit de la pièce, inquiet de savoir comment il allait occuper ce temps sans son fils, dont il se sentait déjà amèrement privé.

de plus qu'une machine à coudre. Les doigts lui démangeaient tant elle aimait le contact du tissu, quel qu'il soit, prenant autant de plaisir à enfiler une aiguille qu'à porter un dé au bout du majeur. Elle choisirait ce métier malgré sa pauvreté, malgré des gens comme les Croteau, malgré le fait qu'elle n'eût pas la classe de sa cousine ni même de la majorité de la clientèle qu'elle irait chercher. Mais ni les Croteau, ni sa cousine, ni ses clientes n'avaient ce talent béni qu'était le sien, et elle saurait le faire non seulement apprécier, mais rechercher. M. Croteau était revenu sur sa décision et il avait dit, au sortir de la messe, qu'il pourrait lui fournir du travail à domicile. Tout excitée qu'elle avait été par cette nouvelle, elle avait répondu qu'elle y penserait et tentait encore de ne pas céder.

Elle s'apprêtait à manger lorsqu'elle entendit la voix de son amoureux de l'autre côté de la porte. Elle ouvrit à un Gérald radieux, qui l'embrassa en petites mordées successives.

« Tasse les meubles, mon bébé, ta machine s'en vient ! Le père doit aller à l'hippodrome de la rue

Mont-Royal. On a deux bonnes heures devant nous. Ma mère nous attend, et Gérard va prendre les jeunes avec lui dans la forge pour pas qu'ils voient ce qu'on fait. »

Violette allait se réjouir quand un sentiment de peur usurpa la place du plaisir.

« Ton père ?

— Laisse-nous nous débrouiller avec ça. C'est un problème Ménard, ça, pas Leblanc. De toute façon, comment veux-tu qu'il s'en aperçoive ? Il est toujours soûl quand il monte. Vite, ta pelisse puis tes bottes, ma belle, ton Gérald va changer ta vie ! »

Mme Ménard les attendait et avait enlevé tous les vêtements qui couvraient la machine. Elle avait beau sourire de son sourire noir, Violette remarqua que ses mains tremblaient légèrement.

« Oh, madame Ménard, si ça vous inquiète, faites-le pas.

— Je suis pas inquiète, j'ai juste peur qu'il revienne plus vite qu'il a dit. On a tout prévu, Violette. Toi, tu descends à la forge puis tu fais comme si tu savais pas qu'il était pas là. Organise-toi pour rester avec les petits pendant que les jumeaux vont chez vous. Donne la clé à Gérald. Pendant ce temps-là, moi, j'arrange les boîtes de bois comme si c'était la machine puis je vas commencer le repas pour que les petits comprennent qu'il y a rien de pas normal. Envoye, la clé, puis descends ! »

Violette n'osa pas répliquer. Elle descendit aussitôt, et Gérard, feignant la plus grande des surprises, lui demanda de jeter un coup d'œil aux enfants.

« Peux-tu faire ça pour moi, Violette ? La nature m'appelle à la bécosse puis, après ça, je vas en profiter pour faire une course pour le père.

— Pas de problème. J'ai tout mon temps. Peut-être que Simone puis Nazaire pourraient me montrer à jouer au fer ou à brosser les chevaux, même si ça, je sais un peu comment. »

Simone alla en sautillant vers les box où étaient plantés les tuyaux pour le jeu. Nazaire, tout heureux, trottina derrière elle. Quant à Violette, elle tâchait de les empêcher de voir leurs frères longer la forge et se diriger vers la voiture attelée. Le temps fut cadencé par le choc des fers contre les tuyaux. Nazaire se tenait tout près et les posait plutôt que de les lancer. Simone jouait déjà assez bien pour en apprendre à Violette.

« Vite, aide-moi à monter les enfants ! Vite, Violette ! »

Gérald avait la catastrophe au visage. Elle comprit le retour inopiné de M. Ménard.

« En avant ou en arrière ?

— En avant ! »

Violette tremblait tant qu'elle fut incapable de vêtir ni même de couvrir les enfants. Tandis que Gérald les prenait dans ses bras, Gérard s'affaira dans la forge, les joues rougies par la crainte et le froid davantage que par le feu qu'il tentait de raviver avec le soufflet.

Violette ramassa les manteaux à la hâte et laissa échapper un bonnet au moment où elle refermait la porte avant et que M. Ménard ouvrait celle de derrière. Jamais elle n'aurait pu vivre avec un père aussi effrayant. Du sien, elle gardait un souvenir de sévérité, certes, mais de justice également. Elle gravissait l'escalier le plus silencieusement possible afin de ne pas alerter M. Ménard, craignant qu'il ne remarquât l'absence de la machine à coudre. Elle regrettait déjà d'avoir accepté le prêt. Elle regrettait aussi d'être constamment à l'affût d'argent pour tout, que ce soit pour manger – quoique M. Fabre les aidât maintenant énormément –, pour s'habiller, pour payer le loyer et pour se chauffer. Jamais son frère et elle n'auraient le loisir de dépenser pour assister à une représentation au théâtre, ouvert sur la rue Sainte-Catherine tout près de St. Lawrence. Encore moins pour les parcs d'attraction. Elle avait quand même une paire de patins, mais ils étaient si justes qu'elle ne pouvait enfiler plus d'une paire de chaussettes, ce qui faisait qu'elle avait toujours les pieds gelés, quand ils n'étaient pas complètement engourdis ! Elle arriva enfin à l'étage et Mme Ménard vint la trouver.

« Seigneur ! »

C'est tout ce que Mme Ménard eut le temps de dire avant de lui donner les vêtements qu'elle avait déjà apportés de même que son manteau.

« S'il monte, je vas dire que t'es ici pour me donner ces pantalons-là. Il les a jamais vus. »

Violette chercha Gérald des yeux pour puiser un peu de courage, mais elle ne l'avait pas encore trouvé quand la porte arrière s'ouvrit avec grand fracas.

« C'est quoi, ça, Dolorès ? Combien de fois que je t'ai dit que je voulais pas que les jeunes viennent jouer dans la forge quand j'étais pas là ? Combien de fois ? »

Violette vit Mme Ménard faire d'énormes efforts pour demeurer calme, tandis que Nazaire s'avançait pour récupérer son bonnet. *Heureusement*, pensa Violette, *qu'il ne parle pas encore trop bien.* M. Ménard le lui arracha des mains et Nazaire tomba sur les fesses. Gérald était maintenant là et se dirigeait vers sa mère pour lui servir de bouclier. Il reçut la gifle que son père destinait à celle-ci. Violette éclata en sanglots.

« Oh non, monsieur Ménard ! »

Elle laissa tomber les vêtements sur la table et se lança vers son amoureux. Mal lui en prit, elle reçut une taloche.

« Toi, ferme ta gueule ! Mêle-toi de tes affaires puis sacre ton camp avant que je devienne méchant. »

Gérald donna un coup de poing directement dans l'œil de son père, tandis que sa mère s'éloignait, protégeant un enfant avec chacun de ses bras.

« Mon chien sale, toi ! Pas mieux que ton frère.

— Pars, Violette !

— Non, Gérald. Monsieur Ménard, arrêtez-vous, je vous en prie ! »

M. Ménard leva la main, et elle sortit rapidement, le manteau sur le bras. Elle descendit une marche et s'y assit, entendant la tempête de la colère de M. Ménard. Elle était inconsolable, tout comme les enfants qui pleuraient en criant « Maman ! ». Les hommes grognaient. Elle descendit à la course chercher Gérard dans la forge. Elle y entra et l'appela, en vain.

« Gérard, ton frère a besoin d'aide en haut ! J'ai peur que ton père frappe encore ta mère. Gérard ? »

Elle courut voir s'il était au coin des aisances et pensa qu'il était monté à la suite de son père. Le boucan était audible de là. Elle n'en fut qu'à moitié rassurée, cherchant où se réfugier en attendant la fin de la tourmente. Elle se dirigea vers le box du cheval le plus nerveux pour le calmer un peu, question de se calmer elle-même, et grimpa sur la cloison. En poussant un semblant de hennissement, le cheval se dressa sur ses pattes arrière lorsqu'il l'aperçut, les pattes avant déchirant l'air comme s'il voulait sauter hors du box. Gérard était allongé dans le foin, le crâne ouvert, crut-elle voir avant de se boucher les yeux au moment où les pattes avant du cheval retombaient sur lui avec force.

JE SUIS IMPATIENT

c'est vrai, mais je ne suis quand même pas un meurtrier. Il avait répété cette phrase aux policiers qu'Étienne était allé chercher à la demande de Violette. Il l'avait répétée à Eugène, qui cherchait à savoir pour quelles raisons il avait enfermé Gérard avec le cheval.

« Pour le calmer.

— Gérard ou le cheval ?

— Les deux. Le cheval arrêtait pas de ruer puis Gérard, de me frapper. Il peut cogner fort, je vous prie de me croire.

— Pouvait, monsieur Ménard, pouvait. »

Paul-Aimé Ménard l'avait répétée à Dolorès avec tellement d'insistance en lui serrant un bras qu'elle n'avait cessé de se protéger le visage de l'autre.

« Arrête de faire le bébé, Dolorès. Est-ce que je t'ai touchée depuis la fois de l'hôpital ?

— Non, astheure tu t'en prends aux enfants parce que moi, tu m'as trop maganée. Là, ça a été au tour de Gérard, qui est peut-être en train de rendre l'âme.

— Non, non, voyons donc ! Il est fait fort comme moi. Il va pas mourir.

— Le sabot lui est passé à travers le crâne, Paul-Aimé ! Le Dr de la Durantaye pense que c'est bien possible que ses idées reviennent pas comme avant. Maudit toi ! »

Il l'avait répétée à son confesseur, qui l'avait absous sans aucun reproche, en lui donnant toutefois une pénitence inhabituelle : tout un rosaire, à genoux, en y substituant les *Ave* par des actes de contrition.

Depuis deux semaines, ils se relayaient dans la salle des pas perdus. Étienne consolait Marguerite, qui ne cessait de répéter que seul le diable pouvait s'emparer d'un cheval et le rendre malin.

« Je pense pas, Marguerite. Tu te trompes. C'est pas du cheval qu'il s'est emparé, le diable. Regarde ailleurs. »

Angélique tenait Violette par l'épaule en attendant le retour de Gérald, auquel Eugène enlevait des points. Les jumeaux avaient été conduits tous les deux aux urgences, Gérard à moitié mort, Gérald allongé près de lui, blessé également, mais encore assez vaillant pour tenir la main de son frère.

Après avoir examiné Mme Ménard, qui pour une fois n'avait pas reçu de coups importants, Eugène avait demandé à un cocher de la conduire à l'épicerie de M. Fabre. C'est Étienne qui y travaillait, ainsi il était revenu avec la voiture sitôt informé du drame qui venait, encore une fois, de frapper la famille Ménard.

Angélique avait donc revu Eugène, qui l'avait étreinte puis lui avait chuchoté à l'oreille qu'il l'aimait tant et si bien qu'il avait pensé vivre avec elle malgré le qu'en-dira-t-on, malgré le curé, malgré sa famille, qu'il avait quittée. Angélique était restée sans voix, certes, mais le malheur qui frappait Gérard et Gérald était si grave qu'elle avait mis toutes ses prières dans le panier des grandes faveurs que Dieu semblait ne pas avoir entendues, à moins qu'il n'eût décidé de la punir une fois pour toutes.

« Angélique, lui avait dit Eugène en lui caressant discrètement le ventre, pardonne-moi d'avoir même pensé t'en soulager. »

Angélique avait alors eu ce regard qui le tuait, les yeux remplis de bonheur à faire pleurer. Ce soir-là, elle avait plié bagage et l'avait suivi, grimpant dans la voiture comme une princesse promise à un avenir princier.

« Maintenant, mon amour, je veux passer tout mon temps à l'hôpital et je veux que tu permettes à Mme Ménard et à Gérald d'être avec Gérard aussi souvent qu'ils le voudront, avait-elle déclaré.

— C'est que…

— Mon amour, il n'y a pas de règlement qui tienne quand une personne se meurt.

— Et leur père ?

— Que Dieu lui pardonne. »

Alors Gérald arrivait tous les soirs après le travail, emportait un croûton, s'assoyait près de son frère, ne lui laissait pas la main ou lui peignait les cheveux de ses doigts et pleurait en silence.

« J'ai l'impression de me regarder mourir, avait-il confié à Violette.

« — Voyons, mon beau besson. Ton frère va pas mourir, il est trop jeune.

— Dis-moi pas ça. Tous les tiens sont partis.

— C'est pas pareil.

— Si je mourais demain matin, Violette, c'est exactement de ça que j'aurais l'air. Les sœurs me peigneraient puis elles me torcheraient, comme je le fais pour Gérard. Elles me mettraient des guenilles sur les paupières pour les garder fermées parce que je ne pourrais plus le faire si j'étais mort.

— Ça va pas arriver. »

Il recommençait alors à sangloter et Violette ignorait comment essuyer ce chagrin si profond qu'il eût fallu le lui écoper directement du cœur. Si elle ne savait comment se faire pardonner d'avoir accepté la machine à coudre, elle se reprochait davantage sa négligence : comment avait-elle pu laisser tomber le bonnet sans le remarquer ? Depuis l'accident, elle n'avait qu'une envie : vivre avec son Gérald pour qu'ils puissent se réconforter toutes les nuits et cesser d'appréhender les levers de soleil.

Angélique gardait les yeux fermés

redoutant qu'Eugène n'eût disparu. Elle préférait l'entendre respirer pour se rassurer. Eugène était aussi jaloux de son bonheur qu'elle l'était. Ils étaient si heureux l'un près de l'autre qu'en bons catholiques ils se disaient que leur bonheur ne pouvait être éternel.

Et pourtant elle était là, le sommeil souriant malgré les angoisses qu'elle éprouvait pour les jumeaux Ménard et leur famille, pour sa chère Violette aux prises avec une famille qui ne ressemblait en rien au souvenir qu'elle avait de la sienne.

Et pourtant Eugène était là, comme il l'avait été hier, comme il le serait demain. Dans deux heures, ils assisteraient à la messe de minuit au couvent. Il avait offert d'être, exceptionnellement, servant d'autel. Cette année, il ne serait pas à l'église Notre-Dame pour entendre le *Minuit, chrétiens* et le chant de la chorale si puissant qu'il roulait dans la nef.

Malgré sa tristesse de ne plus voir son père, dont l'intelligence et la générosité lui manquaient, et celle d'avoir déjà perdu trois semaines de la vie de son petit frère, Edgar, Eugène s'étonnait de ne pas avoir de fréquentes pensées pour sa mère. Il se passait très bien des non-dits et des incessantes insinuations malveillantes de celle-ci, tout comme de la méchan-ceté – c'était le seul mot qu'il avait trouvé pour décrire ce comportement puéril – de son Isabelle de sœur.

Non, cette année il avait choisi un Noël en douceur et en sobriété, bercé par les cantiques monocordes et *a capella* des religieuses. Pour l'occasion, Violette avait cousu une magnifique robe froncée sous une taille empire, qui cachait tout de la grossesse encore presque invisible d'Angélique, sa femme. C'est ainsi qu'il l'appelait quand il pensait à elle, quand il rêvait d'elle. Aucun de ses collègues n'avait osé lui faire de reproche ou le passer en jugement. Il avait plutôt le sentiment qu'on enviait la chance qu'il avait de chérir son Angélique et d'être chéri d'elle. Tout en sentant le désaccord de certains, il appréciait la discrétion de tous.

Elle ouvrit les yeux et il la désira immédiate-ment. Il était assoiffé du lait que préparaient ses seins alourdis, pour sa plus grande joie. Il était affamé du bonheur qui lui arrondirait le ventre. Jamais il ne saurait se lasser de celui qu'elle lui apportait tant par ses caprices que par sa sensibilité. Née à une autre époque, Angélique aurait été la plus belle pleureuse des pleureuses, avec ses iris bleus, délavés par ses larmes. Jamais il ne le lui aurait dit, mais il aimait la voir pleurer, d'abord pour la beauté de sa tristesse, puis pour le plaisir qu'il avait à boire ses larmes afin de la consoler.

Jour après jour, il repoussait l'idée de la douleur qui les envahirait à la naissance de l'enfant. Angélique se disait déterminée à le confier à l'orphelinat pour ne pas compromettre son avenir à lui. Hélas, elle songeait aussi souvent à déménager à Québec ou ailleurs et à s'y inventer une vie de veuve, mère d'un enfant, ce qui affolait Eugène, qui affirmait être prêt à faire carrière n'importe où, à la condition qu'elle y fût. Il estimait pourtant qu'il serait beaucoup plus simple de l'épouser, ce qu'à ce jour elle refusait avec véhémence.

« Non, Eugène. On ne va pas commencer une vie remplie de reproches ou de regrets. Non. J'ai trop peur que tu m'accuses un jour d'avoir freiné ta carrière à cause de l'enfant et de moi.

— De toute façon, qu'on le donne ou qu'on le garde, m'est avis que se préparent des regrets et des reproches.

— Tais-toi, Eugène, tais-toi. »

Cette conversation était récurrente et de plus en plus pénible au fur et à mesure qu'Angélique aimait se sentir mère en devenir. Quant à lui, il fermait fréquemment les yeux pour imaginer les traits de ce bébé magique, qui leur avait joué le tour d'avoir envie d'être.

Ils arrivèrent au couvent et ne virent pas immédiatement les religieuses en dévotion pour cette fin d'Avent. Ils s'installèrent dans la chapelle, Angélique choisissant le dernier siège pour ne pas troubler ses anciennes coreligionnaires. Elle se sentait heureusement à l'abri des regards perspicaces sous le manteau

de fourrure que lui avait offert Eugène pour lui souhaiter la bienvenue dans leur appartement.

« Mais pourquoi m'offrir un manteau de fourrure,
Eugène ?

— Pour que tu aies chaud. »

Il avait refusé d'en discuter, et elle s'était avoué
que pour un moment elle serait à l'abri du froid, de la
faim et du mépris, jusqu'au jour où Eugène épouserait
Madeleine pour se réconcilier avec son monde.

La soutane de servant d'autel n'allant plus à
Eugène, le curé lui en prêta une dont la taille, nouée
d'un cordon d'appoint, godait sous le surplis. Lorsque
les religieuses entrèrent dans un froissement de robes
et un glissement de semelles, Angélique se tenait à
genoux, tête et yeux baissés. Avant de se glisser sur
le banc et de s'agenouiller toutes ensemble, les postulantes lui jetèrent un regard souriant qu'elle ne vit
pas. Angélique ne broncha pas, ne se levant que pour
le *introït*. Son âme frissonna du plaisir d'entendre les
chants et les prières. Sans même s'en rendre compte,
elle s'était jointe à l'unisson. Elle s'assoyait, s'age-
nouillait, se levait, mue par ses souvenirs, véritables
ressorts de sa dévotion.

Au moment de la communion, Eugène jeta un
coup d'œil au célébrant puis sourit à sœur Marie-
Saint-Cœur-du-Messie, avec laquelle il avait concocté
une surprise qu'il lui tardait d'offrir à Angélique. Les
religieuses étaient déjà agenouillées, prêtes à recevoir les saintes espèces. Eugène ne quitta pas le fond
de la chapelle des yeux. Angélique était toujours à
genoux, le front posé sur ses mains. La communion

était presque terminée lorsque Marie-Saint-Cœur-du-Messie mit fin à ses dévotions et se dirigea vers l'arrière.

« Angélique, tu ne communies pas ? »

Angélique leva la tête et fit non avant de la reposer sur ses mains.

« Le prêtre et Eugène t'attendent, Angélique.

— Je ne peux pas, ma sœur… j'ai mangé, sans réfléchir, en préparant le réveillon.

— N'en fais pas de cas. Je suis certaine que Dieu te pardonnera.

— Pas cette fois, ma sœur, pas cette fois. »

Sœur Marie-Saint-Cœur revint à sa place et, d'un signe de tête, mit fin à l'attente du prêtre et d'Eugène. Celui-ci fit une moue de déception et reprit la bague qu'il avait placée sur la patène.

M. FABRE NE TOUCHA À RIEN

de la préparation du repas, mais il avait fourni les ingrédients que Marguerite avait apprêtés : soupe de pommes de terre et de chou, salade *round tower*, faite de pommes de terre et de *corned beef*, casserole de pommes de terre et de thon en boîte. M. Fabre avait appris en orphelinat à ne rien critiquer de ce que le bon Dieu mettait sur la table, mais eût-il été Dieu, il aurait demandé aux Irlandais de varier le menu. Il avait également offert à Angélique les ingrédients pour faire la tarte aux pommes de terre et pommes dont Marguerite lui avait donné la recette dans le plus grand secret.

Étienne et Marguerite étaient arrivés les premiers, ayant quitté l'église avant la troisième messe, la messe de l'Aurore, afin de mettre le repas sur le feu après avoir gavé le poêle. M. Fabre arriva ensuite, toujours un peu fragilisé depuis son accident, mais la simple odeur des mets et la présence des jeunes furent le plus beau des accueils qu'il eût jamais eu. Angélique et Eugène firent bondir le heurtoir et le froid de l'hiver entra dans la maison avec eux. Angélique avait les yeux bouffis et Eugène ne payait pas de mine. Ils avaient reçu deux autres invitations pour le réveillon, mais ils les avaient déclinées, préférant se réunir avec la petite famille d'Angélique. Ils seraient tous là pour souligner l'importance de la nuit. Ne manquaient que Violette et Gérald.

« Can't you smile just a little bit? Today is Christ's birthday. Le petit Dieu est né, Angélique, *and your beautiful out of wedlock snapper is on its way*[68]. »

Angélique réussit à sourire. Jamais elle n'avait pensé appeler l'enfant de la crèche « le petit Dieu ».

Ils attendirent et attendirent. Marguerite se félicitait d'avoir des plats faciles à préparer et à réchauffer, tandis que M. Fabre se demandait s'il n'aurait pas été préférable qu'il leur tue une belle dinde ou que Marguerite apporte une oie de Goose Village. Ils étaient tous fatigués lorsque l'horloge sonna cinq heures du matin. M. Fabre, à demi assoupi, bondit, se leva et passa à table. Ils l'imitèrent, de plus en plus inquiets. Le heurtoir se fit entendre et les pas de Violette et de Gérald firent vibrer l'escalier. Violette se précipita dans les bras de son frère, de sa cousine, de sa future belle-sœur et, finalement, embrassa M. Fabre. À voir la mort frôler Gérald jour et nuit, elle avait la peur au ventre de perdre ceux qu'il lui restait.

« J'espère que vous avez faim parce que je vous dis que Marguerite nous a fait un de ces repas irlandais... Un petit coup de bénédicité peut-être ?

---

68. Tu ne peux pas sourire un peu ? Aujourd'hui, c'est l'anniversaire du petit Dieu. [...] et ton magnifique petit bâtard est en route.

— Pas sûr que j'ai envie de prier. Par les temps qui courent, il y a personne qui entend. »

Gérald prit la main de Violette pour se donner du courage. Angélique aurait voulu lui dire de ne pas cesser de prier, mais elle se tut, ayant elle-même des difficultés à comprendre le silence du Ciel. Ils ne firent pas de prière.

Finalement, tout était mangeable et pâteux, mais Angélique et Eugène semblaient troublés, et Gérald faisait tant de peine à regarder qu'ils mangèrent presque en silence, s'interrompant entre les plats pour écouter Marguerite chanter en s'accompagnant au violon, tantôt après la soupe :

« Oh ! I wish that we were geese, in the morn — in the morn

Oh ! I wish that we were geese, for they live and die in peace[69]. »

tantôt après le dessert :

« ... Work spade and hand,
Through the crumbly mould;
The blessed fruit
That grows at the root
Is the real gold
Of Ireland[70]*! »*

---

69. « Oh, j'aimerais qu'on soit des oies, le matin, le matin... parce qu'elles vivent et meurent en paix. » (Chanson folklorique traditionnelle.)
70. « Travaille de ta bêche et tes mains à travers le terreau friable ; le fruit béni qui poussera à la racine est l'or véritable d'Irlande. » (Thomas Caulfield Irwin)

Cette dernière chanson les toucha même s'ils n'en comprenaient pas un mot, car ils virent que Marguerite peinait à dire *Ireland* sans un brouillard dans l'œil.

Gérald attendit qu'Angélique ait apporté la tarte, que M. Fabre ait distribué ses oranges, qu'il leur offrait comme si elles étaient ce qu'il y avait de plus précieux sur terre, puis il prit la parole.

« Gérard a ouvert les yeux.

— Mais pourquoi est-ce que tu ne me l'as pas dit avant ? s'étrangla presque Eugène.

— Parce que je pense que ses yeux disent rien.

— Rien ?

— Rien. Fixent le vide. »

Gérald ne versa pas de larmes, mais tout le monde les devina ainsi que celles de Marguerite, qui ne cessait de répéter : « *So, so sad, this first Christmas without my Ma, my Da and my brothers*[71]. »

Angélique, elle, cherchait à reconnaître l'amour dans les yeux d'Eugène. Quant à M. Fabre, il s'offrit un silencieux *Deo Gratias*. Chagrines ou pas, ces heures au parfum d'oranges étaient les plus belles de sa vie, d'autant que Marguerite ne l'appelait plus autrement que « papa patoche ».

---

71. Trop, trop triste, ce premier Noël sans ma maman, mon papa et mes frères.

Edmond de la Durantaye versa le vin

à côté du verre. La nappe s'imbiba aussitôt de ce rouge raisin détesté des employées forcées de le faire disparaître.

« Edmond, fais attention », lui chuchota Carmen pour ne pas être entendue des autres convives. Ils avaient été rejoints pour le souper du premier de l'an 1885 par plusieurs personnes de leurs connaissances, dont les familles étaient à l'extérieur de Montréal. C'était le cas des Gagnon, dont le fils étudiait à la Sorbonne à Paris, et celui des Gariépy, dont la famille était encore, aussi incroyable que cela pût paraître, des résidants de Saint-Cyrille-de-Wendover, tout près de Drummondville. Il y avait également deux célibataires et leurs connaissances sans enfants. Carmen trouvait que le teint de son mari était hâve et remarqua que ses cheveux commençaient à grisonner. Depuis le départ d'Eugène, prétendument pour se rapprocher de l'hôpital et de l'université, leur famille avait perdu de son intérêt. Isabelle en était légèrement dépourvue, Carmen de la Durantaye devait l'admettre, et Edgar n'avait pas encore l'âge d'exprimer des propos réfléchis et originaux.

Jamais elle n'avait été dupe. Eugène avait préféré cette Angélique aux siens et, encore plus tristement, à Madeleine Cournoyer, dont la famille fortunée appartenait à leur cercle d'amis intimes. Elle avait résisté à l'envie de le trouver pour le raisonner, ou à celle de le faire sécher d'indigence, et n'avait pu se rabaisser à tant d'émotions sans retenue. Mieux valait l'ignorer. Mieux valait feindre la dureté d'un cœur qui se sentait rejeté. Cette Angélique avait tant de torts, à commencer par celui de ne cesser de briser les familles, d'abord la sienne, la leur et celle des Cournoyer. Carmen avait entendu dire, dans son cercle de bénévoles, qu'elle aurait claqué la porte au nez de sa mère, et que Mme Josephte, l'épouse d'Hector Sainte-Marie, l'avait remerciée de ses services. On racontait qu'elle aurait eu l'œil sur son patron pour le séduire, certes, mais surtout pour mettre la main sur la boulangerie. Carmen avait également appris qu'elle avait quitté la communauté sans un mot, pas même un merci. Carmen geignait à l'idée que son fils fût dupe ou naïf à ce point. Elle refusait de penser qu'il eût pu en être complice.

Toute à ses pensées, Carmen souriait devant les plats qu'on offrait, remplis de couleurs et de réjouissance. Le lapin avec sa sauce moutarde était exquis et la perdrix baignant dans une sauce aux airelles et aux aiguilles de pin, un pur délice. Les carottes étaient relevées de gingembre et présentées sous une noix de beurre. Parfait, tout était parfait, sauf Edmond, qui portait encore la tristesse de l'année 1884, passée, quant à elle, au rayon des souvenirs.

« Pardon ?

— Eugène n'est pas là ? lui demanda une convive.

— Non, ma chère, répondit Carmen. Eugène est à l'hôpital, évidemment. Comme tous les jours et, ma foi, presque toutes les nuits. Et comme il y était hier et encore aujourd'hui, je pourrais dire qu'il n'en est pas sorti depuis près d'un an, ha ! ha ! Il se dévoue entièrement. »

Elle enchaîna de petits rires polis, tout en jetant un œil torve à ses deux enfants, qui ne réagirent pas. C'est en s'essuyant de la crème Chantilly à la commissure de la bouche qu'elle invita les hommes à passer au fumoir et les femmes au salon, où Edgar se mit au piano mécanique pour jouer des airs festifs.

« Il semble avoir du talent.

— Edgar ? Non, non, ricana Carmen. Probablement davantage pour courir que pour le clavier ! Regardez-lui les jambes. Tu es de mon avis, Edmond ?

— Toujours pas, Carmen, toujours pas. »

Croyant à une bonne blague, les invités pouffèrent.

« Ce pourrait être votre résolution du jour de l'An.

— Que nous soyons d'accord, Carmen et moi ? Bonne idée, mais ce n'est pas ma résolution de cette année. Elle est déjà prise.

— Vraiment ! Peut-on la connaître ?

— Mais Carmen, ma chère, mes résolutions sont toujours secrètes. »

Edmond de la Durantaye prit une gorgée de vin et eut le sentiment que le sourire de sa femme avait commencé à dégouliner.

MARGUERITE N'EN POUVAIT PLUS D'ATTENDRE

le gérant de banque qu'ils avaient furtivement aperçu lorsqu'il était arrivé. Les Rois étaient passés et les enfants, retournés à l'école le matin même. Étienne avait eu la permission d'entrer plus tard au travail. La glace était prise depuis la veille de Noël, mais pas encore assez solide pour supporter le traîneau, les chevaux et les blocs de glace dont le fleuve serait amputé. Le patron lui avait permis de se présenter entre dix et onze heures, question de pouvoir être remplacé à l'heure du repas, pendant qu'il mangerait chez lui. Étienne avait été promu au titre d'assistant et il avait l'odieux d'informer les hommes que le travail ne pouvait pas encore reprendre. Tous les matins depuis le vingt décembre, il était là, écharpe et gants neufs, pour les accueillir et leur demander de rebrousser chemin. Sa vie chevauchait en pendule, qui oscillait de la maison au travail, d'un saut à l'hôpital puis chez Marguerite. Il réussissait à glaner quelques heures de sommeil, ici et là, quand les angoisses que générait l'état de Gérard ne lui oppressaient pas la poitrine ou ne faisaient pas pleurer Marguerite. Ils menaient une vie qui avait cessé de leur sourire. Le soir, quand ils s'étreignaient en cachette et de désespoir, ils se demandaient si c'était ça, la vie, la vraie, celle des lendemains à n'en plus finir et à n'y rien comprendre.

Depuis l'accident de Gérard, Étienne avait l'impression qu'ils avaient tous une ridule au front ou au sourire. Il n'y avait qu'Eugène qui habitait la vingtaine, mais à eux tous ils étaient centenaires d'une vie apprise et conquise à la dure. Toutes leurs ambitions et tous leurs rêves étaient là, mais seuls Eugène et Angélique goûtaient à la joie de les voir se réaliser. Angélique avait certes perdu son emploi, mais Eugène la protégeait comme lui aurait tant aimé pouvoir le faire pour sa Marguerite. Il aurait voulu la délester des inquiétudes qui étaient leur lot et frotter la lampe d'Aladin pour que le génie qui y vivait leur vînt en aide. Ils avaient beau prier matin, midi et soir, jamais rien ne leur tombait du ciel. Rien. Il arrivait à Marguerite de désespérer, comme ce matin.

Ils avaient obtenu un rendez-vous avec M. d'Avignon, le gérant de la Banque du Peuple, afin de voir les possibilités qui existaient pour appuyer les gens comme eux, petits salariés sans famille mais aux rêves faisables.

M. d'Avignon recevait toutes les personnes assises dans la petite salle adjacente à son bureau, mais – était-ce la secrétaire ou lui ? – il semblait que leurs noms n'arrivaient jamais au-dessus de la pile. M. d'Avignon les saluait et leur souriait mais n'en fermait pas moins l'accès à son bureau. Ils entendirent

soudain une voix qu'ils reconnurent. C'était celle de
M. de la Durantaye, qui s'excusa à la secrétaire de
son retard puis traversa la salle au pas de course pour
entrer dans le bureau sans même les remarquer.

Marguerite s'assit sur le bout de sa chaise, bête à
l'affût.

« J'y vais, Étienne. Je frappe et j'entre.

— On peut pas faire ça, tu y penses pas.

— *Yes*, j'y pense. »

Sitôt dit, sitôt fait. Marguerite, déterminée en
Irlandaise, franchit la distance en moins de deux.
Elle frappa et ouvrait lorsque la secrétaire mit la main
sur la sienne et passa la tête dans l'embrasure.

« Pardonnez-moi, monsieur d'Avignon, je ne l'ai
pas vue partir.

— Monsieur, mon nom est *Margueurite* Hogan.
J'attends depuis deux heures, monsieur. Mon ami
doit être au travail pour onze heures et je voudrais
entrer et vous parler.

— Marguerite ! »

Il y eut un brouhaha et M. de la Durantaye
apparut à la porte et l'ouvrit toute grande.

« Entrez, Marguerite Hogan. Étienne est là ?

— Oui. »

Le gérant avait la catastrophe inscrite au visage,
redoutant un impair.

« Pardonnez-moi, pardonnez-moi, mademoiselle
Logan.

— Hogan...

— Hogan, nous avions en effet rendez-vous ce
matin.

— Oui, à neuf heures. *Do not pretend you didn't know*[72].

— Je vous demanderais d'attendre que mon entretien avec M. de la Durantaye soit terminé.

— Je vous en prie. Je connais Marguerite et Étienne.

— Vraiment ?

— Oui, très bien. Nous avons même pique-niqué ensemble l'été dernier, n'est-ce pas ? Ce sont des patients… que dis-je, de bons amis de mon fils Eugène.

— Vraiment ? »

Marguerite était allée chercher Étienne, résigné à serrer la main des puissants.

« Qu'est-ce qui vous amène ici, Étienne ?

— Euh… »

Tout à coup, l'énormité de la chose lui apparaissait. Étienne était impressionné par la décoration, par les beaux habits, les cols empesés, les barbes et les moustaches à la pointe bien centrée ainsi que les ongles manucurés des deux hommes. Il ne se sentait pas mieux qu'un rien à casquette comme il y en avait dans le port, tout à côté. Il allait se lever et s'excuser d'avoir pris de leur temps quand Marguerite, avec ses yeux verts et son sourire à fendre toutes les statues de Montréal, prit les devants et leur raconta sa chère Irlande.

« Nous sommes plus de six mille Irlandais à habiter *nearby*, et moi, je pense que *it's about time* d'ouvrir un autre beau pub irlandais. Vous savez, monsieur de

---

72. Ne faites pas comme si vous ne le saviez pas.

la Durantaye, je connais les bières et les bars. Violette Leblanc peut tout faire avec ses mains *to dress a room*, les petites chambres qui pourraient *accomodate* les gens *passing through*. Et leur cousine, Angélique Garnier… leur cousine, qui fait le meilleur pain de Montréal, pourrait faire *pastry and food. She is a fantastic baker*[73]… »

Edmond de la Durantaye s'était assombri. Étienne jeta un regard attristé à Marguerite. Leur projet venait de couler aussi rapidement qu'un bloc de glace échappé aux pinces. Ils savaient tous deux qu'Eugène était en froid avec sa famille.

« Vous seriez combien dans cette aventure ?

— Trois, quatre, cinq ou six. Vous savez que le *twin* de Gérald a eu un gros accident, grave ?

— Vraiment ?

— Très grave. Le docteur *thinks he will never be…* être comme… je veux dire, jamais vivre comme avant.

— Oh… non ! »

Le silence s'immisça dans la pièce, pas davantage bienvenu, pensaient Étienne et Marguerite, qu'ils ne l'avaient été. Le banquier avait pris sa plume.

« J'aurais quelques questions. Que faites-vous comme travail et quels sont vos revenus ?…

— À nous deux, cinq ou cinq dollars et demi par semaine. Je suis l'assistant de mon patron. Je travaille dans la glace en hiver et, en été, dans le port, comme débardeur. Marguerite, elle, travaille à l'hôtel Nelson sur la place Jacques-Cartier.

---

73. […] des pâtisseries et à manger. C'est une boulangère exceptionnelle…

— And I play the fiddle, you know that, don't you[74], monsieur de la Durantaye ? *And there is this perfect house which you reach by going through a yard, ideal for the horses. So beautiful. I… we*[75]… voulons l'acheter. »

M. d'Avignon lança un rapide regard à M. de la Durantaye. Il passait de nombreuses heures à décevoir les gens, et ce jeune couple verrait son ballon de rêve éclater.

« Connaissez-vous le prix de la maison ?

— Avec les travaux, un peu plus de mille dollars.

— Et de combien d'argent disposez-vous pour le dépôt ?

— Quel dépôt ? »

M. d'Avignon griffonna de nouveau sous l'œil perçant de M. de la Durantaye.

« Je vais analyser ça et je vous tiens au courant. »

Étienne et Marguerite avaient compris le signal, aussi se levèrent-ils sans hésitation. Ils serrèrent la main des deux hommes et se dirigèrent vers la porte. La secrétaire leur sourit de sa politesse de fonction, et ils se retrouvèrent sur le trottoir, dépités. Ils avaient deviné qu'il était impossible d'avoir de l'argent quand on n'en a pas. Étienne embrassa plus que discrètement sa Marguerite et lui chuchota de ne pas s'inquiéter, que tout irait bien puisqu'ils s'aimaient.

Étienne se hâta vers l'entrepôt sous l'œil d'Edmond de la Durantaye, qui avait quitté sa chaise et opté pour la fenêtre. Il haussa les épaules, la bouche

---

74. Et je joue du violon, vous savez ça, n'est-ce pas ?
75. […] et il y a cette maison, parfaite, à laquelle nous pouvons accéder par une cour, ce qui est idéal pour les chevaux. Tellement belle. Je… nous… […]

pincée, et hocha de la tête. Il lui arrivait d'entendre son cœur lui crier à l'injustice. Carmen lui reprochait souvent sa sensiblerie, comme elle appelait sa sensibilité, mais en ce moment il pensait au silence de son Eugène, qui avait emménagé dans le péché avec sa belle Angélique et qui s'échinait et promettait de pratiquer cette médecine du savoir et du cœur ; il pensait à son Isabelle, qui l'irritait par sa trop grande légèreté et sa déplaisante manie de rechercher les miroirs ; il pensait à son Edgar, qui ne ressemblait ni à sa mère ni à son père, encore mal à l'aise dans son corps, gêné à l'idée de voir apparaître de l'ombre sous son nez, préférant de beaucoup un statut de benjamin à celui de collégien. Ses trois enfants n'avaient jamais de leur vie eu froid ni faim ; jamais de leur vie eu les pieds mouillés. Jamais jeûné, jamais manqué de rien. Même l'avenir ne leur ferait pas défaut, sûrs qu'ils étaient d'en avoir un, et un confortable.

Edmond de la Durantaye était impressionné par le courage de Marguerite et d'Étienne, que la vie n'avait jamais ménagés. Non, la justice ne faisait pas partie du trousseau de naissance. Surtout pas. La justice ne faisait pas non plus partie des saintes espèces de la mort. Il repensa à ce fait divers qui venait tout juste de se produire sur la rue Dalhousie, tout près de Haymarket Square, en plein cœur du Griffintown d'Étienne et de Marguerite. En pleine nuit, à la pluie battante du redoux de janvier, un pauvre homme, un certain Adams, si son souvenir était bon, était sorti de chez lui dans sa chemise de nuit, en plein délire. Sa femme courait derrière lui en appelant à l'aide.

Aucun voisin, pourtant au fait de la vérole dont il était atteint, n'avait daigné se montrer, ou peut-être était-ce justement parce que tous avaient été mis au courant. Il s'était finalement affaissé sur le trottoir et Mme Adams avait réussi à se faire aider par un pur étranger pour le porter chez lui. Ils l'avaient déposé dans l'entrée de sa maison et ce M. Adams était mort là, couché sur le plancher dans l'embrasure de la porte ouverte, sous la pluie de cette nuit, les jambes sur le trottoir. Peu s'en était fallu entre une mort douce et une mort scandaleuse, en pleine ville, en cette fin de XIXe siècle si prometteur. Pas de justice. Il donnait à Carmen pour qu'elle s'occupe de ses démunis, il donnait à la fabrique pour la gestion de la paroisse, il donnait à la paroisse pour ses œuvres, il donnait au St. James Club pour son abonnement, il donnait au couvent pour l'instruction d'Isabelle, au collège pour celle d'Edgar, à l'université pour les cours de médecine d'Eugène, au Musée des beaux-arts, au parti Libéral… Edmond de la Durantaye donnait parce qu'il pouvait le faire, sans regarder où allait l'argent ni à qui. Voilà qu'aujourd'hui il avait une envie, irraisonnée il est vrai, une envie de voir sourire les amis de son fils, en espérant le retrouver dans une de ses étreintes qui lui avaient toujours été si chères. Il ne put s'empêcher de penser à son petit-enfant, qu'il ne verrait peut-être jamais mais qui, il en était certain, meublait toutes les pensées de son fils et d'Angélique.

« Ni père, ni mère, plus rien derrière eux et, ma foi, pas grand-chose devant. Que diriez-vous, mon cher Philémon, si je devenais propriétaire d'un *Irish pub* ? »

entre installer la machine à coudre dans la pièce abandonnée par Angélique ou attendre le retour de celle-ci,
à moins qu'elle ne décidât de la rendre pour que la
paix revienne chez les Ménard.

Gérald et elle n'en pouvaient plus d'épuisement.
Ils travaillaient tous deux de huit heures du matin à
six heures du soir, se retrouvaient aussitôt à l'hôpital,
où Gérard n'allait jamais, jamais mieux. Eugène passait le voir une seule fois par jour, hochait la tête, et
Gérald avait compris que son frère ne serait plus un
jumeau, mais un petit frère dont il devrait s'occuper
pour le reste de sa vie. Gérard ouvrait maintenant
les yeux et leur souriait bêtement. Eugène leur avait
dit qu'il les reconnaissait, il en était certain, mais à
part un sourire à la lèvre ourlée révélant ses gencives,
Gérard était absent de son corps affligé.

Le mois de janvier était presque terminé quand
Eugène les convoqua. Avec Angélique, ils partirent
vers l'est de la ville jusqu'à l'hospice Saint-Jean-de-
Dieu. Gérald avait sauté de la carriole en traitant
Eugène d'hypocrite et en hurlant que jamais il ne

pourrait se séparer de son frère. Il se dirigea vers la rue Hochelaga à pied, suivi par Violette, qui le retint par le bras.

« Gérald, mon beau, si tu veux qu'on se marie et qu'on le prenne avec nous, je dis marions-nous et prenons-le avec nous ! Mais on peut pas savoir dans quoi on s'embarquerait.

— Il va avoir besoin de nous, de moi.

— Eugène pense qu'il va pouvoir remarcher, mais il saura peut-être pas quoi faire avec ses besoins. Il sait presque plus manger tout seul. Peut-être que ça va être une tâche qui va faire qu'un de nous deux pourra plus travailler.

— Je l'emmènerai à la forge avec moi.

— Comment ? Quand ton père est venu le voir, ton frère s'est presque caché le visage et a hurlé.

— Ça, Violette, ça veut dire qu'il y a de l'espoir. Qu'il est pas fou. »

Elle avait réussi à le ramener auprès d'Eugène et d'Angélique. Eugène se plaça devant lui.

« Tu as raison, il y a de l'espoir pour quelque chose, mais il n'aura plus jamais sa raison. En tout cas, pas celle qu'il avait.

— T'es sûr de ça, toi ?

— Malheureusement, oui. Si je me trompe, on n'aura qu'à le sortir d'ici. Je serai toujours là pour toi et lui, Gérald. »

Eugène lui expliqua le fonctionnement de l'hospice, qui vivait en autarcie. Les terrains étaient aussi vastes qu'un village. On trouvait tous les légumes dans les champs, du foin pour les animaux, des pommes, des poires et des cerises dans les arbres, du bétail, des porcs, de la volaille, des chevaux pour le trait, de tout.

« Tu veux dire que Gérard pourrait être avec des chevaux ?

— Je te promets d'y voir. Je pense bien qu'il pourra balayer les box.

— Mais s'il avait des souvenirs et qu'il avait peur ?

— On demandera qu'il soit avec les poussins. »

Ils entrèrent dans l'hospice encore tout neuf et Gérald fut impressionné par la grandeur des salles. Même s'ils étaient plusieurs à vivre collés les uns aux autres, le service des religieuses et du personnel relevait de la vocation chrétienne, c'était visible. Gérald et les filles furent étonnés de voir à chacun des étages des rails encastrés dans l'agrégat de pierrailles poli qui recouvrait le plancher des couloirs sur lesquels roulait un train que chauffait un vrai conducteur pour distribuer les plateaux de nourriture, les draps, couvertures et serviettes, les médicaments, tout. Il arrivait parfois que certains jeunes étudiants en médecine y montent, mais le train n'était pas là pour le personnel. Eugène, tout ébaubi fût-il devant tant de modernité, était persuadé qu'il ne pourrait jamais pratiquer en psychiatrie. Il n'avait ni le savoir ni l'humilité nécessaires à cette discipline. Ils eurent une escorte durant toute la visite pour les diriger, leur avait-on expliqué, mais également pour les protéger.

« On ne sait jamais. »

Lorsque Angélique et Violette entrèrent dans la chapelle, Eugène entraîna Gérald à l'écart. Les hommes se dirent, ou presque, combien la vie était cruelle pour Gérald, qui avait du mal à décolérer, et pour sa gémellité, qui éprouvait une partie de la souffrance de son frère.

« Mon maudit père a même pas réagi encore, je te le dis. Peut-être qu'il frappe ma mère moins fort, même s'il dit qu'il la touche pas. Pour lui, pas frapper, ça veut dire frapper sans lui faire perdre connaissance. Il parle pas de Gérard parce qu'il est convaincu que c'était une punition méritée !

— Ton père, c'est un cas. Je sais que ce n'est pas une consolation, mais j'en vois beaucoup, des familles Paul-Aimé Ménard, à l'hôpital.

— T'as raison, c'est pas une consolation. On n'a pas cinq pères dans la vie, on en a rien qu'un. Nous autres, on est tombés sur un mauvais numéro, c'est tout. Eugène, j'ai pas le courage d'abandonner mon frère. Si Violette veut pas… mais ma Violette vient de me dire qu'elle le prendrait.

— Fais pas ça, Gérald. Ton frère aura pas connaissance de grand-chose, tu sais. Il va connaître des nouveaux visages, puis ça va être sa famille. Il ne se dira jamais que tu l'as abandonné, parce que, ne t'offusque pas, il t'a probablement déjà oublié. C'est certain qu'en te voyant il saura que tu es un visage ami, mais de là à savoir que tu es son frère… »

Alors Gérald pleura comme un enfant privé du confort de la mamelle de vie, en martelant le dos d'Eugène dans son étreinte.

« On fait ça cette semaine ?

— Seulement si je peux le sortir une fois de temps en temps », hoqueta Gérald en hochant la tête.

Exceptionnellement, ce fut Eugène en personne qui procéda au transfert de son patient. Ils se retrouvèrent sept dans le traîneau, Dolorès Ménard refusant de quitter la maison, Angélique et lui, Étienne, qui menait l'attelage, ainsi que Marguerite, Gérald et Violette. Gérard, la tête toujours enturbannée d'un pansement, était bien installé entre son frère et Eugène. Il avait eu droit à sa peau d'ours pour le protéger de ce froid de soirée de fin janvier, craquante et étoilée. D'eux tous, il était le plus joyeux, souriant sans raison au son des clochettes et aux chevaux des voitures qu'ils croisaient et éclatant de rire en voyant le dandinement des lanternes. À chacune de ces manifestations incongrues, Gérald tournait la tête pour cacher ses larmes à son frère, au cas où il aurait compris leur signification. Puis il regardait Violette, qui s'attristait en demeurant muette, le chagrin à la remorque du sien.

L'arrivée se fit doucement, en silence. Deux religieuses les attendaient et conduisirent Gérard à sa chambre en petit train. Il gloussait de temps en temps. Il y avait sept autres pensionnaires, tous couchés et assoupis. Un seul se réveilla, pleura comme un bébé et se rendormit aussitôt. Le concert de ronflements reprit.

« Ne vous inquiétez pas, on leur a administré du laudanum ou un autre narcotique. »

Les religieuses s'occupèrent de Gérard, tandis que les autres patientaient sans mot dire dans le couloir. Gérard se laissa enfiler la chemise de nuit, souriant.

Il s'agenouilla sans regimber pour une prière qu'il ne récita pas et glissa dans le lit propre, souriant. Il souffla sur la bougie en riant. Il prit deux gouttes de laudanum, souriant. Gérald et Eugène vinrent voir si tout était bien avant de partir. Gérard dormait déjà, les lèvres ourlées, en émettant un petit filet d'air qui, pensa Gérald, ressemblait à un souffle de soulagement.

Marguerite et Étienne étaient chez M. Fabre

qui, quoique guéri, n'avait pas encore retrouvé toute son énergie. Ils étaient arrivés à six heures et demie, avaient brossé et lavé les planchers et préparaient maintenant les étals de viande coupée par l'épicier. Marguerite aimait placer les légumes qu'Étienne montait du caveau.

« Qu'est-ce que je ferais sans vous autres ?

— La même chose que vous faisiez avant qu'on vienne vous aider, répondit Étienne.

— Non, je veux dire sans vous autres. »

Marguerite avait compris la maladroite déclaration d'attachement qu'il venait de leur faire.

« Comme Étienne *and me* avant de vous connaître mieux, papa patoche.

— Marguerite, viens me *kisser* sur la joue. »

Marguerite s'exécuta, et M. Fabre ferma les yeux de plaisir. Il lui chuchota à l'oreille qu'avoir eu une fille il n'aurait pas pu l'apprécier plus qu'il l'appréciait.

« *And you are as lovely as my Da was[76].* »

---

76. Et vous êtes aussi gentil que l'était mon papa.

En ce deux février, jour de la Chandeleur, elle partit pour l'hôtel, tandis qu'Étienne se dirigeait vers le fleuve. La glace avait repris possession du cours d'eau après le redoux, et les petits bonshommes de glace, possession du fleuve. Étienne avait été heureux de retrouver ses collègues, même si certains lui enviaient son nouveau poste d'assistant. D'autres n'avaient pas apprécié de se faire retourner et laisser sans travail, alors que lui touchait déjà une petite paie qui, Étienne le savait, représentait une demi-journée, soit vingt sous. Étienne avait passé outre à ce ressentiment qui semblait avoir mis plusieurs amitiés en berne. Le temps n'avait pas encore fait son œuvre et, depuis le début de l'année, il se levait avec moins d'entrain.

Quelle ne fut pas la surprise de Marguerite de voir M. de la Durantaye attablé dans la salle à manger de l'hôtel. Il s'essuyait la bouche de la serviette blanche préalablement posée sur ses genoux. Il réussit à enlever toute trace de jaune d'œuf et de gouttelettes de café. Souriante, Marguerite alla vers lui.

« Bonjour. Est-ce que tout va bien ?

— Oui, mademoiselle, mais j'ai besoin de vous pour un petit quinze minutes.

— *Me ?*

— Oui, nous avons rendez-vous dans cinq minutes.

— *We ?*

— Oui, nous. Allons-y.

— Mais mon *boss* ?

— N'ayez crainte, vous serez en cuisine à l'heure. J'ai besoin de votre opinion. »

Ils sortirent, et Edmond de la Durantaye prit les devants d'un pas résolu. Marguerite croyait rêver, convaincue qu'il la conduirait devant la maison à vendre. Convaincue qu'il voudrait les aider. Il se dirigea vers Common Street. En un instant, elle fut envahie d'une grande déception. Elle se demanda où, dans son âme, elle pouvait encore croire aux fées ; aux farfadets et aux démons, oui, mais les fées... Étienne avait raison. Edmond de la Durantaye s'arrêta devant un estaminet et traversa la rue pour bien le voir. Marguerite le suivit.

« J'hésite. J'ai besoin de conseils professionnels. Qu'en pensez-vous ? »

Elle en pensait qu'il était bien mais petit. Admirablement situé, mais trop rapproché d'un compétiteur. Avec trois jolies fenêtres, mais aux rideaux fanés.

« Pas certaine. Il faudrait que je voie à l'intérieur.

— Alors, allons voir l'intérieur. »

Sitôt dit, sitôt fait. L'intérieur manquait de chaleur. Le comptoir était vieillot et mal adapté au goût du jour. Les tables, dépareillées.

« C'est bien. Il y a des chambres à l'étage ?

— Oui, cinq.

— Ça peut aller. »

M. de la Durantaye fronça les sourcils.

« Ce ne serait pas un bon achat ?

— Oui, mais... vous voulez acheter un bar, monsieur de la Durantaye ? »

Une flamme venait de ranimer la petite fée qu'elle avait muselée.

« Pas moi, non. Le cousin de mon neveu et son épouse veulent m'intéresser à leur projet.

— Ah ! »

Il se dirigea vers une autre enseigne et fit passer Marguerite devant. Dès qu'elle entra, elle fut encore plus déçue. M. de la Durantaye n'avait aucune connaissance de ces lieux. Elle fit non de la tête et sortit immédiatement. Il la suivit.

« Marguerite, j'ai menti. J'essaie de trouver une solution pour vous et vos compagnons. La maison que vous aviez vue a été vendue.

— Oh, non ! Elle était tellement *perfect*.

— Vous êtes certaine que rien ne vous plaît ?

— Pas vraiment… Elle a été vendue pour vrai ?

— Pour vrai. Il faudra que vous m'expliquiez ce que vous recherchez en chemin. »

Alors Marguerite soupira, les yeux éteints pour un instant, puis elle s'emballa. Elle aurait un pub avec des tables de quatre, de six et au moins une pour dix.

« Pour dix, vraiment ?

— Oh, oui. Il y a les marins et les gens qui voyagent seuls. Vous savez, ce serait *good and nice* d'avoir la table de la *house* pour les accueillir sans être obligés de rapprocher des tables.

— C'est comme ça en Irlande ?

— Non, c'est un idée de mon *father*. Il lui arrivait de travailler pour la marine. Il a pensé à ça dans les ports. Il disait aussi que ce serait bien d'avoir un lavabo pour deux personnes, à cause des cheveux de barbe, et un *bath* pour quatre ou cinq personnes.

— Vraiment ?

« — Oui, pour pas être forcé de le laver après chaque personne. Ma mère, elle, disait que le *best*, c'était de mettre au moins dix draps les uns par-dessus les autres. À cause du lavage.

— Votre mère pensait ça ?

— Presque. C'est que l'eau chaude coûte cher de bois, et moi, je me dis qu'en hiver c'est difficile de faire sécher.

— Vous dites ça ?

— Oui. Ensuite, je dis qu'il faut que les chambres, au moins dix, soient pareilles mais pas pareilles : une bleue, une rose, une orange, une rouge, une verte, une mauve, un jaune, une comme un *plaid*…

— "Un" jaune, pas "une" jaune ?

— Non. Jaune, c'est pas pareil. On dit "un" jaune d'œuf. »

M. de la Durantaye était sous le charme. Quels beaux amis avait son fils ! Il allait la remercier de l'avoir accompagné lorsqu'elle dit qu'elle avait oublié de mentionner une estrade ou « un » petite scène avec un piano.

« Mais il faudrait qu'il soit mécanique pour que tout le monde peut en jouer. Si moi, j'avais eu un pub, je l'aurais appelé *Petals' Pub* ou *Petals' Irish Pub*…

— *Petals* ?

— Oui : Angélique, Violette et Marguerite ! On est des *flowers* !

— C'est bien vrai… Hum, *petals*… »

Là-dessus, il la salua du chapeau en la remerciant de l'avoir si gentiment éclairé et instruit. Il lui serra la main et s'en fut, soudainement empêtré dans la neige qui, il y a dix minutes encore, ne l'avait pas gêné. La belle jeunesse comme celle de son fils lui manquait terriblement.

Violette sautillait en applaudissant

devant l'installation de sa machine à coudre dans l'ancienne chambre d'Angélique. Elle s'était enfin décidée, Gérald refusant net de rapporter la machine chez lui. Étienne et Marguerite l'avaient aidée à tout aménager, étagères de bois trouvé dans le port et ayant servi à l'emballage de la marchandise, posées sur les briques imparfaites récupérées sur les chantiers. Jour après jour, ils avaient déniché quelque chose, et son atelier, comme elle l'appelait, avait pris forme. Elle était sortie de l'enfer des Croteau, en refusant pour le moment l'offre de travailler de chez elle, et il lui tardait d'augmenter sa clientèle. Gérald avait pu obtenir un tout petit peu de peinture du Tates Shipyard, où il travaillait. Dans le coin sombre de la pièce, elle avait fait sa chambre, et dans l'autre, le plus spacieux, celui qui avait une petite fenêtre, l'atelier. Elle avait séparé le tout par un rideau, miraculeusement épargné par les mites, découvert dans une boîte abandonnée au bain public. Elle sourit en se disant qu'il avait appartenu aux chics de la ville, les Holt, Galt, Cartier ou Molson.

Parfois, le dimanche, Marguerite emmenait Agathe, Simone et Nazaire chez M. Fabre, qui leur ouvrait la porte en cachette. Violette et Gérald pouvaient alors se regarder dans les yeux et s'embrasser à pleine bouche, tandis que leurs mains nerveuses déboutonnaient corsage ou braguette. Ils n'avaient jamais fait l'acte, préférant attendre leur mariage, planifié pour l'an 1888, et ils avaient l'intention d'être chastes et raisonnables pendant ces trois longues prochaines années, ce qui ne les empêchait pas d'explorer le terrain.

« Si tu me touches là encore une fois, Violette Leblanc, je promets rien. »

Violette retirait alors sa main du pantalon et ouvrait son corsage un peu plus grand pour l'amuser autrement. Puis il la caressait, et elle aimait sentir ses mains calleuses sur sa peau fine. Lorsqu'ils entendaient la voix des enfants, en deux temps trois mouvements ils étaient debout et occupés, lui ayant saisi un marteau et elle une navette qu'elle feignait d'emplir avec un fil déjà embobiné.

Ils savaient gré à Marguerite de leur offrir ce temps qu'ils utilisaient au maximum. Ils adoraient ce rituel, qui les encourageait à s'attendre, mais ne négligeaient pas pour autant Mme Ménard, qu'ils emmenaient avec eux visiter Gérard. Celui-ci était devenu une autre personne, au sourire candide presque silencieux, sauf lorsque des murmures s'en échappaient. Gérald prenait soin de son frère comme une fillette de sa poupée. Il le lavait, le barbifiait, lui coupait ongles et cheveux, et s'assoyait à ses côtés pour le tenir par l'épaule et le bercer en chantonnant. Les religieuses et les visiteurs ne pouvaient s'empêcher de le regarder faire, et si quelqu'un osait une remarque sur sa générosité, il répondait toujours de la même façon.

« Lui, c'est moi, et moi, je suis lui. Il aurait fait la même chose, c'est certain. »

Étienne et Marguerite avaient replacé les meubles de la chambre, devenue celle d'Étienne, quoique la cuisine y fût toujours. Ils s'y sentaient à l'aise, mais eux aussi avaient hâte d'enfourcher la vie, nerveux comme des chevaux de course au départ. Ils avaient fixé la date du mariage au cinq avril, et Marguerite, grâce à son sourire irrésistible et à son grand pouvoir de persuasion, avait convaincu le vicaire de la cathédrale St Patrick de bénir leur mariage.

« *We wish to get married here at the cathedral, Father. If not, we will have to go to St. Ann's parish and for my heart and soul, it would not be the same[77].* »

Le vicaire était sincèrement ennuyé par ce mariage mixte et, le registre étant rempli, il leur offrit néanmoins de reporter la cérémonie au deux ou au neuf mai. Marguerite sourit.

« *May, it will be, Father. If you wished, I could always play the fiddle at a ceremony to cover the fee.*

— *A fiddle! In a cathedral?*

— *Smoothly played, it is divine, believe me, Father[78].* »

---

77. Mon père, nous souhaitons nous marier ici, à la cathédrale. Si c'était impossible, nous devrions le faire à l'église Sainte-Anne et, pour mon cœur et mon âme, ce ne serait pas pareil.

78. Alors ce sera mai, mon père. Si vous le souhaitiez, je pourrais jouer du violon lors d'une cérémonie afin de couvrir les frais de nos noces. — Un violon dans une cathédrale ? — Joué doucement et non pour danser, c'est divin, croyez-moi, mon père.

Le vicaire avait dit que ce serait peut-être possible, quoiqu'il se demandât s'il était chrétien de jouer du violon durant une cérémonie religieuse.

« *I would be pleased to play while the newlyweds are walking down the aisle or, if you prefer, on the square outside*[79]. »

Le vicaire avait eu deux décisions à prendre : un, accepter d'être payé en troc, ce qui signifiait être forcé d'avancer l'argent de sa poche, et deux, accepter que fût joué du violon dans la cathédrale, le tout sans l'approbation du curé. Il pourrait peut-être lui rappeler que Bach jouait dans les églises. Cette petite et fort jolie diablesse rousse avait du mordant.

« *I don't think it would cause any harm if you were to play on the square.*

— *Thank you so much, Father. And how many times should I come to cover our fee? Three or five? I can make up to thirty cents an hour, you know*[80]. »

Étienne comprenait tout ce qu'ils disaient et ne savait s'il devait s'offusquer de l'effronterie de sa fiancée ou crouler de rire. Jamais il n'avait été question d'un tel échange.

« *Four would be fine, thank you. And what day have you chosen?* »

Elle se tourna vers Étienne en souriant.

« *My darling, the second or the ninth?* »

---

79. Je serais ravie de jouer lorsque les mariés sortent de l'église ou, si vous le préférez, dehors, sur le parvis.

80. Je crois qu'il n'y aurait pas de mal si vous jouiez sur le parvis. — Merci mille fois, mon père. Et combien de fois devrais-je venir pour couvrir nos frais ? Trois, cinq ? Vous savez que je peux faire jusqu'à trente cents de l'heure.

Elle avait appuyé sur *the second*, l'intimant de le répéter.

« *The second, my* darligne.

— *The second of May, if you please, Father, and we would be delighted if you would bless our union.*

— *Oh, it would be my honour*[81]. »

Depuis ce jour, Étienne ne l'appelait plus autrement que par « ma darligne ».

Gérald était parti, et Violette avait soufflé la chandelle. Elle avait entendu Étienne rentrer après avoir raccompagné Marguerite. Violette s'était pris un peu de pain, du beurre et de la confiture de fraises que lui avait offerte Mme Ménard et s'était couchée dans son chez-elle avec le sentiment agréable d'avoir gravi de nouveaux échelons.

Violette avait appris à ne plus voir la vie comme un calvaire à monter, mais comme un jardin avec ses roses et ses chardons. Son Gérald, son besson adoré, préférait la larme silencieuse à l'expression de son malheur et elle lui en savait gré. Elle craignait qu'il fût incapable de remonter de ce gouffre de rage dans lequel il était plongé. Elle savait qu'un jour il éclaterait en grondements, comme un ciel noir d'été. Elle espérait simplement qu'il le ferait seul et qu'il ne hurlerait pas le tout à son père, à sa mère ou à elle-même. Étienne et elle, ces jours où ils avaient eux-mêmes affronté détresse, désespoir et colère, s'étaient

---

81. Quatre serait suffisant. Et quelle date avez-vous choisie ? […] Mon chéri, le deux ou le neuf ? […] Ce sera le deux mai, mon père, et nous serions ravis si vous acceptiez de bénir notre bonheur. — J'en serais honoré.

placés face au fleuve et l'avaient invectivé pendant des heures, mêlant leurs larmes à ses vagues. Le fleuve avait à tout jamais noyé une partie de leur chagrin.

C'est couvert de neige que le coursier arriva

à l'hôtel et tendit à Marguerite une enveloppe cachetée à la cire rouge. Elle sortit les mains de l'eau pour la prendre, s'essuya avec le torchon et fut prise d'un terrible tremblement. Quel malheur cachait la cire ? Elle pensa immédiatement à Sean McBride. Elle tourna et retourna l'enveloppe dans ses mains humides et la posa sur une table. Après avoir brisé deux verres et une assiette, après que le soleil de février eut commencé à décliner, et n'y tenant plus, Marguerite enfouit la lettre ramollie dans son sac à poignée de bois et, sans même en aviser son supérieur, décida de partir attendre Étienne à l'entrepôt de glace. Équipée d'une paire de gants sous une paire de mitaines, de bas de laine sur ses chaussures, elle enfila manteau et bottes et se couvrit le visage d'une écharpe. Elle sortit, sous le regard étonné de son patron, dans le silence de cette heure entre chien et loup qu'elle redoutait, d'autant qu'une neige folle masquait le ciel.

Elle mit beaucoup de temps à se rendre à l'entrepôt et fut surprise de voir le nombre de personnes s'y dirigeant également, certaines au pas précipité de la mauvaise nouvelle.

« Vous avez su ?

— Su quoi ?

— Un bloc de glace s'est détaché du fleuve. Il paraît qu'il y a des hommes qui sont tombés à l'eau avec l'attelage.

— Qui a dit ça ?

— Des hommes à moitié morts de froid. Heureusement qu'ils étaient proches de la rive.

— *Oh no !* Étienne Leblanc ?

— Allez vous renseigner à l'intérieur, ma petite madame.

— *Oh my God, no. God, no! Mammy, help me*[82]. »

Marguerite reconnut en elle ce courage qu'elle savait posséder, qui s'était manifesté lors de sa traversée de l'Atlantique. Non, Étienne ne pouvait être mort, mais il n'était pas rentré non plus. Ils avaient trouvé trois corps et quatre personnes manquaient à l'appel. Elle vit les secours mettre deux chaloupes à l'eau et des hommes s'y installer, agripper les rames et partir – « Oh ! Hisse ! » – au risque de leur vie. Un des rescapés vint la voir et lui dit en grelottant qu'Étienne était debout sur la glace en dérive quand il l'avait aperçu pour la dernière fois. Les lampes oscillaient sur les vagues, et ils perdirent rapidement de vue les chaloupes de secours. Marguerite partit vers la rue Mill et frappa avec force à la porte de l'épicerie.

« Papa patoche, c'est moi ! »

---

82. Oh, mon Dieu, non ! Maman, aidez-moi.

Elle entendit Rosaire Fabre clopiner dans l'escalier. Il lui ouvrit et elle se précipita dans ses bras pour finalement le mettre au courant de l'accident, en anglais, qu'il n'eût pas besoin de connaître pour comprendre la gravité de l'heure. Ils retournèrent à l'entrepôt en traîneau, au cas où Étienne aurait besoin de secours, il était vrai, mais aussi pour ménager la jambe de M. Fabre, que le froid avait toujours torturée.

Commença alors une attente effrayante. Les gens assis autour du poêle tentaient d'affronter le démon de l'angoisse, qui en se berçant, qui en récitant un chapelet, qui en se faisant craquer les doigts gourds. Marguerite, elle, avait pris la main offerte par M. Fabre et s'était laissé tomber la tête contre son épaule.

La nuit noire s'était emparée du ciel et la lune n'avait toujours pas réussi à percer la neige qui ne cessait de tomber. Un cri les sortit de leur torpeur : une chaloupe était en vue. Ils coururent au rivage pour l'accueillir et pour aider à l'accostage. Les secouristes rentraient bredouilles.

« On n'a rien vu. On continuera demain matin.

— Vous pouvez pas faire ça ! Les hommes vont être morts gelés. »

Rageant d'impuissance, certains membres des familles en attente s'emmitouflèrent et, à la surprise du patron, embarquèrent dans la chaloupe. Ce dernier, ébranlé et inquiet lui-même, ne fit rien pour les retenir. Mal leur en prit puisque, à cinquante pieds de la rive à peine, la chaloupe chavira dans les rapides et les hommes rentrèrent à la nage, sauf un, qui coula à pic devant les yeux de sa femme, tétanisée.

« Il a jamais su nager, bon Dieu ! Il a donné sa vie pour sauver notre fils de seize ans. »

Ils rentrèrent tous dans l'entrepôt et se rassirent près du petit poêle gourmand. La veuve pleurait, inconsolable, Marguerite priait en anglais, en français et en silence. M. Fabre lui tenait toujours la main et tentait de la rassurer.

Lorsqu'il avait entendu craquer la glace, Étienne avait eu peur d'être avalé par le fleuve. Il s'était éloigné de l'eau à la course et avait vu traîneau, attelage et le jeune Roland Tousignant, qui tenait encore les guides, disparaître. Les chevaux avaient henni jusqu'à ce qu'ils se taisent et qu'on n'entende plus que les hurlements du jeune Tousignant, qui appelait à l'aide des hommes qui ne pouvaient rien pour lui. Étienne s'était glissé jusqu'à l'endroit où il était réapparu une dernière fois.

« Ici, Roland. Ici ! Prends ma main.

— Étienne… mama… »

Puis le bruit des rapides et le vent avaient pris possession du froid. Des hommes arrivés en chaloupe et les ouvriers se regardaient, hébétés. La nuit était tombée et ils sentaient le ralentissement de la dérive. Puis la glace frappa ce qu'ils crurent être l'île Sainte-Hélène, mais qui était la toute petite île Verte. Ils s'immobilisèrent, craignant d'être repris dans le courant, pendant quelque dix minutes, puis Étienne proposa de renverser la chaloupe pour s'en faire un abri. Ils passèrent tous à l'action et décidèrent non seulement de s'y faufiler mais de se rapprocher le plus possible les uns des autres pour se tenir au chaud autant que faire se pouvait. Commença alors l'attente. Ils savaient que personne ne viendrait les chercher durant la nuit, aussi s'occupèrent-ils comme ils le purent, certains priaient et d'autres chantonnaient. Quant à Étienne, il ne cessa de penser à Marguerite.

« Ils sont bien habillés. Faut pas t'inquiéter.

— C'est *kind* de me rassurer, papa patoche. »

Ils se turent tous, sauf Rosaire Fabre, qui raconta doucement à l'oreille de Marguerite l'histoire d'un petit bébé, abandonné dans un *horse boat*.

« On raconte qu'il était certainement un nouveau-né parce qu'il avait encore le cordon. Les chevaux des Ménard tournaient et tournaient en rond pour faire avancer la roue à aubes du bateau. Le bébé avait été caché dans la paille. À un moment, alors que le bateau était au milieu du fleuve entre Longueuil et Montréal, les hommes l'ont entendu crier. Ils l'ont cherché partout dans la paille puis l'ont enfin trouvé. Le bébé avait eu une jambe écrasée par les sabots d'un cheval. Il paraît que sa jambe avait presque été arrachée.

— *Poor baby.*

— Oui, pauvre petit bébé. On a dit que sa mère était de Longueuil. On a aussi dit que sa mère était de Montréal. Ça n'a pas d'importance, on l'a jamais retrouvée, et le bébé est allé directement à l'orphelinat. Cette année-là, c'était Édouard-Raymond Fabre qui était le maire de Montréal. Il paraît que le bébé serait rentré à l'orphelinat à l'heure du rosaire.

— Et ?

— Et rien. C'est tout.

— À l'heure du rosaire… hum… *hush, little baby.* »

Marguerite se colla davantage. Ils s'assoupi-rent légèrement, les oreilles toujours aux aguets. Ils furent néanmoins éveillés par les premiers rayons d'un soleil paresseux de février qui n'avaient plus de neige à percer. Ils coururent au quai et ne virent pas la seconde chaloupe. L'inquiétude grimpa d'un cran. Le patron demanda conseil à l'un et à l'autre et décida d'atteler deux nouveaux chevaux à une carriole pour éviter le poids du traîneau. La glace avait rejoint la rive pendant la nuit et ils partirent « à la gloire de Dieu », en se fiant aux yeux des gens juchés sur des embâcles pour les diriger.

Gérald Ménard fut informé de la situation à la Tates Shipyard et avisa son patron que son beau-frère travaillait à la glace. On lui permit d'aller aux nouvelles et de participer aux secours si nécessaire. Gérald retourna directement à la forge et allait atteler un traîneau lorsque son père descendit.

« Qu'est-ce que tu fais ici, toé, t'es pas aux *yards* ?

— Il y a eu un accident hier soir. Je suis venu chercher un traîneau puis plein de couvertures. Il y a des hommes de pris sur la glace. Quatre ou cinq noyés, tout un attelage…

— Pis ? C'est pas de nos affaires, ça.

— Oh, que oui ! Étienne est peut-être là. »

Il repoussa son père, sortit un cheval du box et attela. Paul-Aimé était furieux.

« Reste ici, toé. Moé, je vas y aller.

— Non, c'est la *shop* qui me prête pour les recherches.

— C'est mon traîneau pis mon cheval.

— Beau dommage. Je les prends. »

Paul-Aimé Ménard allait lever la main quand Gérald lui demanda d'attendre son retour.

« Laissez-moi aller chercher Étienne. Vous me tuerez après. Ça va peut-être vous réchauffer le cœur de pas avoir perdu la main. »

Paul-Aimé Ménard baissa le bras, les yeux toujours injectés de colère. Il inspira profondément et expira violemment.

« C'est pas dit que Paul-Aimé Ménard portera pas assistance à son prochain. »

Il n'aida pas son fils à atteler. Il le laissa prendre trois couvertures et des cordages puis se plaça devant les étagères pour l'empêcher d'en prendre davantage. Gérald partit à la hâte et en moins de deux fut au fleuve. Il ne vit rien devant lui, mais monta sur la glace, décidé à suivre le courant. Il aperçut des gens juchés sur les rives lui indiquer la direction que justement il venait d'emprunter. Il avait beau scruter la glace, il ne voyait rien. Rien du côté de Saint-Lambert, rien vers l'ouest, à La Prairie. Il n'y avait que l'île Sainte-Hélène qui avait pu retenir glaces et chaloupes. S'il avait juré la veille contre la chute de neige, il était heureux ce matin d'y glisser aisément et de suivre les déplacements de la glace. Il avait passé la rue McGill et ne voyait toujours rien. Il filait encore vers l'est lorsqu'il aperçut enfin un mouvement. Sur la petite île Verte, en amont de l'île Sainte-Hélène, il voyait un attelage et des silhouettes lui faire des signes. Il fonça vers eux. Trois ouvriers, dont Étienne, avaient survécu au froid de la nuit en se faisant, avec les hommes de la chaloupe partis à leur recherche, un semblant d'abri. Ils grelottaient, quoiqu'ils fussent protégés par les couvertures apportées par la première carriole. Il était évident qu'ils étaient complètement transis et au bout de leurs forces, ayant peine à s'asseoir, pouvant encore moins se tenir debout. Gérald tint Étienne dans ses bras en lui frottant les joues et le dos. Étienne aurait voulu lui parler, mais il en était incapable, ses dents claquant de froid.

On eût dit que le sauvetage avait été répété. Sans discuter, les hommes de l'entrepôt permirent à Gérald d'arracher deux des planches du centre de la chaloupe. Ils installèrent des couvertures au fond, y allongèrent les hommes et les couvrirent avec les trois couvertures à cheval, faites de laine chaude et puante. Les deux hommes les plus forts s'assirent sur les planches, aux extrémités, tenant chacun une rame. Gérald et les hommes de la carriole utilisèrent les cordages pour arrimer la chaloupe aux carrioles. En un peu plus d'une heure, l'étrange équipage, qui leur rappelait une chasse-galerie, s'ébranla. Les carrioles se tenaient éloignées d'une quinzaine de pieds l'une de l'autre et la chaloupe glissait, en cahotant, certes, mais les deux hommes aux quilles improvisées tentaient de maintenir le cap et d'éviter les chocs trop violents.

À l'église Notre-Dame comme à l'église St. Ann, on avait déjà prié pour les victimes à la messe du matin. À l'hôpital, Eugène et ses confrères étaient prêts à les recevoir. Lorsqu'ils arrivèrent enfin au pied de la rue Bonsecours, les travailleurs du port hissèrent lentement la chaloupe, que les deux hommes empêchaient de heurter le mur avec leurs rames, pouce par pouce. Dès qu'ils furent pris en charge par les policiers, Gérald retourna au pont Victoria pour informer les gens du sauvetage et conduire Marguerite près d'Étienne.

Familles et amis ainsi que le patron poussèrent un soupir de soulagement, sauf Mme Tousignant, qu'un second deuil venait d'affliger. Marguerite pleura sa peur dans les bras de M. Fabre et sa joie dans ceux de Gérald.

Tous les rescapés furent sauvés. Les funérailles des quatre morts étaient chantées au moment même où Eugène amputait Étienne d'un lobe d'oreille puis de l'annulaire et de l'auriculaire de sa main gauche, que le froid lui avait mordus.

M. Fabre avait attelé son cheval

et, comme tous les soirs depuis l'opération d'Étienne, attendait Marguerite devant l'hôtel, puis tous deux se dirigeaient ensuite vers l'hôpital pour une visite. Sauf que, ce soir, Étienne rentrait à la maison. Marguerite aurait aimé qu'il vînt chez elle afin qu'elle puisse le surveiller et le soigner au retour du travail, mais M. Fabre avait décrété que c'est chez lui qu'il habiterait. Ainsi, le jeune homme ne passerait pas ses journées seul, sans provisions, et M. Fabre pourrait monter de l'épicerie plusieurs fois par jour afin de s'assurer qu'il n'avait besoin de rien. Violette avait donné son accord du bout des lèvres. Elle et son frère, elle en était consciente, ne s'appartenaient plus comme avant, mais elle aurait été capable de lui faire ses repas et de le soigner, même si son atelier se remplissait à vue d'œil de tissus et de travail. Sa clientèle avait grossi comme une boule de neige, et ses journées commençaient à sept heures pour se terminer au coucher du soleil. Elle troquait alors la machine contre l'aiguille et faisait les boutonnières, terminait les ourlets et cousait les boutons à la lueur de deux chandelles. Marguerite, qu'ils aimaient tous beaucoup, s'occuperait bien de son frère, que M. Fabre installerait dans cette deuxième chambre sans souvenirs, dépoussiérée et vidée de son bric-à-brac.

« Je suis un vieux garçon, il va être bien et en sécurité, et je peux lui faire à manger. »

Marguerite se réjouissait de cette proposition. La moitié du mois de mars était disparue et le froid, encore présent, quoique, contrairement à l'année précédente, ils avaient entendu des corneilles croasser et occuper le faîte des arbres en attendant le feuillage.

Étienne était fin prêt, tout juste un bandage diaphane à la main. Eugène les avait attendus pour leur donner les derniers conseils d'usage.

« C'est sûr que ses bouts de doigts vont encore lui faire mal, même s'ils sont coupés jusqu'à la deuxième phalange pour l'auriculaire et à la première pour l'annulaire. Quant au lobe, ça va lui donner un genre… mordu ou… mité. Vous choisirez. »

Il était content de son intervention. Étienne n'avait aucun regret, trop heureux d'être là pour sa Marguerite.

« J'ai peut-être plus tous mes morceaux, mais les trois plus importants sont là.

— Les trois ?

— Je peux rien dire. Vous êtes assez intelligents pour savoir. »

Il avait fait un clin d'œil à Marguerite, qui avait rougi. Il lui avait dit, la veille, avoir ses lèvres pour l'embrasser, son cœur pour l'aimer et son organe d'homme pour qu'ils s'amusent à s'exercer à faire des enfants. Eugène leur avait offert de mettre un anneau dans le ventre de Marguerite, mais ils avaient refusé. Elle serait mariée dans moins de deux mois.

M. Fabre remercia Eugène au moins trois fois.

« Cessez, monsieur Fabre. Je n'ai rien fait de plus que mon devoir.

— C'est que toi, quand tu fais ton devoir, tu fais des miracles. C'est ça, la différence entre un docteur puis nous autres. Tes mains savent faire des miracles.

— On peut plus dire que les miennes seraient capables d'en faire, ajouta Étienne.

— Tes mains vont s'habituer, n'aie crainte. »

Étienne accepta l'offre de M. Fabre, même s'il se doutait qu'il allait chagriner Violette, mais la situation serait temporaire. Ils devraient se séparer bientôt de toute façon, et son intuition lui disait que Gérald ferait certainement une proposition à Violette, maintenant que son jumeau, pour la seconde moitié de sa vie, était à l'abri de leur père.

Ils montèrent à l'épicerie et Étienne eut l'impression qu'un ruban de velours lui avait touché le cœur tant il était bien dans cette chambre d'où, il le savait, il verrait le fleuve, celui de l'été et non celui de l'hiver, qui s'était montré cruel et qu'il devrait réapprivoiser.

Telle une infirmière, Marguerite le cala dans des oreillers tout neufs, achetés par M. Fabre, le couvrit et posa un verre d'eau sur la table de chevet bancale, mais utile.

Elle avait attendu cet instant pour enfin sortir l'enveloppe que le coursier lui avait remise le jour de l'accident et pria M. Fabre de la leur lire. Des trois, il était le seul apte à le faire, la lecture étant son héritage de l'orphelinat. Il déchira l'enveloppe et leur dit d'entrée de jeu que la lettre venait de la Banque du Peuple.

« Non !…

— Lisez-la d'abord en silence et vous nous direz ensuite ce qu'il y a dedans. Pendant ce temps, je vais parler à ma *Mammy* et mon *Da*, et Étienne, je pense, va faire la même chose. »

Étienne et Marguerite fermèrent les yeux et se tinrent par la main, tandis que M. Fabre lisait.

« Le bon Dieu doit vous aimer. Cessez vos prières. »

Le courrier venait donc de la Banque du Peuple, qui leur accordait le prêt demandé pour l'achat d'un pub, mais c'est M. Étienne Leblanc qui en aurait la responsabilité. Le montant des remboursements serait révisé après l'ouverture du pub. La lettre se terminait en les informant que M. Edmond de la Durantaye s'était porté garant de leur requête. Il leur fallait passer à la banque pour signer les documents et finaliser les formalités.

Marguerite, Étienne et M. Fabre étaient tous les trois catastrophés. M. Fabre avait pensé proposer à Étienne de prendre l'épicerie en charge durant les hivers et de rester débardeur les étés ; Marguerite aurait voulu le pub pour elle, et avoir Étienne et les filles à ses côtés ; Étienne avait le sentiment d'être le voleur des rêves de Marguerite. Ils ne dirent rien, remettant au lendemain leur décision. Marguerite sauta dans le dernier traîneau qui passait sur la rue Mill. Comment se faisait-il qu'une si grande nouvelle pût lui causer autant de chagrin ? Elle rentrait chez elle quand elle comprit que la lettre leur avait été adressée avant que la maison ne soit vendue. Du coup, elle fut soulagée et se promit de remercier M. de la Durantaye, qui avait bien essayé, elle s'en rendait compte maintenant, de leur trouver un autre lieu. Elle s'endormit en se disant que les choses seraient plus simples ainsi, pour elle et pour Étienne, et qu'elle irait voir M. de la Durantaye le lendemain, à la sortie de la messe.

EDMOND DE LA DURANTAYE ÉTAIT EXASPÉRÉ

par la sottise de sa femme, qui, après lui avoir reproché d'avoir habillé les petits Ménard, n'avait cessé de lui chercher noise quant au départ de leur fils aîné et au soutien financier qu'il lui avait accordé.

Elle avait encore, tous les matins, la bouche amère d'une *mater dolorosa* dès qu'elle pensait à la présence d'Angélique, passée de religieuse à femme de mauvaise vie en l'espace d'une journée. Il n'avait pas trahi le secret de leur fils en ce qui concernait la naissance prochaine d'un enfant de la Durantaye et il lui cachait maintenant l'achat et la restauration d'une maison en plein cœur de la ville pour donner un coup de pouce aux amis d'Eugène, lesquels, à son avis, méritaient de voir la vie autrement que comme une succession de malheurs et de revers. Réaliser qu'il serait bientôt grand-père le torturait, et la simple idée de ne pas voir l'enfant, la simple pensée qu'il pût être confié à l'orphelinat sans savoir qui il était mettait ses convictions religieuses à rude épreuve. Qu'en était-il de la charité chrétienne quand on refusait de prendre soin de la chair de sa chair ? Avec ses amis, ils avaient parfois abordé ce sujet en fumant, et les pères étaient unanimes : un enfant illégitime compromettait la vie d'une femme. Edmond avait toujours acquiescé jusqu'à ce que cet enfant illégitime portât son nom. En rien il ne sentait compromis l'avenir de son fils, dont il se jugeait presque indigne d'être le père. Il comptait les mois et savait qu'Angélique portait un fruit de plus en plus mûr. Autant il n'avait pas vu la naissance de ses enfants comme exceptionnelle, autant celle de ce petit inconnu le touchait. Il aurait tout donné pour voir le ventre de la belle Angélique s'épanouir, alors que celui de Carmen l'avait laissé indifférent, pour ne pas dire ennuyé par les jérémiades incessantes psalmodiées, tantôt pour les nausées, tantôt pour les inconforts du poids, pour ci, pour ça, alléluia… Trois fois père et il en avait eu assez, au point d'avoir honoré moins fréquemment son épouse. Ces moments intimes lui avaient certes manqué, aussi s'était-il plongé dans le travail à s'en donner parfois la nausée, sauf en cet instant, où il lui tardait de rôder aux étages du chantier.

Petals' Pub avait belle allure et il avait respecté à la lettre toutes les suggestions de Marguerite, à quelques exceptions près : il y aurait un lavabo dans chacune des huit chambres de toutes les couleurs, dont quatre auraient une baignoire. L'endroit ressemblait aux bars qu'il avait vus sur des photos venues des vieux pays. Marguerite aurait son comptoir, ses verres, ses tables, la grande table de la maison, sa scène et son piano mécanique. Maintenant que son mensonge prenait forme, maintenant qu'il s'était attaché à l'image qu'il s'était faite du lieu, Edmond de la Durantaye se demandait comment il allait révéler aux jeunes ce qu'il avait fait. Autant il était excité par ce qu'il appelait son « mauvais coup », autant il redoutait de les froisser par les initiatives qu'il avait assumées plutôt que de leur laisser. Il savait qu'il avait peut-être eu tort, pourtant la situation financière des jeunes ne leur aurait jamais permis d'acheter ne fût-ce que la porte extérieure, voire la pancarte sculptée avec ses trois fleurs. Pas un instant il n'avait douté de la complicité des trois filles, même si Angélique leur ferait un faux bond occasionnel pour s'occuper de son enfant... à supposer qu'elle eût cet enfant près d'elle et d'Eugène.

Edmond de la Durantaye n'était pas dupe de ses motivations : revoir son fils et abaisser un pont-levis entre sa tour et l'univers des rues et des trottoirs foulés par ces si belles gens.

« Edmond, tu me sembles bien distrait par les temps qui courent.

— Moi ? Peut-être, oui. Je crois que je commence à ramollir, bien que je n'aie pas encore quarante-cinq ans.

— Tu veux rire, Edmond ! Tu es le plus bel homme que je connaisse, crois-moi, et j'ai l'œil. »

Elle lui avait lancé un sourire coquin qui l'aurait séduit il y a encore un ou deux ans. *Quel dommage,* pensait-il, *qu'elle soit si sotte. Nous aurions pu être heureux de la venue d'un petit-enfant. Nous aurions acheté un landau, nous nous serions promenés. Les gens auraient même pu penser que nous étions les parents parce que nous sommes encore à l'âge de l'être.* Non, il avait épousé une très belle tête sur un corps encore attirant dont il n'avait nulle envie, hélas ! et qu'on lui enviait encore, il pouvait le comprendre.

« Edmond, si nous allions à New York pour Pâques ?

— Et pour quelle raison irions-nous à New York pour Pâques, Carmen ?

— Pour rien ou pour voir les fleurs. À toi de choisir. »

Il se leva et lui posa un baiser sur le front.

« Bon, je vais travailler. Puisque tu en parles, savais-tu, Carmen, que l'angélique est une fleur ? »

EUGÈNE CARESSAIT ANGÉLIQUE

qui lui offrait le discret arrondi de son ventre sous des seins de pierre veinée de bleu. Sa grossesse paraissait toujours peu et Eugène se disait que, s'il n'avait pas vu la lapine mourir, il n'aurait encore presque rien remarqué malgré les semaines devenues mois, eux-mêmes redevenus semaines à cause du compte à rebours. Les dix-huit ans d'Angélique servaient de paravent à sa grossesse et elle venait tout juste d'enfiler les tabliers cousus par Violette.

Depuis qu'Angélique avait emménagé avec lui, le corps confiant et l'âme sans peur ; qu'elle avait suspendu ses robes du dimanche et ses robes de semaine dans l'armoire ; qu'elle n'avait plus craint leurs envies jamais catholiques mais toujours bénies ; depuis ce jour, oui, il avait découvert qu'il pouvait respirer en toute liberté malgré la douloureuse rupture d'avec sa famille. Si le comportement de sa mère avait été prévisible, que son père pût être sans cœur le laissait muet. Il zigzaguait donc entre ses rêves sur le point de se réaliser, certains, évidemment, plus tôt que prévu. Il avait cessé de s'interroger sur la pertinence d'un mariage avec une fille d'un autre milieu, comme le déplorait sa mère. Ils se marieraient le plus tôt possible pour donner famille et nom à l'enfant qui arriverait. Angélique le déroutait toujours. Elle refusait même d'en parler, lui rappelant que c'est Madeleine Cournoyer qu'il devait épouser et qu'elle-même se tapirait dans l'ombre de leurs amours secrètes. Elle ne s'objectait aucunement à se sacrifier pour lui et sa carrière, répétait-elle constamment. Elle avait déjà fait une croix sur sa maternité à venir : l'enfant irait à la crèche. Elle avait même soumis la possibilité de travailler pour lui et sa famille, ce qu'il avait immédiatement refusé.

« Es-tu tombée sur la tête ? Vivre avec Madeleine et t'avoir à mes côtés ? Être en désir à cœur de jour et forcé de m'assouvir avec elle ? Jamais, Angélique Garnier. C'est toi que j'ai choisie et toi que j'épouserai. »

Il ferma les yeux pour entendre Angélique ronronner de plaisir. Ses seins répondaient à son appel et tout son corps s'ouvrait comme les feuilles de l'angélique. Tous les matins, il la quittait ému, comme s'il pouvait ne pas la revoir, et il arrivait au galop le soir, redoutant qu'elle fût partie. Il ne savait jamais à quoi s'attendre avec elle et c'est ce qui le fascinait. Elle était une surprise à cheval sur la religion et sur lui, s'amusait-il à penser. Il était convaincu d'être un des seuls de son groupe d'internes à avoir une telle plénitude dans sa vie pourtant toute fraîche.

« Angélique, tu dis oui ce matin, et on publie les bans. »

Elle garda les yeux fermés, sourit, pinça les lèvres et se tourna vers lui pour le coller comme une sangsue.

« Non.

— Ce petit jeu de difficultés m'énerve, Angélique. J'en rencontre suffisamment avec ma famille. Laisse-moi une oasis chez moi avec ma femme et avec notre avenir, qui ressemble déjà à un enfant.

— Non. Je veux être à toi toute ma vie, Eugène, et mon expérience me dit qu'on ne peut pas passer ses journées à la messe. Qu'on ne peut communier qu'une fois par jour. Une fleur se fane, Eugène.

— Cesse de parler comme ça, Angélique. Je t'aime. C'est simple.

— Je t'aime, Eugène, et ce n'est pas simple du tout. »

Elle lui parlait avec cette sincérité qui lui embuait les yeux. Il en avait la poitrine écrasée et le souffle coupé. Plus les jours passaient, plus il appréhendait d'avoir à subir la séparation d'avec leur enfant, parce qu'il savait qu'elle se mentait à elle-même et à lui lorsqu'elle affirmait qu'il irait à la crèche. Mais elle était ainsi faite que, si elle pensait que c'était ce qu'il fallait pour le rendre heureux, lui, c'est ce qu'elle ferait, quitte à en souffrir. Il détestait ce pouvoir qu'elle avait de fermer sa porte pour en ouvrir une autre au bonheur des siens. Il l'étreignit encore plus fort, lui chuchotant combien elle lui était essentielle lorsqu'on martela la porte.

Il se leva rapidement, enfila son peignoir de soie et ouvrit à une Violette en état de choc, qui avait peine à hoqueter son message.

« Mme Ménard, Eugène. Là, je pense qu'il l'a tuée. »

Les policiers eurent maille à partir avec un Gérald à la force décuplée qui, seul, conduisit son père jusqu'à la prison. Il l'avait attaché dans la voiture, dont les roues glissaient parfois sur une des rares plaques de glace qui restaient collées aux rues. Son père, ivre, les mains encore tachées du sang de sa mère, chantait un *requiem* !

« Tu penses que tu l'as tuée, mon enfant de chienne ! »

Son père émit un ricanement qui fouetta Gérald en plein cœur. Il laissa tomber la bride et lui assena un coup de poing de côté. M. Ménard éclata de rire en marmonnant.

« Tel père, tel fils. Pas comme ton frère… »

Il reçut un second coup qui le fit taire. Paul-Aimé Ménard ne toucha pas le trottoir quand Gérald le remit aux policiers. Il ne toucha pas à la chaise avant de tomber par terre. Il ne toucha à aucune plume pour signer de déposition. En moins de deux, il fut derrière les barreaux, où il toucha au fond du baril.

Gérald, à peine calmé, fit un rapport succinct, pressé de retrouver sa mère à l'hôpital. Violette l'y attendait. Marguerite avait conduit les enfants chez M. Fabre, qui refusa de s'en occuper – la suppliant de le faire – et qui partit pour l'hôpital, la jambe alourdie d'inquiétude. Sachant son Étienne en meilleure forme, Marguerite n'aurait jamais eu le cœur de refuser.

Eugène se demandait comment il se faisait que sa patiente respirait encore. Il n'y avait plus rien d'humain dans ce corps tuméfié et recousu de partout. Il ne pouvait savoir de combien de fractures elle souffrait, mais il craignait des hémorragies internes vu ses difficultés respiratoires. Hémorragies ou fractures de côtes, il préférait néanmoins cette seconde hypothèse à la première. Il avait permis à Gérald de rester auprès de sa mère et avait averti qu'il ferait venir Agathe et Simone en temps voulu, jugeant toutefois nécessaire de tenir Nazaire éloigné. Gérald était revenu de la prison, et Eugène lui dit souhaiter que son père y demeurât au moins le temps de… Il ne put finir sa phrase, sa pensée hésitait entre « convalescence » et « enterrement ». Gérald ne pouvait la finir non plus. Dolorès Ménard avait franchi la porte du paradis mais s'y serait tenue sur le seuil. C'est du moins ainsi qu'Eugène avait expliqué la situation.

Contrairement à l'année précédente, quoique hâtif en ce cinq avril, Pâques fut fleuri et chaud, jusqu'à ce que ce malheur l'assombrisse au petit matin. Personne ne s'était tenu à la porte de l'église pour faire la manche. En fait, personne du groupe n'avait fait ses Pâques. La souffrance de Mme Ménard ravivait le chagrin de Marguerite, déjà éprouvée par la mort de sa mère. M. Fabre s'était glissé dans la chambre, où Gérald n'osait prendre la main de sa mère, de crainte de la blesser davantage, mais ne laissait pas celle de Violette. M. Fabre s'approcha de l'oreille de Mme Ménard et lui murmura quelque chose que ni Gérald ni Violette n'entendirent, puis ils le virent embrasser le lobe, tout doucement.

« Ton père a pas vu son oreille, probablement à cause de ses cheveux. Ça nous laisse un petit coin pour lui parler sans lui faire de mal. Je pense qu'Étienne va se débrouiller, puis c'est l'entre-saisons. Si tu me permets, Gérald, je vais passer la nuit ici puis toutes les autres si tu veux », chuchota-t-il.

Gérald hocha la tête.

« J'ai toujours aimé ta mère, enchaîna M. Fabre, je pense que tu le savais, mais elle a choisi Paul-Aimé parce que moi j'avais beaucoup moins à lui offrir pour la sortir de la misère. »

Gérald courba l'échine et garda la tête baissée jusqu'à ce que l'aube teinte en mauve les toiles des fenêtres. Violette dormait la tête posée au pied du matelas, et M. Fabre était retourné dans la salle des pas perdus. Même Eugène, sur le qui-vive et pour Mme Ménard et pour Angélique, qui montrait des signes de délivrance, était rentré chez lui pour tenter de se reposer. Vivement le bébé, pour lever ce brouillard de tristesse sans fin qui planait au-dessus des Ménard. À peine avait-il franchi la porte de la chambre à coucher qu'il s'était allongé tout habillé et avait promis à Angélique non seulement de l'aimer tous les jours de sa vie, mais de le lui dire. Angélique sourit dans son demi-sommeil et se colla le dos contre sa poitrine. Il l'étreignit doucement.

Gérald manqua un pas dans l'escalier

en apercevant son père dans la forge, debout à côté du feu déjà allumé. Depuis trois semaines, le jeune homme travaillait à la forge de trois à sept heures du matin, puis allait aux *yards* faire sa journée, passait ensuite voir les enfants et chercher M. Fabre. Ils partaient ensemble pour l'hôpital, en arrêtant sur Common Street à l'angle de Dalhousie pour prendre Violette. Sa vie embellissait tous les jours.

Ils n'avaient plus le sentiment de veiller au corps, sa mère étant revenue sur ses pas. Apparemment, elle avait elle-même refermé la porte du paradis, au grand soulagement de tous. Bien malin qui eût pu dire quand elle rentrerait chez elle, mais elle rentrerait.

« Comme ça, mon maudit bâtard, tu m'as fait mettre en prison ? T'as fait emprisonner ton propre père. Regarde-moi bien, mon gars, t'es un fils renié, tu m'entends ? Renié. Jamais t'auras ma forge.

— Je n'en veux pas. La forge, c'est un avant-goût du feu de l'enfer qui vous attend. Pas certain que je vous veux comme voisin.

— Mon trou de cul, toi… J'ai même aidé Étienne…

— Ben, oui. Un bon chrétien. »

Gérald se dirigea vers le box dans lequel son frère avait été tué. Il refusait de penser qu'il y avait été blessé. Il prit la bride du cheval qui y était en attente d'être ferré et revint vers la forge.

« Assoyez-vous.

— Ben voyons, le feu est pas encore assez chaud. »

Gérald revint vers son père et, le prenant par le bras, le força à s'asseoir. Son père assis, il lui donna un coup de poing derrière la tête et reprit le cheval par la bride.

« Installez-vous, papa.

— Ben voyons, le feu… »

Gérald mit dans le feu le fer que son père préparait avant que lui-même n'entre dans la forge. Puis il rapprocha le cheval. Son père tenta de se relever.

« J'ai dit assis ! »

Paul-Aimé Ménard se rassit en proférant toutes les menaces du monde.

« Mettez le sabot sur votre cuisse…

— T'es tombé sur la…

— … sur la cuisse. »

Paul-Aimé Ménard attrapa la patte et commença à en décrotter le sabot. Gérald recula d'une dizaine de pieds et prit un fer.

« Il me fait plaisir de vous donner ça de la part de ma mère et de mon frère. »

Paul-Aimé Ménard tournait la tête au moment où le fer lui défonça le crâne.

Gérald n'avait pas raté sa cible. Le cheval, énervé, piétinait dans le sang qui giclait en vagues de plus en plus petites.

« Je le savais que vous étiez pour saigner comme un cochon. »

Il croisa les bras et, s'appuyant contre une colonne, regarda son père agoniser avant de rendre l'âme. Il lança le fer dans le feu. Le cheval se promena un peu puis retourna vers son box. Gérald alla le flatter et lui demander pardon. On allait certainement l'abattre.

La nuit était encore noire et les passants se faisaient plus que rares lorsqu'il sortit en courant et appela au secours…

« Vraiment, le malheur frappe toujours à la porte de cette famille-là. Le père, tué par un cheval, et le fils avec les fous. Est-ce que c'est à cause de la population dans les rues que les chevaux sont de plus en plus méchants ? »

Seuls un frère et quelques-uns de ses clients assistèrent aux funérailles de Paul-Aimé Ménard. Gérald n'y alla pas, non plus que les enfants. Rosaire Fabre était auprès de Dolorès, et les amis de Gérald étaient près de lui au cas, bien improbable, où il eût du chagrin.

Le fossoyeur, le prêtre et l'enfant de chœur furent les seuls au cimetière. Gérald garda son secret même à l'abri des oreilles de son confesseur. S'il était encore hanté par les cauchemars où il voyait sa mère agonisant, Gérald plaça son père avec les souvenirs finis. Violette ne posa aucune question, probablement par crainte d'avoir une réponse. M. Fabre boita moins jusqu'à l'hôpital, le cœur en espoir que Dolorès Vernier accepte qu'il s'occupe d'elle. Les enfants, qui l'attendaient tous les matins depuis l'accident, l'accueillaient toujours en lui faisant la fête.

Le mois d'avril tirait à sa fin lorsque Angélique réveilla Eugène pour lui dire que leur petit miracle arrivait. Ils baignaient tous les deux dans les eaux. Eugène, tout médecin fût-il, vira comme une toupie, mit le mors à l'envers pour finalement réussir à conduire sa belle à l'hôpital, où il la confia à un confrère.

Bien que primipare, Angélique accoucha en moins de deux heures, et Eugène vint la rejoindre au dernier moment pour accueillir le bébé et couper le cordon.

« Une fille, ma douce, belle comme sa mère, j'en suis certain. »

Angélique se laissa tomber de fatigue, trouvant dans cet état le plus voluptueux des abandons qu'elle eût connus. Elle tendit les bras et renifla sa fille, qui dégageait une odeur de terre mouillée.

« Béni soit Dieu, nous voilà éternels, Eugène ! »

Elle s'endormit en même temps qu'Eugène pleurait son bonheur d'être père et l'absence du sien. Il plaça sous l'oreiller la bague qu'il avait posée sur la patène et sortit de la chambre.

de ça, deux mariages et une baptême...

— Un baptême...

— Un baptême ? Mais c'est un fille...

— Une fille, une baptisée...

— *If you say so.* Ça va lui faire huit mariages avec *fiddle* au lieu de quatre.

— J'ai eu tellement peur qu'il refuse de baptiser ma petite fleur. J'ai hâte qu'on le fasse parce que je voudrais pas qu'elle aille en enfer.

— Calme-toi, ça va être fait d'ici cinq minutes. »

Violette, Angélique et Marguerite étaient debout près de la porte de la cathédrale, attendant les premières notes de l'orgue pour faire leur entrée. Angélique était plus ravissante que jamais dans une de ses robes du dimanche, dont Violette avait fait une copie pour Marguerite. Avant d'enfiler la plus belle robe qu'elle eût jamais eue de sa vie, Marguerite avait suspendu la croix de sa mère à son cou après l'avoir baisée.

Le bébé, emmitouflé dans une couverture blanche, ressemblait déjà à un angelot avec ses boucles blondes au-dessus de son petit corps replet. Quant à ses yeux, personne ne pouvait encore en connaître la couleur, mais tous espéraient qu'ils auraient ce bleu fondant comme celui de sa mère. Violette tenait cette petite-cousine avec douceur.

« T'as finalement dit oui.

— Je ne l'ai pas dit. C'est le bébé qui a dit oui. Rien de ma vie ne ressemble à ce que j'avais pensé, sauf que je sais que je vais aimer Eugène toujours.

— Tu as tout, Angélique. *Everything a woman* veut. Et ta petite bâtarde ne sera plus un *out of wedlock snapper* dans cinq minutes.

— Marguerite ! Ma fille, une bâtarde !

— Plus une bâtarde, répondit Marguerite en souriant. Elle portera le nom de son père. »

Le vicaire avait dit oui au second mariage sans publication de bans, et oui au baptême de l'enfant, d'autant que, à la demande d'Angélique, l'évêque avait autorisé que sœur Marie-Saint-Cœur-du-Messie, née Rina Ménard, en fût la marraine. Elle n'assisterait pas à la cérémonie mais signerait le registre. Il était vrai qu'Eugène, en remerciement, avait remis un don intéressant pour les œuvres du diocèse.

Les grandes orgues retentirent sans réveiller le poupon. Les mariées entrèrent côte à côte, bras entrelacés. Le vicaire hocha quand même la tête. Il n'avait jamais vu un mariage sans parents ! Eugène et Étienne se tenaient fièrement à l'avant. Gérald, Gérard joyeux et chantonnant près de lui, ses sœurs et Nazaire étaient assis à côté de M. Fabre, qui servirait de père à Marguerite et à Étienne. Le vicaire avait accepté, encore au nom de la charité chrétienne, que son nom figure à deux endroits, aussi étonnant que cela puisse paraître. En cela, le tronc des œuvres avait été fortement, encore une fois, empli par Eugène.

M. Fabre se leva et alla à la rencontre des jeunes femmes puis prit le bras de Marguerite. Derrière eux se tenaient une dame et une petite fille qui ne cessait de sourire à Eugène. Le vicaire avait presque hâte que la cérémonie soit terminée. Il était heureux qu'elle se fasse dans la plus stricte intimité. Marguerite, Violette et M. Fabre s'assirent, tandis qu'Angélique avait rejoint Eugène, tous deux vibrant de bonheur.

Le vicaire prit enfin la parole.

« Unusual indeed to marry young parents and baptise their baby on the same day. I presume the Lord… »

La porte de la cathédrale claqua et Edmond de la Durantaye s'assit le plus discrètement possible au dernier banc, en faisant signe de ne pas déranger quoi que ce soit. Violette soupira et sourit à Gérald, en clignant des yeux.

« What now[83]*?… »* s'exclama le vicaire.

Eugène ouvrit grande la bouche, regarda Angélique, puis ses amis, puis son père, puis de nouveau Angélique, qui avait ce sourire auquel il ne saurait jamais résister. Du doigt, il demanda au vicaire d'attendre une minute et se dirigea vers l'arrière de la cathédrale. Edmond de la Durantaye réprima son envie de se lever et attendit patiemment son fils, curieux de savoir s'il pouvait assister aux cérémonies

---

83. Inhabituel, de bénir le mariage de jeunes parents et de baptiser leur enfant le même jour. J'imagine que le Seigneur… […] Quoi encore ?…

ou s'il allait être expulsé. Eugène lui tendit la main, que son père serra, et tira sur le bras en l'invitant à le suivre. Edmond de la Durantaye accompagna son fils, qui le fit asseoir à l'avant.

« *And who, may I ask, is this gentleman?*

— *His father*, répliqua Edmond.

— *Praise the Lord*[84]! »

Puis ce fut Marguerite qui accepta d'épouser et d'aimer Étienne jusqu'à la fin de ses jours, en lui enfilant l'alliance à l'annulaire de la main droite.

Vint enfin le moment du baptême. Ils se déplacèrent tous vers les fonts baptismaux. Edmond de la Durantaye les suivit, le regard collé au visage de sa petite-fille, une main essuyant discrètement son nez avant de sortir de sa poche le mouchoir brodé à ses initiales. Jamais il ne se serait pardonné de ne pas avoir été présent.

Lorsque le vicaire demanda le nom de l'enfant, ce fut Angélique qui répondit à haute voix: « Marie, Kitty, Rina, Fleur-Ange » et chuchota dans l'oreille d'Eugène « de la Durantaye ». Marguerite mit une main sur son cœur: « *Mammy, did you hear that? There is a baby here in Canada, bearing your first name*[85]! »

Edmond de la Durantaye fut ému lorsque Eugène lui demanda d'être le parrain.

« *Is there anything else I should change here?*

— *No, Father. That is it. Thank you very, very much*[86]. »

---

84. Puis-je savoir qui est ce monsieur? — Son père! — Béni soit le Seigneur!

85. Vous avez entendu, maman? Il y a un petit bébé, ici au Canada, qui porte votre prénom!

86. Je n'ai rien d'autre à changer? — Non, mon père, c'est tout. Merci beaucoup, beaucoup.

Edmond de la Durantaye les conduisit

devant le pub sans savoir comment le leur offrir. La pancarte aux fleurs avait fière allure. Pendant quelques minutes, ils ne bougèrent pas, puis M. de la Durantaye se dirigea vers Fleur-Ange et lui montra la clé.

« *Petals'* sera à toi un jour, ma petite fleur, mon bel ange. À la mort de la dernière des trois fleurs, Angélique, Marguerite et Violette, Fleur-Ange en sera l'héritière. Si toutefois vous décidiez de vendre, vous devrez partager à quatre les profits de la vente. »

Eugène était écroulé de reconnaissance et s'accrochait au bras d'Angélique, qui expliquait au bébé ce qui se passait. Marguerite serra si fort le bras d'Étienne que ses ongles lui entrèrent dans la peau. Violette tournait sur elle-même, les mains au ciel, en remerciant son père et sa mère pour l'héritage qu'ils venaient de leur faire parvenir.

Ils entrèrent tous et M. de la Durantaye invita Marguerite à leur expliquer les lieux. Marguerite en fut incapable, tout en s'extasiant sur ce qu'elle voyait.

« *Oh no*, oh non, *it's a dream*, un rêve ! *Look at this !*

— Je n'ai fait que suivre vos conseils, Marguerite.

— Je vous ai dit ce que j'aimerais faire, monsieur de la Durantaye. *I never thought* que c'était faisable ! »

M. de la Durantaye avait retourné verrerie, ustensiles et assiettes aux magasins où il les avait achetés, préférant laisser à Marguerite et aux autres le soin de s'en occuper. Puis ils passèrent dans la cuisine, qu'ils devraient également équiper. Ils montèrent à l'étage et découvrirent les chambres aux murs ornés de papier peint, mais dont les tentures et les couvrelits restaient à faire. Violette tâtait déjà les rouleaux de tissu posés dans un des coins de chaque chambre. M. de la Durantaye avait tout fait enlever et donné les tentures aux couleurs de l'arc-en-ciel aux braves gens venus décrocher les rideaux et plier les couvrelits.

La lingerie était vaste.

« Plus grande que notre chambre à coucher, dans laquelle on dormait tous les enfants, tu te souviens, Gérard ? » lança Gérald, qui tenait toujours la main de son jumeau.

Les chambres avec salle de bain eurent énormément de succès, et Marguerite ne pouvait croire qu'il y avait deux autres salles de bain pour les quatre chambres. Les enfants Ménard couraient en riant et criaient de plaisir.

« Attends, Gérald, que je raconte ça à ta mère ce soir, dit M. Fabre. Puis j'ai l'intention de lui dire la surprise qu'elle va avoir.

— Oui, je pense qu'elle va être contente.

— Quel *luxury*, monsieur de la Durantaye !

— Quelle surprise ? demanda Violette.

— M. Fabre et moi, on va lui offrir un dentier fait avec des dents de cheval sablées ou limées, je sais pas trop. Mais le dentiste m'a dit qu'il pouvait nous faire ça.

— Puis la belle Dolorès va fêter ses trente-huit ans sans être gênée de sourire !

— Et moi, je vais lui faire une belle robe verte », ajouta Violette.

Ils regardèrent M. Fabre. Personne ne doutait de l'issue de cette relation. Ils redescendirent.

« Par ici », les invita M. de la Durantaye.

Il tourna une poignée de porte, qui s'ouvrit sur un fournil. Angélique poussa un cri et mit Fleur-Ange dans les bras de son père. Elle se couvrit le visage et fit le tour de la pièce des yeux.

« Il ne manque rien !

— Je me suis permis de demander conseil à M. Hector Sainte-Marie.

— Non !

— Oui. Ça lui a fait grand plaisir, et il espère que vous ne leur ferez pas trop de concurrence avec votre magasin.

— Quel magasin ? C'est pas pour l'auberge, ici ?

— Oui et non. »

Il ouvrit une autre porte et Angélique se retrouva non plus dans la cour, mais sur la rue Saint-Jean-Baptiste. *Le fournil d'Angélique*, disait la pancarte vissée à une équerre de fer forgé.

« C'est vous qui aviez acheté ? lui demanda Étienne.

— Évidemment ! Vous aviez l'œil. J'ai trouvé que c'était très bien situé, sans parler du bon investissement. »

Ils revinrent dans la cour et Edmond de la Durantaye ouvrit une dernière porte, qui donnait sur quatre pièces à terminer.

« J'ai pensé que Marguerite et Étienne voudraient avoir un œil sur l'auberge, mais il vous reste beaucoup de travail à faire, ici.

— Un œil sur l'auberge tout le temps, un autre sur l'épicerie en hiver et le dernier sur le port en été, riait Étienne. On va faire un bi. En travaillant les soirs et les dimanches, en cachette, on devrait en venir à bout assez rapidement. »

Eugène s'était rapproché de son père.

« Et maman, papa ?

— Ta mère, mon ami, apprend à vivre avec le fait que l'angélique est une fleur. Je ne doute pas de son engouement pour la botanique quand elle apprendra l'existence de notre belle Fleur-Ange, en temps et lieu. »

Ils rentrèrent dans l'auberge et Eugène demanda l'attention. Il poussa doucement devant lui la petite fille qui les avait accompagnés à la cathédrale.

« Je vous présente notre grande amie, Joséphine Tourigny, qui sera de toutes nos fêtes, c'est certain. Elle a été la plus brave de mes patients, tellement brave que je lui érigerais une statue, mais Angélique et moi avons pensé qu'elle préférerait une poupée. »

Angélique la sortit du sac à provisions du bébé. Joséphine prit la poupée en souriant et l'embrassa sur les deux joues, après quoi elle la tint comme Angélique tenait Fleur-Ange. Étienne s'assit au piano, y mit un rouleau choisi au hasard et invita Gérard à en jouer. Gérald s'assit à ses côtés et, à eux deux, Gérard, assis à droite, de la jambe gauche, et Gérald, à sa gauche, de la jambe droite, parvinrent à en jouer.

« Mais papa, c'est notre piano !

— Oui, quel bonheur de ne plus entendre Edgar y piocher ! »

Ils prirent place à la table de la maison, celle qui avait dix places, et les mariés à une table de quatre. Ils écoutèrent une valse de Strauss jusqu'à ce que M. de la Durantaye prenne Joséphine dans ses bras et invite Angélique à danser, imité par tous les autres convives, y compris Simone et Nazaire, qui riaient dans les bras de M. Fabre à cause du soubresaut de ses pas.

Achevé d'écrire le jeudi 28 juillet 2011 à 17 h 07,
de peaufiner le jeudi 29 septembre à 15 heures
et de laisser partir le 10 novembre.

Merci à la vie,
@

Remerciements

Je m'en voudrais de ne pas remercier Susanne de Cardenas, Claire Caron, Michel Corriveau, Lyse Couture, Michelle Couture, Johanne Dufour, Louise Forestier, Diane Poirier-Saluzzi, Michel Pratt, Rolande Quirion, Lyse René, Paulette René et Paule Tassé d'avoir gentiment donné de leur temps pour la lecture du manuscrit.

Un merci posthume à sœur Marie-Ange, née Rina Ménard, religieuse laïcisée qui a finalement choisi le mariage. Sa fascination pour l'astrologie a charmé mon imagination et permis de créer sœur Marie-Saint-Cœur-du-Messie.